ある日、ぶりっ子悪役令嬢になりまして。1

桜あげは
Ageha Sakura

RB
レジーナ文庫

登場人物紹介
ロイス
ガーネット国の王子。
賢く穏やかな美少年。
自分に自信が持てず
悩んでいる。
アシル
カミーユの幼馴染で、
ロイスの腹心。
やや計算高いが、カミーユには
掛け値なしに優しい。
カミーユ
ゲームにおける悪役侯爵令嬢だが、
今の中身は元女子高生の愛美《まなみ》。
敬愛するロイスを護るため
魔法を極めようとする魔法オタク。

ベアトリクス
トライアの護衛。
凛々しい男装の麗人。
フラウ
本来の乙女ゲームの
ヒロイン。
ゲームの優しい
印象とは全然
違っていて……？
トライア
トパージェリア国の第二王子。
ベアトリクスに
しょっちゅう叱られている。
ライガ
ロイスの従兄弟。
無愛想な俺様だけど、
実は面倒見がいい。
カイ
メイの双子の弟。
無口で表情に乏しい。
メイ
ライガの従者。
健気で愛らしい美少女。

目次

ある日、ぶりっ子悪役令嬢になりまして。1

1　愛美《まなみ》、異世界へダイブする

「アンタのせいで、私はマコト君に振られたんだけどぉ？　調子に乗らないでくれる？」

目の前の女子生徒に感情的に捲《まく》し立てられ、呆然《ぼうぜん》と立ち竦《すく》む私。

近くを通る生徒達が、何事かとこちらに注目した……が、厄介《やっかい》事に巻き込まれるのは嫌なのだろう。彼らはそのまま、早足で去ってしまった。

（チッ……薄情者め）

現在、私——相沢《あいざわ》愛美は高校の階段の踊り場で、ギャル系のどぎついメイクをした女子生徒六人に詰め寄られていた。

季節は夏だ。風通しの悪いこの場所は非常に暑く、長く伸ばしたダークブラウンの髪が汗で肌に纏《まと》わり付いている。

私を取り囲んでいる彼女達だって、とても暑いはずなのに。わざわざご苦労なことだ。

じわじわ滲《にじ》む汗の感覚にイライラしつつ、私はぼそりと呟《つぶや》いた。

「こんな修羅場《しゅらば》には、慣れていないんだけどな」

一対六という圧倒的に不利な状況で、私に逃げる術《すべ》はない。

私の呟きは聞こえなかったようだが、態度が気に障《さわ》ったらしい。目の前の女子生徒は怒鳴り出した。

「なによ！　気に入らないなら言えよ！　このドロボー猫！」

アイテープと付け睫毛《まつげ》のせいで、私を罵《ののし》る彼女の目は人間離れした大きさになっている。こうやって迫《せま》られると凄《すご》い迫力だ。

ちなみに私はギャルではない。清楚《せいそ》系のそこそこイケている女子生徒……に擬態《ぎたい》する、乙女ゲームが趣味のただのオタクだった。

乙女ゲームとは、女性向けの恋愛ゲームのうち、男女の恋愛をテーマとしたジャンルである。

プレイヤーがヒロインを操作し、攻略対象と呼ばれるイケメン男性キャラクターと疑《ぎ》似《じ》恋愛を楽しむというものだ。

物語の途中で選択肢が出現し、何を選ぶかによって、イケメン達との関係が変わる。

いい選択肢を選び続ければ、お目当てのキャラクターとのハッピーエンドに辿《たど》り着けるし、逆に悪い選択肢を選べば、バッドエンドが待っている。

……正直、そこそこイケている女子高生を演じる上では、人には言えない趣味だ。

だから私は、高校では乙女ゲーマーの事実を隠し「ゲームなんてしませんよ。友達と買い物をしたり、カラオケに行ったりするのに忙しいんです」というキャラを作っている。

オタク女だと思われたら、何かとやりにくい。

私は割と要領のいい方で、スクールカースト最上位のギャル集団ではないが、クラスの中で発言力の強いグループに属していた。

現在、私を取り囲む彼女達とも、付かず離れずの関係を築き、上手くやっていると思っていたのだ。この日までは――

「だから誤解だってば！　マコト君とは、喋《しゃべ》ったこともないのに……あぁもう、困ったなぁ」

本当に、どうしてこんな状況に陥《おちい》ってしまったのだろう。女子生徒達に何度も同じ説明をしているのだが、聞いちゃくれないのだ。感情的になった人間程、話の通じないものはない。

私の必死の説得も虚《むな》しく、とうとう泣き喚《わめ》き始めた彼女に対し、「マスカラとアイラインが取れて、キョンシーみたいになっている」と教えてあげた方がいいだろうか。

事の発端は、マコト君とやらの発言だった。

マコト君はバスケ部のエースで、私と同じクラスの、そこそこモテる男子生徒。そして私に因縁《いんねん》をつけているギャルの元カレである。彼は先日、彼女に一方的に別れを切り出したらしい。

その際、マコト君は非常にはた迷惑な理由を述べたそうだ。

『僕、相沢さんのことを好きになってしまったんだ』

相沢とは私のこと。彼のそんな言葉のせいで、私は現在、私がマコト君に色目をつかったと勘違いしたギャルと彼女の友人達に、盛大に詰め寄られるという憂《う》き目《め》に遭《あ》っている。

もちろん、私は他人様《ひとさま》の彼氏を誑《たぶら》かしなどしていないし、マコト君から告白された覚えも全くない。

それどころか、彼とはほぼ喋ったことがない！　言い切ろう！　私は無実だ！

なのに、どうしてこんな風に詰《なじ》られなければならないんだ……非常に理不尽である。

マコトよ、今すぐここに出てきて釈明《しゃくめい》するのだ！

（ああ、魔法かなんかで、この場所に彼を呼び出せればいいのにな。そうすれば万事解

決だ！　……著《いちじる》しく現実味に欠けるけれど）

　こんな場面でも、ゲーム的な発想の自分に苦笑する。

……いけない、ついつい現実逃避《げんじつとうひ》をしてしまった。

「聞いてるのぉ？　アンタ今すぐマコト君と別れてよ！　二度と彼に近付かないで！」

　彼女はまだ飽《あ》きもせずに、ワーワーと苦情を申し立てていた。

　私はうんざりしつつ、誤解を解こうと精一杯の反論をする。

「いや、だから付き合ってないから！　彼とはまともに喋《しゃべ》ったこともないし、何かの間違いだと思うんだ」

「嘘つかないでよぉ！」

　残念ながら、逆上した女子生徒に私の言葉は届かない。

　怒り狂った彼女は、ついに私を突き飛ばすという暴挙に出た。私の腹に、女子生徒の張り手が見事に決まる。

「ああっ！」

　やばい、と思った時には体が宙に浮いていた。バランスを崩して、踊り場から足を踏み外したのだ。

　落ちる――

私を突き飛ばした女子が、目を思い切り見開いている。なんだかんだ言っていたものの、ここまでするつもりはなかったのだろう。

階段から落ちる瞬間だというのに、周囲の景色はやけにゆっくり動く。私の暢気《のんき》な頭は、異常事態についていけずに、平常運転を続けていた。

♥◆♠♣

――バフン!!

「うわぁっ!」

衝撃《しょうげき》に体が跳《は》ねた。しかし、予期していた痛みはない。階段を転がり落ちるのを覚悟したのだが、何か柔らかいものに受け止めてもらったおかげで、痛い思いをせずに済んだようだ。

「なんだろう、背中がふわふわしてる……」

不思議に思いながら体を起こした途端、甲高い女性の声が聞こえた。

「カミーユ様! ベッドで跳ねて遊んではダメだと、何度申し上げたら!」

「……誰?」

目の前に、メイド服を着た恰幅《かっぷく》のよいおばさんが立っている。

灰色の髪を引っ詰めにした彼女のブラウスのボタンは、厚い脂肪によって、今にも弾《はじ》け飛びそうだ。スカートの丈は膝上で、結構短い。

歳は五十代半《なか》ばくらいだろうか。正直、この年齢でメイドのコスプレはキツイ。自分の母がこんな格好をしていたらと思うと、なんだかしょっぱい気持ちになってくる。

見慣れぬ部屋と家具、人間。どうやら私は、どこかの家のベッドにダイブしてしまったらしい。

私が座っているのは、凝《こ》った装飾の白い枠《わく》に、シャンパンゴールドの天蓋《てんがい》付きの高級そうなベッドである。慌ててその場から飛び降りた。

（……高校の階段から落ちたはずなのに、どうして？　そもそも、ここは一体どこ？）

保健室や病院でもない様子だ。

疑問が多すぎて、私はその場を動けないまま、呆然《ほうぜん》と呟《つぶや》いた。

「あの、ここは、どこなの？」

「……え、カミーユ様？」

コスプレおばさんが、ゆっくり目を見開いた。

「なんの冗談かと思いましたが、まさか記憶がないのでございますか？　だからあれ程、危ないことはなさらないようにと申し上げましたのに！　ああ！　すぐに旦那様をお呼びしますからね！」

ふくよかなコスプレおばさんは、困惑の表情を浮かべ、オロオロしながら部屋を出ていった……夢に出てきそうな迫力だ。

いや、この状況こそが夢なのだろう。そうに違いないし、そうであって欲しい。夢から覚めれば、私は自宅か保健室のベッドにいるはずだ。

「カミーユ！　大丈夫なのか⁉　私がわかるか？」

わけがわからないながら、十分ばかり考え込んでいると、突然部屋の扉が開き、先程のコスプレおばさんと一緒に見知らぬ男性が入ってきた。

男性は、昔のヨーロッパの貴族みたいな服装をしている。おばさんのコスプレ仲間なのかもしれない。

冷徹《れいてつ》な印象を受ける、二十代前半くらいの若くてハンサムな男性だ。

高校生の私からすれば、少し大人なものの、まあまあ好みのタイプ。頭がピンク色でさえなければ。

……そう、彼の髪の色は、見事な淡《あわ》いピンク色だったのだ。

（ミニスカメイド服のおばさんといい、このピンクの髪の男性といい、私の夢は強烈な人間ばかりが出てくるなあ）

オタクな私の思考が反映されているのかもしれないが、結構な悪夢だ。

つい考え込んでしまったが、返事をしなければならない。

「わかりません」

なんだか、さっきから喉《のど》の調子がおかしい。いつもより少し、声が甲高い気がする。

「わからないって、そんな」

男性は困惑の表情を浮かべた。

「だって、あなたと私は初対面でしょう？」

こんなインパクトのある人達……一度会えば、決して忘れない。

「ああっ！」

ピンク髪の男性は、頭を抱えて蹲《うずくま》ってしまった。おばさんが慌てて彼に駆け寄る。

「大丈夫ですか？　侯爵様！」

「大丈夫なわけがない！　娘が記憶をなくしたなんて……私が仕事にかまけて、娘を蔑《ないがし》ろにしていたばっかりに……！」

（侯爵様というくらいだから、この人は偉い人なの？　そしておばさんは、彼に仕えているということ？）

事情はさっぱりわからないが、妙な設定のコスプレ寸劇に、私を巻き込まないでいただきたい！

目を丸くする私をよそに、二人はしばらく騒ぎ続けていた。

そのまま数分間、わーわーと取り乱していた二人だが、やがてようやく落ち着きを取り戻したピンク頭の男性が、私に説明し始めた。

「お前は、カミーユ・ロードライト……私の娘だ」

「私の名前は、カミーユ・ロードライト？」

「ああ、そうだ。ロードライト侯爵家の長女で、今年で五歳になった……」

私は大人しく、彼の説明に耳を傾ける。

（そういう設定のコスプレなわけ？）

カミーユ・ロードライト……どこかで聞いた名前である。アニメかゲームのキャラクター名だろうか。

そんなことを考えている途中で、私は男性の先程の発言にひっかかりを覚え、慌てて自分の体を見下ろした。

「ん……五歳？　え、ええっ⁉」

気が動転していたせいで、今やっと気が付いたが、確かに手足が異様に小さい。

しかも、私が着ているのはピラピラした子供服だった。

(高校の制服から着替えた覚えはないのに……)

大ざっぱな私の夢にしては、妙に芸が細かい。しかし、これは夢なのだから、そこまで大げさに考える必要はないだろう。

(適当に話を合わせようかな)

男性達は突然自分の体を確認し始めた私に驚いた様子だったが、私が落ち着いたのを見て自己紹介をする。

「そして、私が君の父親のシャルル・ロードライトだ」

「わたくしは、この屋敷のメイド長のエメ・アフリアですわ！」

色々と思うところはあるものの……とりあえず、目の前の人達はコスプレイヤーなどではなく、本気でこの格好をしているとわかった。

(そういう設定の夢なんだよね？)

それから先は、侯爵に代わってエメが熱心に説明してくれる。

ここはロードライト侯爵、つまり私の父だと言い張るピンク頭の男性の屋敷だとか。

彼の妻は娘を生んだ時に亡くなっていて、父子《ふし》家庭らしい。

説明を受けている最中に医者を呼ばれ、診察《しんさつ》もされた。

「記憶がなくなったこと以外は、至って健康だそうだ。何かの拍子《ひょうし》に思い出せたらよいのだが」

侯爵は心配そうに私の顔を覗《のぞ》き込んでいる。

とはいえ、思い出せるわけがない。私には、カミーユとして生きてきた記憶自体がないのだから。

彼の後ろから、エメが涙ぐみつつ声をかけてくる。

「今は安静にすることです。カミーユ様、ベッドでお休みになってくださいまし」

「……う、うん」

遠慮なくそうさせていただこう。起きたら病院、あるいは保健室のベッドにいるはずだ。

（ああ！　それにしてもインパクトのある夢だったなあ）

♥　♦　♠　♣

（……おかしい。目が覚めても夢の続きを見ているなんて）

嫌な汗がじわりと肌を伝《つた》う。

私は視線だけで辺りを窺《うかが》い、状況を確認した。

例の高級ベッドで横になり、翌朝に目を覚ました私は、まだこの部屋にいたのだ。

起き上がって外の様子を見ようとしたが、それよりも早く部屋の扉が開いた。

現れたのは昨日のメイドおばさん、エメである。

昨日と同じ、ぱつぱつのミニスカートのメイド服姿だ。

「おはようございます、カミーユ様。まだ記憶はお戻りになっていませんか?」

「……まだみたい」

起き上がって見下ろした私の体は、相変わらず五歳の幼女のままだし、周りの景色は見慣れぬものだ。自分が小さいせいなのか、部屋がとても広く感じられる。

(階段から落ちた衝撃《しょうげき》で昏睡《こんすい》状態に陥《おちい》ったせいで、私はいまだに夢の世界を抜け出せないのかな。その可能性はあるかも)

できれば、今後の生活もあるので、軽症で済んでいてほしい。

「……仕方がないな」

ジタバタしていても、目覚められる保証はないし、いつ目が覚めるのか私にはわからない。

「なら、この夢を楽しむっていうのもアリかもね」

せっかく侯爵家の娘なんて面白い立場になっているのだ、じっとしていてはもったいない。

人生をつつがなく過ごすためには、妥協《だきょう》と打算が必要だ。

現実世界の私は、多少の違和感を覚えつつも、ずっと周囲に合わせて生きてきた。夢の中くらい好きに過ごしたってばちは当たらないだろう。

身支度《みじたく》のため、エメに鏡台の前に立たされた私は、改めてぎょっとした。体の大きさどころか、顔立ちから髪の色まで、すべてが変わっている。

ダークブラウンだった私の髪は、今やお花畑のようなピンク色だ。

そしてぱっちりとした瞳はラズベリー色……現実ではありえない色合いである。

中の上程度だった私の顔立ちは、今や世の大人達がメロメロになりそうな、絶世の美幼女になっていた。

夢の中とはいえ、あの侯爵様と親子設定なだけはある。もう自分のことを棚に上げて、彼をピンク男呼ばわりできない。

「お、お父様は……？」

私がぎこちなく問いかけると、エメが私の髪をとかしながら答える。

「侯爵様は、お仕事に出られていますよ」

「お仕事？　お父様のお仕事ってなんなの？」

お父様、あの人はお父様……！　そう呼ぶことにやや抵抗を感じつつも、私は自分に言い聞かせる。

「侯爵様は、お城で最高位の魔法使いをしていらっしゃいます。日々、このガーネット国の安全を守られているのです」

「へぇ……」

ガーネット国……これも、聞き覚えのある名前だ。しかも、最近聞いたような気がする。

（それにしても、魔法使いって一体何をする仕事なのかな）

頭の中に、某アニメの魔法使いの姿が浮かんだ。彼は毎回ド派手な魔法を使って、華麗に悪を倒している。そんな感じなのかもしれない。

「この世界には魔法が存在するんだ。格好いいね」

私のオタク心がウズウズしてきた。ファンタジーは大好物である。

「魔法か……いいな。使ってみたい」

幼いころの私は、某ファンタジー小説の有名な魔法使いに憧れていて、彼と同じように魔法を学べる学校に通うのが夢だった。

だが、中学生になっても、魔法学校からお呼びがかかることはなく、仕方ないので、近所の公立高校に入学したのだ。

本性を表に出さないだけで、自分がかなりイタい女なのだという自覚はある。

（でもいいや。どうせこの世界は夢だし、ここにいる限りは私の好きにさせてもらおう）

「侯爵様が戻られましたら、相談してみましょう。それにしてもカミーユ様、なんだか雰囲気が変わられましたね……」

エメは、私が昨日から急に賢くなったと首を傾《かし》げている。

中身は女子高生だもの、当然だ。しかし、そう言ったところで理解はされないだろう。

「そ、そうかな？」

元のカミーユがどんな性格だったかはわからない。

（けれど、五歳児だから、多少人格が変わっても許容範囲……だよね？　うん、一応子供っぽく振る舞っておこう）

何より、これは私の夢なので問題ない！　きっと大丈夫だ！

エメが部屋から出ていったあと、私はベッドに腰かけて考え込んでいた。

「それにしても、いつになったらこの夢から覚めるのかな。なんか長くない？」

現実の世界でやりたいことも、たくさんあるというのに、ずっと目覚めないままでは困る。

「ああ、早くゲームの続きがしたい……」

そう、半月前にコッソリ買ったあの乙女ゲームだって、私はまだ途中までしかプレイできていない。

私はオタク女と思われないように、乙女ゲームオタクであるという事実を隠して生きてきた。ゆえに、基本的に自分の部屋でしかゲームをしない。

必然的に、私のプレイ時間は帰宅してからとなり、ぜんぜん話が進まないのであった。

しかも、そこそこの成績を維持するために、勉強に大幅な時間をあてている。

無駄を省《はぶ》こうと、選択肢はすべてネット上の攻略サイトを見つつ選択。先人達のお導きにより、私のゲームライフは守られていた。

（最近やっていた乙女ゲームも、攻略方法をチェックしながら着実に進めていたんだ――ん、待てよ。この世界って、あの乙女ゲームの設定に似ている、よね……？　うん、そうだ。カミーユ・ロードライト侯爵令嬢って名前の、ピンク色の髪の登場人物がいたもの）

それに、ガーネットという国名は、物語の舞台となる国の名ではなかったか？

「夢にまで出てくるなんて！　あのゲームに相当な執着《しゅうちゃく》があったんだな」

──『キャルト・ア・ジュエ』

フランス語でトランプを意味する言葉で、私がプレイ中だった乙女ゲームのタイトルである。タイトルを反映して、トランプの四つのマークをモチーフとしていた。

舞台はハート、ダイヤ、クローバー、スペードの四大勢力が争うエリート魔法学園。そこで、平凡なヒロインの少女が美形男子と恋愛し、成り上がるという内容だ。

主人公の恋のお相手、つまり攻略対象は、各勢力のトップのイケメン男子でK《キング》と呼ばれる生徒達だ。彼女は四大勢力の、いずれかのKと恋に落ちる。

乙女の願望を詰め込んだ恋愛ゲームだけあって、攻略対象はもれなくハイスペックだった。

そのゲームの中に、この夢と共通する設定が出てくるのだ。

さて、ここからが重要である。

『キャルト・ア・ジュエ』には勢力ごとに一人ずつ、合計四人のライバル女子が登場する。ヒロインの恋敵である彼女達は、Q《クイーン》と呼ばれていた。

そして、今の私と同じ名前のキャラ──カミーユ・ロードライトは、ライバルの一人ハートのQなのだ。

カミーユは、ピンク色の髪がトレードマークで、ぱっちりとしたラズベリー色の瞳を持った美少女。

ただし、我が儘《わがまま》な勘違いぶりっ子で、自分が世の中で一番美しく、愛されている存在だと信じて疑わない、少々イタい令嬢だ。ハートのK《キング》に想いを寄せる彼女は、ヒロインが彼を攻略しようとすると登場し、ことあるごとに嫌がらせをしてくる困ったさんである。

もちろん他の攻略対象を選んでも、各勢力に一人ずついるライバルのQ《クイーン》がKとの恋愛の邪魔をしてくる。カミーユはその中でも特に性格が悪く、腹の立つライバルキャラだった。女のねちっこくて嫌な部分を集合させて人型にしたら、きっと彼女になる。

私はハートのKのファンだったこともあり、余計に彼女が嫌で仕方がなかった。

ハートのKルートのハッピーエンドでは、彼の側近《そっきん》であるハートのJ《ジャック》の手によって、悪役らしく破滅《はめつ》してくれたので、清々《せいせい》したのだけれど。

「……って、まさか今の私は、あのカミーユ⁉」

しかし、このままいけば破滅してしまうのでは、という考えはない。

何故ならば、これは夢だからだ。

乙女ゲームに似た世界が夢に出てくるなんて、なんとも私らしいではないか。

（私が破滅なんて、するはずナイナイ♪　ゲームの設定は置いておいて、当初の予定通り好きなことをしよう！　せっかく、他人の目を気にせずに行動できる夢の世界なんだから）

羽の付いた金色のボールを追いかける競技はあるのだろうか。あれば、ぜひとも参加したい。

♥
♦
♠
♣

（……おっかしいなぁ）

私がカミーユ・ロードライトになってから数ヶ月経《た》ったが、まだ夢の世界を脱出できていない。

仕方がないので、引き続きこの世界を楽しんでいる。

（なんと言っても、憧れの魔法がある国だもの）

自分の姿がカミーユ・ロードライトだというのは、ちょっと微妙だけれど、子供の姿だから可愛らしいよねと我慢している。

今のところ、この姿で不利益を被《こうむ》っているというわけでもない。

夢なので、きっと時間の感覚も違うだろう。目が覚めても、それ程時間は経《た》っていない……はずだ。

この数ヶ月で、エメや屋敷の使用人達からカミーユの環境について色々と聞かされた。

カミーユの父であるロードライト侯爵は、魔法好きが高じて魔法使いの仕事に就《つ》いたそうだ。今では、王城に勤める全魔法使いを取り仕切る、魔法棟の総長官になっている。

しかし、彼は魔法以外には全く気が回らなかった。家庭を顧《かえり》みず、仕事で長期間家を空《あ》けることも珍しくない。彼の娘である本物のカミーユは、寂《さび》しい暮らしをしていたようだ。

この体の持ち主であったカミーユと、ゲームのカミーユが同一人物だとしたら、それが原因であのような歪《ゆが》んだ性格に育ってしまったのだろうか。

（彼女の傲慢《ごうまん》な態度の裏側には、父親からの愛を得られなかったという悲しい過去が……いや、単に生まれつき性格が悪かっただけかもしれない）

家庭を蔑《ないがし》ろにしてきた侯爵だが、私が魔法に興味を持ったことに気付いてからは、頻繁《ひんぱん》に家に帰り魔法を教えてくれるようになった。以前のカミーユは魔法にぜんぜん興味がなく、父親に懐かなかったらしい。

親子の関係がいい意味で変わりつつある……と近頃、使用人達は囁《ささや》いている。今では魔法の授業の時間が、親子の数少ない交流の場だ。

思ったのだが、侯爵は娘に無関心というよりは、魔法以外のことにどう対処したらよいのかわからなかったのではないだろうか。実際、魔法を教えてくれる時の彼は、とても優しい父親だ。きっと不器用な人なのだろう。

ちなみに、侯爵の仕事が忙しい時は、彼の部下が家庭教師役を務めてくれた。

私は五歳にして、魔法の英才教育を受けているのだ。幸い父ゆずりの魔法の才能がそこそこあるらしい。

「さすが私の夢だ、とても都合がよく出来ている……」

「ん、どうしたカミーユ？」

私の独り言を訝《いぶか》しんだ父が声をかけてきた。

いけない、今は彼の書斎で魔法の授業を受けていたのだった。魔法に興味のある私は、真剣に授業を聞いている。

「いえ、なんでもないです」

慌てて答えると、父は私の頭を撫《な》でて促《うなが》した。

「では、カミーユ。魔力を外に出すイメージで、自分の周囲に透明な壁を作ってみるんだ」

この世界の住人は皆、体内に魔力を宿している。その魔力を外に放出して事象を起こすことを、魔法を使うと表現するようだ。

「はい、お父様」

私は父の教えに従って、体内の魔力を透明な壁に変換させるイメージを思い描く。

すると、私の周囲に薄く透明な壁がユラリと現れた。

やはり、この夢の世界は凄《すご》い。

「これは、防御魔法の基本だ。もし、危ない目に遭《あ》いそうになった時には、この魔法を使うといい」

父の言葉に、私は殊勝《しゅしょう》に頷《うなず》いた。

この世界では、魔法は学びさえすれば誰でも使うことが出来る。すべての人間の体内に、大なり小なり魔力が宿っているからだ。

しかし、魔法についての教育を受けられる場所はごく少ない。魔法に限らず、読み書きや計算ですら、できない人間が多いのだ。教育を受ける権利などというものは、存在しない。

従って、魔法を自在に扱《あつか》える人間は、魔法の教師を雇うことの出来る貴族が圧倒的に多かった。

私が透明な壁を消すと、父は言い聞かせるように口を開いた。

「魔力の使いすぎには気を付けろ。カミーユの魔力は平均より多いが、城の魔法使いでも魔力を使いすぎて倒れることがある」

人間の体内に宿る魔力の量には、限界が存在するのだ。魔力を使いすぎて体内の魔力がゼロになると、体に力が入らなくなり倒れてしまう。

魔力量には個人差があるものの、魔力を使い切った時に現れる症状は同じだ。

もし魔力が枯渇《こかつ》すると、回復するまでしばらく寝込むことになる。

手っとり早く回復させる方法もあるのだけれど、効率的じゃなかったり、出来れば行《おこな》いたくない手法だったりするので、魔力を使いすぎないことがベストなのだ。

「そうだ、お父様。箒《ほうき》に跨《また》がって空を飛んだり、箒に乗って空を飛んだり、箒にぶら下がって空を飛んだりする魔法はないの？」

「空を飛ぶ魔法はある……が、何故箒にこだわる？」

この世界には、箒に乗って空を飛ぶという発想がないらしい。私の夢の世界なのに。

そういえば、ゲームの中では派手な攻撃魔法と防御魔法くらいしか出てこなかった。

「箒で空を飛べたら、素敵だなと思って」

某魔法学校の生徒達のように、箒で空を飛び回ってみたいというだけだ。我ながら、実にくだらない理由である。

「面白い発想だ、物を浮かせる魔法を応用すれば可能だろう。身一つで空を飛ぶことも出来るが、媒体《ばいたい》があれば、飛行中の速度調節や方向転換が容易になる」

阿呆《あほう》な質問にも真面目に答えてくれる父が、私は大好きだ。もはや、彼の髪の色は気にならなかった。

このまま夢から覚めなければ、小説の主人公と同様に、本当に魔法学校へ通える日が来るのではないだろうか。

私が魔法の学習を始めて数ヶ月目の、ある日の午後。

侯爵家の庭の一角で、父の部下であるソレイユ・ジェイド子爵が上空に向かって声を張り上げた。

「カミーユ様、そろそろ降りてきてください」

ソレイユは、コバルト色の瞳が特徴的な甘い顔立ちの男性だ。長い水色の髪を一括《ひとくく》りにしていて、物腰は柔らかい。性格も穏《おだ》やかで、子供好きである。

この世界の人間のぶっ飛んだ髪色については、私はもう気にしないことにした。

父が仕事で忙しい場合には、彼が私の魔法の教師をしてくれている。

今は、屋敷の上空を箒《ほうき》で飛ぶ授業の最中だった。

父やソレイユのおかげで、私は安定して空中を移動できるようになってきている。

一度、箒に乗ったまま屋敷の外に出たことがあったが、父にもの凄《すご》い剣幕《けんまく》で怒られた。

五歳児だから行動に制限がかかるのは仕方がない。

「はい、今降りま～す！」

箒をゆっくり降下させて、私は地上に降りた。

すると、ソレイユは私と箒を交互に見て、感心したように頷《うなず》く。

「それにしても考えましたね。箒という媒介《ばいかい》を使えば、方向転換が容易になるし、何より安定した速度が出ます」

「お父様も、そんなことを言っていたよ」

箒を使った飛行には、思いも寄らぬ利点があったらしい。

「では、次は回復魔法を練習してみましょう」

ソレイユが、整った顔に穏やかな笑みを浮かべて言った。

「……私、どこも怪我《けが》してないよ？」

「では、私の怪我を治療してみてください。手順は、以前お教えした通りですので」

そう言って笑うソレイユの顔には、真新しい三本の引《ひ》っ掻《か》き傷があった。

猫にでも引っ掻かれたのだろうか。痛そうだ。

「わかった、やってみる」

私は、ソレイユの頬《ほお》に手を当てて、少しずつ体内の魔力を彼の傷口へ送り込む。

回復魔法は、繊細《せんさい》な魔力制御が要求される。

傷の治療は、ほんの少しだけ傷口の時間を逆行させ、怪我《けが》をする以前の状態へ戻すという方法が一般的だ。

重傷や病気を回復する場合、更に手順が複雑になるので、難易度が上がるらしい。

「いいですね。その調子です、カミーユ様」

しばらくすると、ソレイユの頬の傷は跡形もなく治った。

「よくできました、初級の回復魔法は完璧ですね」

成功したようだ。ソレイユは笑顔で褒《ほ》めてくれた。

私は、五歳児にしては異例の速さで魔法を覚えている。

飛行魔法と回復魔法の他に、明かりや火をつけたり、風を起こしたりする魔法を学習した。これらの魔法を応用すれば、更に色々出来るようだ。

「ふふ……勉強熱心な生徒は、可愛らしいです。下の息子も、いつかカミーユ様くらい魔法に興味を持ってくれればいいのですが」

ソレイユは、私に慈愛に満《み》ちた目を向けてくる。彼には四人の子供がいて、一人は私と同い年の少年なのだとか。

「可愛くて利発だと、評判の子なんですよ」

彼はいつもその子の自慢をしていた。親馬鹿と言うほかないが、とても微笑《ほほえ》ましい。

「そんなに可愛い子なら、私も会ってみたいな」

穏《おだ》やかな気持ちでソレイユを見上げたけれど、私の言葉を聞いた彼は僅《わず》かに顔を曇《くも》らせた。

「あなたにぜひ、息子を会わせたいのですが……残念ながら彼は今、私の傍《そば》にいないのですよ」

ソレイユは悲しそうな表情で唇を噛《か》む。何かわけありのようだ。

「どういうこと？」

「息子は街の孤児院に預けられています。お恥ずかしい話なのですが、妻との子供ではないのです」

「ええっ⁉」

妻との子ではないとなると……まさかソレイユは、愛人との間に子供を作ったということだろうか。

「カミーユ様には、まだ早い話だったかもしれませんね」

（いや、バッチリ内容は理解していますよ？）

ソレイユは大人しそうな顔をして、愛人との間に子供を作ってしまう人物だったらしい。

（女性関係にだらしがないのかな。もしかして、さっきの頬《ほお》の傷は猫ではなく、女性が……？）

……優しい家庭教師の意外な一面を知った日だった。

2　ハートのQ《クイーン》、乙女ゲームの登場人物と出会う

夢の世界にやって来て一年が経《た》った。私は六歳になり、使える魔法の数も増えている。

けれど、まだこの夢から、目を覚ますことが出来ずにいた。

（これは、本当に夢なのかな。私、死んでカミーユに乗り移っちゃったとか？　……まさかね）

時々そんな不安が首をもたげるが、あえて深く考えないようにしている。

（憧れていた夢と魔法の世界。ここにいるうちは、素敵な世界を楽しめばいいじゃないか。わざわざ、現実のことを考えなくたって……）

私は、目下《もっか》の心配事から目を逸《そ》らし、蓋《ふた》をしている。

そんなある日。私は父に連れられ、彼の仕事場である王城を訪れた。

ガーネット国は領土は小さいが、国としての歴史は古く、魔法分野に優《すぐ》れ、多くの優秀な魔法使いを輩出《はいしゅつ》している。また春夏秋冬の四季があり、緑の豊かな美しい国だ。

国の最高権力者は王で、その下に貴族、更に下に平民という身分制度がある。城で働く者の多くは貴族だった。

ガーネット国の城は、王都の中心に建っており、私の住んでいるロードライト侯爵邸は、この城から少し南に下った場所に位置する。父が城で仕事をしているので、職場の近くに家がある方が都合がよいのだ。

侯爵邸から更に南へ下ると、ソレイユの住むジェイド子爵邸がある。ジェイド子爵の治める領土は、王都の南にあるのだが、彼も城に勤めている関係上、王都にも邸《やしき》を持っているのだ。

ソレイユはこの一年のうちに、愛人との間に作った息子を孤児院から引き取った。

私の「会ってみたいな」という言葉を覚えていた彼は、父に働きかけて私を息子に会わせるように画策《かくさく》したらしい。

お嬢様暮らしのせいで歳の近い友人がいない私に、父もソレイユも気を使ってくれたみたいだ。

私と会う予定のソレイユの息子は、子爵である彼と平民の愛人の間に出来た子供とのこと。

親馬鹿のソレイユのことだから大丈夫だとは思うのだけど、引き取られた愛人の子が、正妻のいる屋敷で肩身の狭い思いをするというのはよくある話だ。しかも、正妻は息子一人と娘二人を生んでいる。その子達にいじめられる可能性だってあるはずだ。

よその家のことながら、穏《おだ》やかに過ごせているのだろうかなどと、余計な心配をしてしまう。

「そういえば……」

父が部下と仕事の話をしているのを待つ間、私はふと例の乙女ゲームにも、そういう生《お》い立《た》ちの登場人物がいたことを思い出した。

愛人の息子として虐《しいた》げられてきた過去を糧《かて》に成り上がって、ヒロインと同じ学園に通い、攻略対象の片腕として暗躍《あんやく》する人物が。

「まさかね……ソレイユの息子が彼なわけがない。ナイナイ、ナイナイナイ」

私は、頭に浮かんだ嫌な考えを振り払おうと、大きく首を横に振った。

（敬愛するハートのK《キング》のために、邪魔者のハートのQ《クイーン》を社会的に抹殺《まっさつ》する人物が、ソレイユの息子だなんて……そんな恐ろしいことがあってたまるか）

ヒロインに悪意ある嫌がらせをし続けたカミーユは、ヒロインに想いを寄せるハートのKに疎《うと》まれ、彼の腹心によって社会的地位を失ってしまう。

ゲームの中でそのキャラクターがカミーユにしかける数々の報復行為は「鬼畜《きちく》」の一

言に尽きる。

プレイヤーからは「よくやった！」と絶賛の嵐だったのだが……今の私の立場では、そうも言っていられない。

「ナイナイ、ナイナイナイ……たぶん」

仮に、ここがあの乙女ゲームと全く同じ世界だとしても、カミーユが破滅《はめつ》するのは成長して魔法学園に入ったあとだ。破滅を迎える十七歳まで、まだ十年以上もある。

「そのころまでには、きっと夢から覚めているだろうから大丈夫」

私は、再びこの世界について深く考えることを放棄し、心配事を閉じ込めた蓋《ふた》の上に重石《おもし》を載せたのだった。

父の仕事の話が終わったあと、彼の普段の仕事場——魔法棟に行くことになった。

その建物に入り、休憩室へ案内される。

「ここで待っていなさい」

そう言うと、父は部屋の外に出て行く。先に来ているソレイユ達を連れてくるのだそうだ。

魔法棟の中では、たくさんの魔法使い達が働いているらしい。

(他の魔法使い達は、どんな風に働いているのだろう？)

気になったので、窓際に立ってこっそり部屋の外を覗《のぞ》いてみると、城で働く魔法使い達の姿が見えた。皆、忙しそうに歩き回っているが、残念ながら魔法は使っていない。

彼らの制服だろうか、全員、同じ形のローブを羽織《はお》っている。ローブの色は数種類あるようで、一見したところ、黒と赤と青の三種類が確認できた。

私が服装よりも気になったのは、彼らの多くが顔や手に不思議な刺青《いれずみ》を施《ほどこ》していることだった。

実は、父も腕と背中に刺青がある。着替えの時にチラリと見えてしまっただけだ。決してノゾキをしていたわけではない。

その時は「うわぁ、人は見かけに寄らない……」と若干引いてしまったのだが、魔法使いの多くが刺青をしているということは、職種的に必要なものなのかもしれない。

(よし、今度、お父様に聞いてみよう)

そうこうしている間に、父とソレイユが小柄な男の子を連れて部屋に入ってきた。

「……おお」

その少年を見て、私は思わず感嘆の声を漏《も》らした。

キャラメル色の髪にコバルトブルーの瞳、並外れて整った顔立ちの美少年。髪の色は違うけれど、全体的にソレイユ似だ。五、六歳くらいの子供なのに、色気のある甘い空気を纏《まと》っており、お坊ちゃんっぽい紺色《こんいろ》の外出着がよく似合っている。

かくいう私の格好は、スカートが膝丈の、葡萄色《ぶどういろ》のお出かけ用ドレスだ。さほどフリフリしたデザインではない。

笑顔のソレイユが、私の正面に少年を押し出した。

「これは息子のアシルです。カミーユ様と同い年なんですよ」

父親に紹介されてすぐ、美少年が私を見つめて甘く笑う。

「ん……？」

なんだか、少し違和感を覚える。目の前にいる彼の子供らしからぬ微笑は、本心からの表情ではなさそうだ。

ハッキリと断言出来ないけれど、私の反応を興味深く窺《うかが》っているように思える。

（もしかして、私を値踏みしているとか……？　まさかね）

「はじめまして、カミーユ様。アシル・ジェイドと申します」

そう言って手を差し伸べる彼の目を見た途端、私の疑惑は確信に変わった。この目を私は知っている。

これは、自分が女性に好感を持たれる容姿だと、理解して振る舞っている男の目だ。

異性に嫌われることなどないという自信が見える。

彼は、どうすれば自分が一番魅力的に見えるかを計算しつつ、私に接しているのだ。異性に免疫《めんえき》のない六歳の幼女ならイチコロだろう。

でも残念、私にはそれを見破れるだけの予備知識がある。こういう男は、現実の世界でもいたからだ。

そこそこイケている女子に擬態《ぎたい》していた私は、気軽に声をかけることが出来、かつ彼らの体面は保てる都合のいい女として、格好の獲物《えもの》だった。

高校生になってからの私は、そんな理由で見知らぬチャラい男子生徒に上から目線で声をかけられることが多かったのだ。

真面目な恋がしたい私としては、軽いノリで付き纏われるのは、かなりの苦痛だった。

（……それにしてもアシルという少年。こんな子供のころから、自分のお顔を有効活用するなんて、将来ロクな大人にならないぞ）

そう思いつつ、スカートの裾《すそ》を摘《つま》んだ私は、ちょこんと令嬢仕様のお辞儀《じぎ》をする。

「はじめまして、カミーユ・ロードライトと申します」

しかし、カミーユの可愛らしいお顔を活用して微笑《ほほえ》み返すのはやめておいた。面倒だし、私にそこまで器用な真似《まね》は出来ない。

「とっても可愛らしい方ですね、お父様」

アシルは相変わらず私を値踏みするように見ていたが、やがてソレイユを見上げて、鳥肌の立ちそうな社交辞令を言った。親馬鹿なソレイユは息子の腹の内に気付くことなく、デレデレと目尻を下げている。

そんな部下の様子を眺めながら、父が私に話しかけた。

「私達は今から仕事だから、二人はこの部屋で遊んでいなさい」

父は魔法棟の責任者で、忙しい。彼とソレイユはそのまま部屋を出て、仕事に向かってしまった。部屋には、私とマセた少年だけが残される。

急にアシルと二人にされて、私は困った。彼となんの話をしたらよいのかわからない。正直言って子供は苦手だ。

「カミーユ様は、魔法が得意だと父から聞きました。空も飛べるそうですね」

戸惑《とまど》う私に気付いたアシルが、声をかけてきた。

(六歳児に気を使われてどうする、私！)

笑みを浮かべたアシルがさりげなく距離を詰めてくる。肩が触れ合わんばかりだ。

一体どこで、そんな手練手管《てれんてくだ》を身につけたのか、非常に気になる。

「様はつけなくていいよ、せっかく同じ歳なんだから。あなたの態度云々《うんぬん》で騒ぎ立てたりしないし、敬語は使わないで」

　面倒くさいので、敬語で話すのをやめてもらうように言ってみた。令嬢らしからぬ言い種《ぐさ》かなと思ったけれど、子供相手に堅苦しいのは嫌だし、どうせ二人きりだから大丈夫だろう。

「アシルはとても頭がいいって、ソレイユに聞いたよ。勉強が好きなの？」

アシルは少し迷っていたが、私の話を受け入れてくれたらしく、くだけた口調で答えた。

「ああ、勉強くらいしかすることがないんだ。あまり部屋を出るなと言われているから」

　愛人の子供ということで、行動が制限されているのだろう。

　今日の外出は、特例中の特例だったのかもしれない。

（だとしたら、少しは楽しませてあげたいな）

　そう考えつつ、ふと部屋の隅《すみ》に目をやると、掃除用具の箒《ほうき》があった。

　さっそくそれを手に取り、私はアシルに声をかける。

「久々の外出なんじゃない？　せっかくだから、パーッと遊ぼうよ」

「え……？」

　私は箒に跨《またが》り、アシルを手招きした。幸い窓は開いている。ここから飛び出して、王宮を一周りしたら楽しそうだな。

上空だから見とがめられることもないと思うし、万が一見つかったとしても子供二人だ。軽いお説教で済むだろう。

何より、子供の体になってからというもの、部屋でじっとしているのは退屈で耐えられなくなった。最近、私の精神年齢が、だんだん低くなっているような気がする。

「跨《また》がって」

コバルト色の目に不安を浮かべて戸惑うアシルを強引に後ろに乗せ、私は床を蹴《け》った。

ふわりと箒《ほうき》が浮き、窓の外へ向けて動き出す。後ろで彼が息を呑むのがわかった。

私達を乗せた箒は窓から飛び出し、ぐんぐん高度を上げていく。

「アシル、しっかり箒に掴《つか》まっていてね！」

城は侯爵邸の庭よりもずっと広く、飛び甲斐《がい》がありそうだ。

魔法棟が下に見える。先程まで私達がいた、円形の塔のような建物だ。その裏の畑には、植物がたくさん植《う》えてある。魔法薬用の薬草を育てているのかな。

「カミーユは、どこへ向かう気なの？」

落ち着きを取り戻したアシルが声をかけてきた。もっと慌ててくれてもよかったのだが……彼は、もう余裕の笑みを浮かべている。

それにしても、箒の柄《え》を持てと言ったのに、この少年は、どうして私の腰に手を回し

ている のだろう。

「どこへ向かうかは決めてないよ。お城の周りを大きく一周しようかな」

「そっか、じゃあ偉い人が住んでる近くに寄ってみようよ。近付きすぎると警備の人間に見つかるかもしれないから、少し離れて飛んでね」

「面白そうだね……でも、どっちに行けばいいかな？」

「奥の方じゃない？」

私達は、偉い人の居住区がありそうな方角へ向かう。

しばらく箒で飛び回っていると、綺麗な庭が見えた。

庭の真ん中にある白い噴水《ふんすい》の周りに、バラの花が咲き誇《ほこ》っている。赤、白、ピンク、様々な色がまざり合っていて、まるで絵のような景色だ。

ふと、人の声が聞こえた気がして声の方向を向くと、私達と同じ年頃の子供達の姿が見えた。

庭の隅《すみ》で、綺麗な金髪の小さな男の子が、貴族らしい少年達に囲まれている。周囲の少年達の方が、少し年上みたいだ。

「あの子達、何をしているんだろう」

私は上空に留《とど》まり彼らを観察した。遊んでいるにしては、ちょっと様子がおかしい。

窺《うかが》うように背後のアシルを振り返りながら、私は呟《つぶや》く。

「……これは、イジメなのかな」

一人の子供が金色の髪の男の子の胸ぐらを掴《つか》むと、その周りにいた数人がゲラゲラと笑い声を上げた。胸糞《むなくそ》悪い光景だ。

そのうち、周囲の子供達が金髪の子供を小突き回し始める。

「見ていられない。アシル、私あの子を……」

「わかったよ、カミーユ。あの子を助けてあげるんでしょう？」

見計らったかのようなタイミングで、アシルが耳元で囁《ささや》いた。思わずゾワワと鳥肌が立つ……わざとじゃないよね？

「降りてもいいの？　アシルも巻き込んじゃうよ」

「いいよ。あの金髪、たぶん王家の子供だ……俺にとっても、権力者と接点を持てるいい機会だし」

アシルは私の前で取り繕《つくろ》うことをやめたようだ。彼の口からとんでもない言葉が出てきた。

（なっ……なんて打算的な子供なんだ、見損なった！　正義感ゆえの発言だと思ったのに！）

けれど、今はアシルに呆《あき》れている場合じゃない。早くあの子供を助けなければ。

金髪の少年は、ついに尻餅《しりもち》をついてしまった。もしかしたら、怪我《けが》をさせられるかもしれない。

子供達の一人が彼に馬乗りになろうとするところに、私は箒《ほうき》に乗ったまま突っ込んだ。

「こらー！　やめなさーい！」

箒の柄《え》がお尻にぶつかり、いじめっ子がひっくり返る。

すぐに起き上がった子供は顔を真っ赤にしながら、痛そうにお尻をさすっていた。

「なんだよお前は！　どっから湧《わ》いて出た⁉」

「どこでもいいでしょ！　そんなことより、小さい子を寄ってたかっていじめて、恥ずかしいとは思わないの⁉」

チラッと様子を窺ってみたら、私が箒から降りて啖呵《たんか》を切っている隙《すき》に、アシルが金髪の子供を助け起こしているのが視界の隅《すみ》に映る。

「うっせー！　クソ女、出しゃばんなよ！」

「そーだ、そーだ。クソ女は引っ込んでろ！」

近くにいた大柄な子供が、私に向かって殴《なぐ》りかかってきた。

「げっ！　暴力反対！」

今の私はか弱い六歳児だ。肉弾戦は得意ではないので、咄嗟《とっさ》に魔法で防御する。

（それにしても、クソ女とは失礼な！）

私の手から出た淡《あわ》い光が、いじめっ子との間に透明な壁を作る。父に教えてもらった、簡単な防御魔法だ。

魔法を見た周りの子供達が動きを止めて目を見張った。この年齢で魔法を使う人間は珍しいのだろう。

「カミーユ、今のうちに箒《ほうき》に乗って！」

アシルの声で、私はハッとした。確かに今はここから離れた方がいいよね。少年達を防御魔法で足止めしながら、箒の先頭に跨《また》がる。

金髪の少年とアシルは既に箒に乗っていて、準備万端だ。

私は箒を浮かせ、高度をぐんぐん上げた。あっけにとられたいじめっ子達が、ぽかんと上を眺めている。私はケケケと笑いながら、挑発するように奴らの頭上で箒を一周させた。

「魔法棟に戻ろう、カミーユ。お父様達が戻って来ているかもしれない」

「そうだね、アシル」

私は旋回《せんかい》して、魔法棟へ向かう。

それにしても箒《ほうき》が重い。三人も乗っているから当然なのだが、自転車の荷台に、二リットルのペットボトル飲料をたくさん括《くく》りつけた状態のように、バランスが取りづらい。

すぐに、魔法棟の窓が見えてきた。

(それ程離れていなくてよかった。もう少し遠かったら、途中で飛べなくなったかも)

フラフラと目的の部屋に入って着地する。

「あー、疲れた。重たかった……」

箒をもとの場所に戻すと、私はソファーに倒れ込んだ。

アシルが呆《あき》れた顔でこちらを見ているが、疲れたものは仕方がないじゃないか。

「大丈夫?」

私達が助けた金髪の子供が顔を覗《のぞ》き込んできた。

(うわぁ、彼も美少年だな)

サラサラの金色の髪に透《す》き通った碧色《みどりいろ》の瞳、白地に金のラインが入った高級そうな服。

まるで物語の王子様みたいな外見である。

「二人とも、助けてくれてありがとう。僕はロイス・ガーネット。この国の王太子だよ」

本当に、王子様だったようだ……。

「……ん、まてよ? ロイス・ガーネット?」

その瞬間、私の体中の血が沸騰《ふっとう》した。

「ロイス・ガーネットって……あの、ロイスさまぁぁぁああああ⁉」

やっぱり、この夢は乙女ゲームの世界なのだと改めて認識する。

何を隠そう、私はロイス・ガーネットの大ファンだったのだ。彼は例のゲーム『キャルト・ア・ジュエ』の攻略対象の一人で、ハートのK《キング》である。

私はプレイ中に、彼のキラキラした爽《さわ》やかな微笑《ほほえ》みに何度もハートを打ち抜かれた。

恋のお相手としてロイス・ガーネットを選んだ場合の物語はこうだ。

王太子の重圧を抱えつつ、魔法学園に入学したロイス様。次期国王としての自分に自信が持てなかった彼は、ヒロインに熱心に励《はげ》まされるうちに、いつしか彼女に恋愛感情を抱くようになる。

ヒロインはハートのQ《クイーン》の妨害を含む数々の試練に打ち勝ち、ロイス様と結ばれ、最後にはなんとガーネット国の王妃になってしまうのだ。

愛しい彼をゲットし、成り上がりも大成功というわけである。

「そういえば……」

私は、近くに佇《たたず》んでいるアシルを見た。彼の姿も、どこかで目にした気がするのだ。

(このマセガキ……アシルも、やはりゲームの登場人物ではないだろうか。さっきも思ったけれど、彼のような生い立《おいた》ちのキャラクターが、ゲームに登場していたはず)

ロイス様とアシルの二人を見ているうちに、夢の中で一年経《た》って薄れかけていた私の記憶が、徐々《じょじょ》に鮮明になっていく。

アシルは、恋愛対象になるキャラクターではない。彼のルートは、友情エンドしか存在しないのだ。

(やっぱり……アシルって、もしかして)

瞬間、私の全身の血の気が引いた。

アシルは……ハートのQ《クイーン》を徹底的《てっていてき》に陥《おとし》いれるキャラ、ハートのJ《ジャック》ではないだろうか。

ちなみにJというのは、ヒロインと恋人同士にはならないが、友人になるルートのある男性キャラクターの総称である。

ハートのJは、ゲームの中ではロイス様の優秀な側近《そっきん》だった。

「まずい！　やばい！」

私は意図せず、天敵に近付いてしまったようだ。

(ど、どうしよう……私はもしや、ゲーム通りの人生を歩んでいるのでは？)

ハートのK《キング》とJが、ハートのQの目の前で出会ってしまった！　なんて悪夢！

（そうだ、これは夢だ、夢、夢、夢……私が社会的に抹殺《まっさつ》されるなんてありえない。ありえないに決まってる！）

　この世界がだんだん恐ろしくなってきた私は、今まで通り深く考えることをやめた。考えたって仕方がない。問題は先送りにしよう。

　その後、魔法棟の休憩室でロイス様と話をし、私達も彼に自己紹介をした。

　ゲームでのロイス様は、正統派王子様という雰囲気の美青年だった。幼い彼もキラキラしており、どこか気品が感じられる。

「君達のおかげで本当に助かったよ、情けない姿を見られてしまったけれどね……」

　肩を竦《すく》めて少しはにかみながら、ロイス様は私達にお礼を言ってくれた。

「いいえ、たまたま通りかかっただけなのですが、殿下のお役に立てて嬉しく思います。ご無事で何よりでした」

　私の隣でニコリと笑うアシルは、完全に営業モードに入っている。

　まだ六歳だというのに……かなり打算的な奴だな。将来が思いやられる。

「畏《かしこ》まる必要はないよ。年も近いのだし、これからも僕と仲良くしてくれると嬉しいな。僕にはあまり親しい友達がいなくて……」

　そう言うと、ロイス様は少し目を伏《ふ》せて悲しげな顔になった。ゲームではその辺りの事情は描かれていなかったけれど、彼は孤独な環境で育ったのだろうか。

「ロイス様……じゃあ私、お父様にお願いしてアシルとまた遊びにきますね！」

憧れのロイス様に会えるし、アシルを家から連れ出す口実にもなる。我ながらいい考えだ。

「本当かい？」

綺麗な碧色《みどりいろ》の目をくしゃっと細めて、ロイス様は嬉しそうに私の手を取った。彼の全身にキラキラしたオーラが漂《ただよ》っている。ああ、可愛いな。

「もちろんですよ、ロイス様！　お父様の許可が出ればですが」

「僕が、そのように取りはからうよ」

さすが王太子だ。彼の一声は、城の魔法使いのトップである父をも動かせるらしい。

しばらく三人で話をしていると、仕事を終えた父が休憩室に入って来た。あとからソレイユも続く。

「カミーユ、待たせたな」

「あ、お父様！　お帰りなさい、お仕事お疲れさま」

二人は、私達と一緒に座っている笑顔の王太子を見て固まった。

　ソレイユの方はハッと我に返ると、そのままロイス様に向かって問いかける。

「で、殿下⁉　どうして、ここにおられるのですか？」

　ロイス様は、その質問には答えずに、キラキラした笑顔を彼に向けた。

　慌てて休憩室を飛び出したソレイユは、王太子の所在を連絡しに行く。

「無事でようございました、ロイス殿下」

　やがてキリリとした執事《しつじ》風の紳士が、休憩室の出入り口に現れた。

　年齢は四十から五十の間といったところだろうか。モノクルがキラリと光る、いかにも切れ者な感じの上品なオジサマである。

「アンリ、心配をかけたね。従兄《いとこ》の取り巻きに囲まれてしまったところを、この二人に助けてもらったんだ」

　オジサマはロイス様の言葉に心得ているとばかりに頷《うなず》き、私とアシルの顔を交互に見た。なんなのだろう？

「ようございましたね、ロイス殿下」

　……アンリという人は、どうもよくわからない。

　ロイス様達は私とアシルにここで待機するよう指示を出すと、父とソレイユを連れて休憩室の外へ出てしまった。

残された私は、やはり何が起こっているのか理解できず扉の方を眺める。そんな様子を見かねたのか、アシルが私に話しかけてきた。

「ねえ、カミーユはこれでいいの？　ロイス殿下と仲良くするってことは、王弟派を敵に回すということだけど……」

「ん、王弟派を敵に回すって？　どういうこと？」

何故、いきなりそのような話が出てきたのだろうかと、私は首を傾《かし》げた。

すると、それを察したアシルが丁寧に説明してくれる。

「今日、カミーユと俺は王弟派を敵に回したんだよ。たぶん、ロイス殿下を取り囲んでいたのは王弟派貴族の子息達だ。だから、これからは家族も含めて、嫌でも国王派の一員として見られるようになる」

そういえばゲームには、アシルの話と似た設定があった気がする。

私はそのことを思い出し、やっと事情を理解した。

「ああ……わかったよ。アシル」

今の王様――ロイス様の父親と王弟殿下は、とても仲が悪い兄弟なのだ。王弟殿下はあからさまに王位を狙っていて、野心を隠そうともしない。

この国の貴族達は、王を支持する国王派と、王弟を指示する王弟派で真っ二つに分かれている。

その争いが彼らの子供達に波及《はきゅう》して、子供同士も対立しているという話がゲームの中にあったのだ。

そんな中、今日、偶然私達と出会った。

もしかすると、将来の対立に備えるために、ロイス様は早いうちに信頼できる味方を見つけて、自分の傍《そば》に置いておきたいと考えていたのかもしれない。だから、私達を決して逃がさないためにすぐに身分を明かし、同情してもらえるように振る舞った。

ずるいやり方だけど、派閥《はばつ》争いに巻き込まれた彼の境遇を思うと、反発する気持ちは湧《わ》かない。

「きっと、今外で話しているのも、派閥争いに関することだと思うよ」

そう言うアシルは、城の情勢にやたらと明るいみたいだ。

(普通の六歳児は、こんなこと知らないよね……それよりも勝手に派閥争いに巻き込んじゃって、お父様には悪いことをしたなあ)

父である侯爵は魔法にしか興味がない人なので、今まで面倒な派閥争いには加わっていなかったが……今日の私の行動で、国王派のレッテルを貼られてしまったかもしれない。

けれど、不思議と後悔はしていなかった。

「私は大丈夫だよ、アシル。きっと、いずれはどちらかの派閥《はばつ》に付かないといけなかっただろうし、私はロイス様が好きだし」

「……え、好きって？」

アシルがギョッとしたように目を見開いた。

「カミーユって、玉《たま》の輿《こし》が狙いだったの？」

「違うよ、何言ってるの？」

「カミーユは未来の王妃の座を狙ってるのかなって……」

「そんなわけないじゃん！」

それは無理でしょうと強調すると、アシルは何故か笑顔になった。

ロイス様は私の憧れの人なのだ。お近付きにはなりたいけれど、その伴侶《はんりょ》になろうとまでは考えていない。

（所詮《しょせん》、カミーユはロイス様と結ばれないキャラだしなぁ）

乙女ゲームの中のロイス様は、カミーユのアタックに困惑し、彼女から逃げ回っていた。彼にあんな風に避《さ》けられるのは辛いし、嫌われたくない。

ついでに言うと、アシルに破滅《はめつ》させられるのもご免だ。まあ、この世界は私の夢なので、現実に破滅することはないと思うのだけれど。

「そうだよね。今のところカミーユはロードライト侯爵の一人娘だし……お婿《むこ》さんを貰って、侯爵家を継《つ》がないといけないものね」

私の内心を知らないアシルは、一応は納得したようだ。

「そうそう。ロイス様だって王太子なんだから……国のためを思って相手を選ばなきゃ」

例えば、悪役令嬢である私ではなく、ヒロインを選ぶとかね。さもないと……

「あ……そういえば」

私は、ハタと気が付いた。ロイス様は、ゲームの中で破滅を迎えるパターンが最も多い人物だということに……

ゲームにおけるロイス様の波瀾万丈具合《はらんばんじょうぐあい》は、カミーユの比ではなかった。

彼の場合、ヒロインがハートのK《キング》以外のルートに進むと、自動的に破滅へ向かってまっしぐらになってしまうのだ。

例えば、ヒロインが王弟の息子でロイス様の従兄《いとこ》、スペードのKを選んだ場合、クーデターにより国王とロイス様は失脚《しっきゃく》する。

隣国の王子であるダイヤのKを選ぶと、両国間で戦争が起こり、ガーネット国が負けてロイス様は一生幽閉《ゆうへい》される。

ヒロインの幼馴染《おさななじみ》の、平民であるクローバーのK《キング》を選べば、革命が起こって王家が滅《ほろ》び、ロイス様は処刑される。

(ダメじゃん、ロイス様……)

たとえ夢の世界であっても、私は大好きな彼に破滅へ向かってほしくなかった。

ロイス様とカミーユが結ばれることは不可能でも、私は彼に生きていてほしい。それくらいの望みなら、きっとカミーユにも許されるはずだ。

(ただの侯爵令嬢では、大して彼の役には立てないかもしれない。けれど、幸い私はゲームの内容を知っているし、その知識を使って、ロイス様を危険から遠ざけることは出来る)

私は決意した——

「ねぇ、アシル。私、これからロイス様を護《まも》る魔法使いになるよ!」

今以上に魔法を勉強して……少なくとも、ここにいる間は彼を護れるように。

突然の宣言に、アシルは驚いて私を見た。彼はそのまま少し考える素振りを見せたあと、不意に私の手を取る。

「あ……アシル?」

「じゃあ、俺もロイス様を助けるよ。彼の傍《そば》でね」

「……騎士になるってこと?」

「違うよ。俺がなりたいのは補佐官の方」

「補佐官……。頭を使いそうな役職だね」

そういえば、ゲームでもアシルはそんな位置づけだったと記憶している。筋肉ムキムキの武闘派ではなく、冷静なインテリキャラだ。

「まあね。勉強は得意だから、問題ないよ」

アシルは、面白い遊びを見つけた子供のように、実に楽しそうに笑っていた。私と彼の間に、ほのかな友情が芽生《めば》えた気がする。

(少なくとも、今のところゲームのカミーユみたいに嫌われていないし、大丈夫だよね？　私を社会的に抹殺《まっさつ》しないよね？)

不安はまだ消えないが……ここは夢の世界のはずなのだから、ゲームと同じにはならないだろう。

「そうだよ。これは夢、これは夢……楽しい出来事しか起こらないし、目が覚めればすべてなかったことになる」

増幅《ぞうふく》していく不安に押し潰《つぶ》されそうになった私は、必死に自分に言い聞かせるのだった。

3　ハートのQ《クイーン》、現実と向き合う

アシルとロイス様との出会いから数ヶ月後。

私はロイス様の部屋で、アシルを相手にあるものを披露《ひろう》していた。

「見て見てー！」

上機嫌で上着を脱ぎ捨てた私を見て、ギョッとしたアシルが、勢いよく顔を背《そむ》ける。

「ちょっと、侯爵令嬢がなにしてるんだよ！」

彼は慌てて上着を拾い、私の肩にかけた。

心なしか、アシルの顔がほんのり赤い。綺麗なコバルト色の瞳は、戸惑《とまど》いを隠しきれずに揺れていた。

「全裸になっているわけでもないのに、大げさだなあ。アシルは」

上着の中にも、ちゃんと袖《そで》なしの……元の世界で言うワンピースのような服を着ているというのに。

「カミーユ。お願いだから、人前で服を脱いだりしないで。一応、令嬢なんだよ？」

めちゃくちゃ嫌そうな顔をされてしまった。心配しなくとも、全裸になるつもりはない。

「……お父様とお揃《そろ》いの魔法刺青《マジー・タトゥアージュ》を入れたから、自慢したかっただけなのに」

そう言う私の左肩から左手首にかけて、青い蔦《つた》の模様《もよう》が浮かび上がっている。腕や肩の隠れる上着を脱がなければ見えない位置だ。

魔法刺青とは、植物から抽出《ちゅうしゅつ》した色に魔力をまぜ合わせて作った染料《せんりょう》で、人間の皮膚《ひ ふ》に絵を描いたものだ。主に、職業魔法使い達の間で使われている。

魔法使い達はこの刺青《いれずみ》の力で、魔力を少し増幅《ぞうふく》させたり、魔力回復を速めたりすることが可能になる。効果は模様によってそれぞれ違い、あくまで補助的なものなのだが、上手く絵を描けるかどうかで、効果が格段に変わるのだ。

刺青という名前だが、実際は現実世界のボディーペイントに近く、肌に彫《ほ》るものではない。描かれる模様は鱗《うろこ》や花など、様々だ。簡単に描いたり消したりできる優《すぐ》れもので、お肌にも優しい。

今、私の腕に描かれている刺青は、魔力の節約機能がある蔦の刺青だった。父に教えてもらい、私が自分の魔力で初めて描いたものである。

「ねえ、アシル。ちょっと見てみてよ、いい出来なんだから」

「寄るな、露出狂！」

不毛な追いかけっこが始まった。初対面の時に敬語は使わないでなんて言ったためか、彼は私にだけ遠慮がない。

魔法刺青《マジー・タトゥアージュ》を見ることを拒否されたが、今のところ彼とは仲良く出来ていると思う。

ゲームの中でのカミーユに対するような、強い嫌悪《けんお》感を抱かれてはいない……はずだ。

「カミーユ、アシル、そこで何をしているの？」

あと少しでアシルを捕らえられそうなところで、ロイス様が扉から顔を出した。

今日、私とアシルはロイス様に呼ばれて城に遊びに来ているのだ。この数ヶ月の間、二人とも結構な頻度《ひんど》で王太子のもとに顔を出していた。

「あ、ロイス様！　見て見て……うっ！」

ロイス様に魔法刺青を披露《ひろう》しようとしたら、後ろからアシルに羽交《はが》い締《じ》めにされた。

「殿下に、なんてもの見せる気なの⁉」

「私の魔法刺青を、見てもらうだけだよ。ロイス様～♪」

「だから、上着を脱いじゃダメだってば！」

くそう、アシルめ……邪魔をするでない。ロイス様に笑われてしまったではないか。

「カミーユ、魔法刺青をしたの？」

ロイス様がキラキラした笑顔で、興味深そうに尋ねてくる。

「はい！　父に教えてもらいました！」

「女の子なのに大丈夫なの？　魔法刺青なんかしちゃって……」

「はうーん、ロイス様ってば紳士」

確かに、女性は魔法使いであっても魔法刺青をあまりしない。

ボディーペイントに近いとはいえ、肌に模様《もよう》を描いた女性は、育ちが悪く見えるし下品などの理由で男性から敬遠されるのだ。

ロードライト侯爵家では、父が魔法以外に無関心なので、自由に魔法刺青を描けた。

しかし普通の家庭ではそうはいかない。貴族令嬢なら尚更だ。

「構わないですよ。私は立派な魔法使いになって、ロイス様を護《まも》ることに人生を捧《ささ》げるつもりですから」

魔法を極めるために必要だというならば、私はいくらでも魔法刺青を描くだろう。

(都合が悪い場面では、魔法で模様を見えなくしてしまえば全く問題ないのだし)

私の答えに苦笑いを浮かべたロイス様は、「程々にね」と言ったあと、今日の予定を話し始めた。

「今日は城の外へ出ようと思う……城下町の様子を見てみたいんだ。もちろん護衛《ごえい》をつけるし、父の許可も下りているよ」

私とアシルが呼ばれた理由は、ロイス様のお忍び城下町見学に付き合うためだったらしい。

アシルは呆《あき》れ顔でロイス様を見ている。城の外に出ることで降りかかる危険を考えているのだろう。しかし、彼は溜息をつきつつ頷《うなず》いた。

「……もう決定しているのでしょう？　だったら僕らは従うのみですよ」

「ロイス様と城下町デートですね！　わほーい！」

彼のファンである私からすると、美味《おい》しいイベントである。

「案内なら任せてください。父や使用人の目を盗んで何度も町に来ていますから。有名なお店はすべてチェック済みですよ！」

胸を張る私に、ロイス様は憂《うれ》いを帯《お》びた碧色《みどりいろ》の目を向ける。

「えーと……今のは聞かなかったことにするね？」

曖昧《あいまい》な笑みを浮かべるロイス様の隣で、アシルが何かを悟ったかのような遠い目で私を見ていた……。

空は青く澄《す》み渡り、日差しは明るく、外出日和《びより》だ。

町は活気に溢《あふ》れていて、多くの人や馬車が、ひっきりなしに石畳《いしだたみ》の道を行き交《か》っている。

昼間の城下町は、とても賑《にぎ》やかな場所だ。

お忍び城下町見学を決めてから少しあと、城から馬車でやって来た私達は、その中でお忍び用の衣装に着替え、町へ降り立った。

空を飛んで来た方が速くていいと思うのだけれど、王太子の移動となるとそうはいかないらしい。

護衛《ごえい》達は魔法が苦手で、誰も空を飛べないそうだ……簡単な魔法なのになあ。

町を歩く間は私とアシルとロイス様、そして王太子の護衛二名が一緒に行動する。残りの護衛達は物陰から私達を見守ってくれていた。

「ロイス様、行きたいところはありますか？」

そう尋ねながら、私は城下町の案内マップを広げる。以前、父の部屋から失敬したものだ。

「これが行列のできるケーキのお店です。で、ここは行列のできる紅茶のお店……あ、こちらの私の行きつけの魔法薬の材料、モンスターの干物専門店もおすすめですよ」

「……ちょっと、カミーユ。最後の店、あきらかにおかしいよね？」

私が地図を指し示しつつ説明していたら、並んで歩いているアシルが横から茶々を入れてきた。

（ええい、余計なことを……！）

睨《にら》むけれど、アシルはしれっと私とロイス様の間に割り込む。

「殿下、どこに行きますか？　カミーユに任せるのは危険です」

「うーん……僕は普通に市場を見て回りたいかな」

「それがいいです！」

すかさず、護衛《ごえい》の一人が口を挟《はさ》んだ。

「市場だったらたくさんの店がありますし、人々の暮らしもわかりやすいでしょう。スリや引ったくりにはお気を付けください」

突如《とつじょ》乗り気になった護衛その一の誘導で、私達は市場へ向かうことになった。

市場もなかなか賑《にぎ》わっている。まだ昼なのでそれ程混雑はしていないが、もう少しすると夕食の買い物のため、もっと人が集まってくるはずだ。

ロイス様は物珍しげに辺りをキョロキョロ見回している。目をキラキラさせて、とても楽しそうだ。

「珍しいものがたくさんあるね。これは？」

「ああ、ソフラの実ですね。心を落ち着ける作用があります」

「では、これは？」

「コカトリスの肉ですね。硬くてあまり美味《びみ》ではありませんが、長期間保存が出来ます。殿下、向こうにも面白そうなものが……」

すっかり主導権を握った護衛その一が、市場の案内を続けている。

まあいいか、ロイス様も満足しているみたいだし。私とアシル、そして護衛その二は黙って彼のあとに続いた。

市場の中央にある大通りを抜け、華やかな服飾品の専門店街を通り、私達はいつの間にか人気《ひとけ》のない場所まで来ていた。これ以上先には倉庫などが並ぶはずだ。

「ここまで来れば大丈夫でしょうか」

そう呟《つぶや》き、不意に護衛その一が立ち止まった。

現在、私達は市場の外れにある路地にいる。

いつもなら、この辺りには武器や魔法アイテムを扱《あつか》う露店が並ぶはずなのだが……今日は、すべての店が休んでいるようだ。

「急に立ち止まってどうかしたの？　道に迷った？」

ロイス様が不思議そうに、護衛その一に声をかける。

「おいおい、ここには何もないみたいだぜ？　来た道を戻るか。殿下、こちらへ……」

護衛《ごえい》その二がロイス様を連れて踵《きびす》を返そうとした時、それは起こった——

突如《とつじょ》、銀色に光る物が飛来し、護衛その二の背中に突き刺さったのだ。

護衛その二は、そのまま声も上げずに地面に倒れた。彼の背には大型のナイフが生《は》えている。上着に、じわりと紅《あか》い染みが広がった。

「なっ、何？　どうしたの？」

ロイス様が慌てて護衛その二から距離を取り、私は彼を自分の背後に庇《かば》う。狙われている可能性があるのは、王太子のロイス様だ。

「大丈夫です。他の護衛がすぐに来てくれるはずですから……」

「残念だな、助けなら来ないぜ」

湧《わ》き上がる恐怖心を抑えて、ロイス様を宥《なだ》めていた私の声を、護衛その一が遮《さえぎ》る。

彼の手には、護衛その二の背に刺さっているのと同じ形のナイフが握られていた。

この男は護衛などではなく、ロイス様を狙う曲者《くせもの》だったのだ！

「他の護衛なら、俺の仲間が始末したからな。既に全員事切れているだろうよ」

曲者が顔を歪《ゆが》めて不敵に笑う。ゾワリと私の背筋が粟立《あわだ》った。

「ロイス様！　逃げ……」

そう言いかけた瞬間、曲者がナイフを投げてきた。

咄嗟《とっさ》に魔法で透明な壁を作り、それを防ぐ。ロイス様達と出会ったあの日、いじめっ子達を止めるのに使った魔法と同じものだ。

曲者が一人なら、ロイス様を守りながら、なんとか逃げ切れるかもしれない。

しかし、私の淡《あわ》い希望は、物陰からゾロゾロと現れた曲者の仲間達によって消え去った。全員で五人だ、目の前の刃物を持つ男を含めると、六人。

隠れてついて来ていた他の護衛達のものか、返り血を浴《あ》びている者が数人まざっている。こちらの曲者達も、初めから本来の護衛達の中に紛《まぎ》れていたのだろう。

六歳児三人に対して、曲者は計六人。圧倒的に不利な状況だ。

不意に現実の世界で、ギャルの集団に詰め寄られた時のことを思い出した。

（……これって走馬灯《そうまとう》？）

ここで死んだら、私はこの夢から覚めるのだろうか。

現実に戻れるのなら、少しくらい刃物が刺さっても問題ない？　すべてがなかったことになる？

「ははっ……そんなわけないよね」

この期《ご》に及んで夢に縋《すが》る、自身の往生際《おうじょうぎわ》の悪さに乾いた笑いが漏《も》れた。

高校の階段から落ちたあと、どういう理由でこの世界に来たのかは、いまだにわからない。

しかし、これは夢なんかではなく現実なんだということに、私は薄々気付いていた。

ずっと目を背《そむ》け続けていた。認めたくなんてなかった。心のどこかでは、本当はわかっていたのに。

——もう、以前いた場所に戻るのは不可能だと。

私は逃げていたのだ。この世界について、自分の境遇について、真面目に考えることを先送りにして、面倒事に蓋《ふた》をした。

(だって、この世界を夢だと思い込まなければ、到底受け入れられないことばかりだったから……)

両親に会いたい。友達にも会いたい。破滅《はめつ》が待っている悪役の令嬢なんてご免だ。

——帰りたい。

夢なら何も考えずに好き勝手に楽しむだけで済むのに、現実だったら身勝手に振る舞うわけにはいかないじゃないか。

「カミーユ!」

アシルの声でハッと意識が戻る。と同時に、左腕に鋭《するど》い痛みを覚えた。曲者《くせもの》の投げた刃物が、私の皮膚《ひふ》を切り裂いたのだ。魔法の壁を破られてしまったらしい。

こんな状況で現実逃避《げんじつとうひ》なんて、私は馬鹿だ。今はロイス様とアシルをなんとしても無事に逃がさなければならない。

もちろん、私自身も生還するつもりだ。

「あっちへ行って！」

咄嗟《とっさ》に強風の魔法を出し、曲者を吹き飛ばす。飛ばされた曲者に巻き込まれた数人が、団子になって転倒した。

今の私に使える魔法は限られている。危険を伴《ともな》う強力な攻撃魔法は、まだ教えてもらっていないのだ。

さっきの風程度では、相手と距離を取る以外にはなんの効果も期待できないだろう。

私は再び魔法の壁を出して自分達を守り、同時に、救援を呼ぶための伝達魔法を放《はな》った。

伝達魔法とは、伝えたい内容を短時間で相手に運ぶ、伝書鳩《でんしょばと》のような魔法である。

広げた手からピンク色の蝶《ちょう》が飛び立ち、高速で城を目指す。これで父が異常に気付くはずだ。

「お父様、早く来て！」

その間にも、曲者達は手を休めずに攻撃をしかけてくる。

子供二人を庇《かば》いつつ曲者達と対峙《たいじ》していると、アシルが耳元で囁《ささや》いた。

「カミーユ、さっきの風以外に使える攻撃魔法は？」

「火と水と雷と木と、色々。でも威力はさっきと同じくらいで、大したことはないの……あっ！」

そうか、攻撃にこだわるからいけないのだ。曲者《くせもの》達を倒さずとも逃げるか、時間を稼《かせ》ぐかすればよい。

「空気！　空気を薄くしたら時間を稼げるかも……」

女子高生時代の知識が役立つ時が来た。

大気中の酸素濃度を減らせば、敵の意識を飛ばせる。私は全神経を、新しく透明な壁を作るために集中させた。

魔法で作った壁を大きなドーム型に変化させ、今度は曲者達の周りを囲み、その中の酸素を減らしていく。日常生活で使う、火を消す魔法の応用だ。

空気を操る魔法は難易度が高いので、かなりの集中力が必要だった。やがて、自分達を取り巻く空気の変化に気が付いたらしく、曲者達の間に動揺が走る。

（ドームを破らない限り、曲者達は倒れていくはず）

本当はもっと広範囲にしたかったのだが、ここは市場が近いので人がいる可能性がある。無関係の人を巻き込まないために、広範囲にわたって酸素を消すわけにはいかなかった。

「大丈夫？　カミーユ、俺も手伝うよ」

不意にアシルの体から、魔力の流れを感じた。

彼はサポートをしようと、私の魔法に合わせて自分の魔力で、壁を強化してくれている。

魔力は他人に受け渡したり、他人の魔法にまぜたり、足したりすることが可能なのである。

「アシルって、魔法が使えたの？」

「少しだけね。父から習ったんだ……俺にも、そこそこの才能があったみたいでさ」

「いつの間に……」

今まで、そんなこと一言も言わなかったはずだ。

（っていうか、アシルはゲームの中では魔法をバンバン使うキャラじゃなかったよね？）

ゲームでの彼はブレーンに徹《てっ》していて、魔法学園にいながら、それ程魔法に秀《ひい》でた印象はなかった。彼は実技よりも、魔法アイテム作りや魔法薬作りのほうが得意で、ロイス様の側近《そっきん》というポジションは勉学で勝ち取っていたのだ。

だが、驚きはしたものの、非常に助かった。

これで曲者達は、ドームの中から抜け出ることが出来ないだろう。私の力不足で完全な無酸素空間に出来ないのが辛いところである。

六歳児と舐《な》めてかかっていた曲者《くせもの》共は混乱に陥《おちい》り、酸素不足に喘《あえ》いでいる。

さっそく、呼吸困難で三人が倒れて気を失った。

「……軟弱者《なんじゃくもの》がまざっていて助かったね」

しかし、苦しんでいた曲者のうちの一人がユラリと手を振った途端、空気の流れが変わった。私の空気を操る魔法を解除《かいじょ》してしまったらしい。

曲者達の中に一人、魔法を使える者が潜《ひそ》んでいたようである。

「生意気なガキだな」

その魔法使いの男が不機嫌な声を出した。魔法を使える相手がいるなんて、想定外だ。

こうなると、何事もなく逃げ切ることは難しいかもしれない。防御用の魔法の壁があるうちに手を打たなければ、全滅してしまう恐れがある。

私は急いで懐《ふところ》から絵筆を出し、魔力で巨大化した。簡易箒《ほうき》モドキの出来上がりだ。

私は、巨大化した絵筆に魔力を込めて、城へ向かうように箒モドキの行き先を設定する。

最近父と一緒に編《あ》み出した魔法で、箒を使った飛行魔法を応用したものだ。乗り心地は普通の箒よりも劣《おと》るがスピードは出る。

「ロイス様、一人乗りですが跨《また》ってください。城に直行させます！」

曲者に狙われているのはロイス様だ。彼だけでも逃がさなければならない。

アシルも逃がしてあげたいけれど、優先順位は王太子であるロイス様が先なのだ。臣下の私達が先に逃げるなんて、できるわけがない。

「嫌だ！　僕に二人を見捨てろというの？」

ロイス様は今まで聞いたことがない大きな声で拒絶した。日頃の穏《おだ》やかな様子とは打って変わり、碧色《みどりいろ》の瞳に不安を滲《にじ》ませている。

「奴らの狙いは王太子ですよ。今のうちに早く乗って！」

アシルも叫ぶが、ロイス様は動かない。問答を続けているうちに、敵に魔法の壁を解《かい》除《じょ》されてしまった。私は慌てて風の魔法で再度曲者達を吹っ飛ばす。容易にこちらに近付くことは出来ないものの、ドームがなくなり曲者達は自由に動き回れる状態だ。

一人が投げたナイフが私の防御魔法に当たって跳《は》ね返り、もう一人が放《はな》った矢が近くの壁に刺さった。

後ろでは、魔法使いが私達の周りを囲った透明な壁を解除しようと動いている。魔法の壁は、作り出した時と逆の手順を踏めば、第三者でも解除することが可能なのだ。私達の魔法はまだ初歩であり、単純な手順なのですぐに破られるだろう。絶体絶命である。

「ロイス様！」

もはや、私の声は悲鳴のようになっていた。

アシルが、氷のつぶてを大量に作り上げて曲者《くせもの》達に放つ。彼は攻撃用の魔法も使えるみたいだ。

しかし、氷粒の威力は雹《ひょう》くらいのものでしかなかった。アシルも六歳児相応の魔法しか教えられていないらしい。

「何もしないよりましだよね。雹だって、当たれば痛いもの」

そう呟《つぶや》くと、私も透明な壁を維持しながら、敵に向けてアシルと同じ魔法を放った。

ロイス様を間に挟《はさ》み、前に私、後ろにアシルが立ち、同時に氷の魔法で曲者達を攻撃する。

けれど私達の抵抗も虚《むな》しく、ついに敵の魔法使いによって、私達の周囲の透明な壁までもが解除されてしまった。

(――もうダメだ!)

無我夢中《むがむちゅう》で、魔力の限り氷のつぶてをぶつけ続ける。

「嫌だ!　こっちに来ないで!」

もうめちゃくちゃだが、私はなりふり構わず氷の攻撃魔法を放《はな》った。集中力が乱れているせいで、氷の中に石や木、金属片もまじっているけれど、気にしている場合ではない。

本当ならばとっくに魔力切れを起こしていたはずが、ありがたいことに、描きたての魔法刺青《マジー・タトゥアージュ》の魔力節約効果が役に立っていた。

魔法を掻《か》い潜《くぐ》って放たれた曲者のナイフが私の頬《ほお》を掠《かす》め、一筋の傷を作る。アシルの腕や足にも数ヶ所、傷が出来ていた。

曲者達は勝利を確信しているのだろう。私やアシルに直接とどめを刺すことはせずに、甚振《いたぶ》って遊んでいるようだ。

……ロイス様はまだ飛び立ってくれない。

魔法使いの男の周囲で、徐々《じょじょ》に紫色の気体が昇り始めている。なんの魔法かはわからないが、嫌な予感がした。

「なんだろう、あのガス。アシル、見たことある？」

私の言葉を聞き振り返ったアシルは、その途端、血相を変えた。

「カミーユ、あれ、たぶん毒のガスだ！　前に家にあった本で読んだ覚えがある！　吸うと長時間にわたって悶《もだ》え苦しむらしい」

「マジか！　最悪な魔法じゃん！」

（もういっぱいいっぱいなのに、やめてくれ！）

私は心の中で悲鳴を上げた。毒なんて吸ってしまったら、ひとたまりもない。

「どうしよう、どうしよう……」

今まで学んできた事柄や魔法の知識を総動員して、対抗策を考える。

（炎で燃やしてみる？　そもそも、あれって可燃性なのかよくわからないな。下手をすると、爆発する可能性だってあるし……）

ロイス様を護《まも》るなんて言ったのに、結局何も出来ていない。私は、何もかもが中途半《はん》端《ぱ》だった。

魔法使いの男が、紫色のガスをこちらへ送り込み始める。

（風で吹き飛ばすべきだろうか……いや、ここは市場だ）

流れ込んだ先に人がいたら危険である。

しかし、迷っている暇はなさそうだ。

「……アシル、一瞬だけ透明な壁を張ることはできる？」

「その魔法なら、俺も使えるよ」

彼は答えながら、周囲に素早く壁を作り上げてみせた。……優秀だな。

「私があの紫色のガスに向けて攻撃魔法を放った瞬間に、私達三人を守るようにその壁を出してほしいの……できるかな？」

私がそう聞くと、アシルは静かに頷《うなず》いた。彼のコバルト色の瞳には、強い覚悟が見える。

先程までの戦いで、私の魔力はさほど残っていない。これで勝負が決まるはずだ。

空気を操る魔法で、じわじわとガスを一ヶ所に集め、外へ漏《も》れ出さないように再びドーム型の覆《おお》いを作る。チャンスは一瞬だ。

魔法使いの男と、ナイフを持った曲者《くせもの》二人は余裕の表情を浮かべていた。弱々しい子供が必死に抵抗している様《さま》を、面白がって眺めているのだろう。

だが、曲者達のその余裕こそが、こちらの好機なのだ。

彼らは、さり気なく私達や曲者全員を包み込むように展開している透明の壁に気付いていない。

毒のガスが一ヶ所に集められたのを確認し、炎の魔法をそちらへ向けて放《はな》つ――

その瞬間、私達の周りで爆発が起こった。曲者達が吹き飛んで、周囲に張り巡《めぐ》らされている透明の壁に叩き付けられる。

爆発が起こるタイミングで、アシルが素早く私達三人を囲むように壁を作ってくれた。彼のお陰で、私達は爆発に巻き込まれずに済んだのである。

「ありがとう、アシル」

「カミーユ、凄《すご》いじゃん。何やったの？」

「……ガス爆発を狙って……成功したみたい」

無我夢中《むがむちゅう》だった。思い付きでめちゃくちゃな魔法を使ったけれど、結果的に上手くいったみたいでよかった。毒のガスが燃えるかどうか、一か八《いちばち》かの賭《か》けだったのだ。

もう、私の魔力はほぼ空《から》だ。ギリギリで成功して、助かったと胸を撫《な》で下ろす。

アシルも魔力が尽きたのか、私達を囲む透明の壁は、爆発を防いですぐに霧散《むさん》してしまった。

あの毒のガスを放った魔法使いは、壁に叩き付けられた衝撃《しょうげき》で地面に伸びている。

安心してホッと息をつくと同時に、こちらを見るアシルの顔色が変わった。

「カミーユ！　後ろ！」

アシルの視線は、私の背後に向けられていた。

「……え？」

ナイフを持った曲者《くせもの》の男……護衛《ごえい》その一が、凄《すご》いスピードで私に迫《せま》っている。一人だけ、爆発によるダメージが少なかったらしい。

「このっ、クソガキがぁっ！　調子に乗りやがって！」

男の目は怒りで血走っていた。大振りのナイフを振りかざして、真っ直ぐに突っ込んでくる。

「きゃぁあああっ！　来るなー！」

透明な壁を作れる程の魔力は、私の中にもう残されていない。アシルも同様だろう。

咄嗟《とっさ》に比較的魔力の使用量が少なくて済む、小さな炎の塊《かたまり》を作って曲者の男に放つ。

しかし、易々《やすやす》と炎を避《さ》けた男のナイフが振り下ろされ……私の腹に衝撃が走った。

あまりの痛みに、目の前が白く塗り潰《つぶ》されていく――

「うわあぁ！」

何故か、私を刺した男から悲鳴が上がった。

なんでお前が叫んでいるんだ、叫びたいのはこっちだよ……！

「ロイス様、アシル……早く逃げ……」

そう言いかけた途中で、ブツリと私の意識は途切れた――

「カミーユ、カミーユ……」

誰かが私を呼ぶ声が聞こえる。

(うるさいなあ、もう少し寝かせてよ。エメかな、お父様かな)

「いいかげん、起きなよ。いつまで寝てる気？」

軽く体を揺すられる。

(嫌だよ、なんだか体が怠《だる》いんだ。耳元で叫ばないでよね)

「……起きないとキスするよ？」

その言葉に驚いて目を開《あ》けると、間近にアシルの色っぽい顔が迫《せま》っていた。

「……っ！」

透《す》き通ったコバルト色の瞳と視線がぶつかる。私と目が合うと、彼は目を細めて甘く微笑《ほほえ》んだ。

更に近付いてくる垂《た》れ目《め》がちの整った愛らしい顔は、子供ながらなかなかの破壊力だな……って。私は正気付いてすぐにガバリと上半身を起こし、アシルを避《さ》けた。

このマセガキめ……子供のくせに、なんて冗談を……！

「やっぱり……眠りが浅くなっている気がしたんだよね」

軽口とは裏腹に、ベッドの端に座り直すアシルは、安堵《あんど》したように息を吐いた。

「アシル、なんでここに？　というか、ここはどこ？」

「ここは城の医務室。カミーユは助かったんだよ」

私が寝かされていたのは、固くて真っ白い簡素なベッドだ。

アシルに更に事情を尋ねようと口を開いた瞬間、意識を失う直前の忌《い》まわしい記憶が蘇《よみがえ》った。刃物を手にした男が、私の腹にそれを突き立てた光景だ。

「っ……！　私……刺されて」

慌てて腹部を確認してみたけれど、深く刺された痕《あと》は消えていた。魔法でほとんど治療されたらしい。

しかし、状況に気付いた途端、刺されたはずの場所が疼《うず》き始めた。夢とは到底思えない痛みが、ズキズキと体に響いている。完全回復まで、少し時間がかかりそうだ。

「ロイス様は？」

「まず聞くことが、それなんだ……」

アシルは眉をひそめながら溜息をついた。

「無事だよ、無傷で侯爵に保護された。危ない目に遭《あ》ったばかりだから、今は自室に押し込められてる」

「よかった……アシルは、怪我《けが》はない？」

「へーき。大した怪我は負ってないよ、かすり傷だけ」

戦闘の際にアシルが負っていた細かい傷も、すべて癒《い》えているようだった。

彼の説明によれば、私は刺されてから丸二日程眠っていたとのことだ。父とソレイユは事後処理に追われていたので、代わりにアシルが私の様子を見てくれたのだとか。

「ねえ、あのあとどうなったの？　私、気絶しちゃって覚えてないんだけど」

「……覚えていないの？　何も？」

「うん、刺されたところまでしか……」

アシルは不思議そうな顔をした。なんだろう、気を失った私が何かしたとでも言うのだろうか。

「カミーユを刺した奴は、焦《こ》げたんだよ」

「焦げた？ 人間が？」

「そう。カミーユを刺した瞬間に、男が黒焦げになったんだ。持っていたナイフも溶けて……カミーユが何かやったんじゃないの？」

アシルの言葉に、私は一瞬言葉を失った。

「……うそ」

「もしかして、無意識だった？」

全く覚えていない。魔力だって空《から》になったはずなのに、実は余力があったのだろうか？

（そうなると、可能性としては温度を異常に上げちゃったとか、刃物を媒介《ばいかい》として熱に変換された魔力が流れ込んじゃったとかだ。後者ならありえるかも）

考え込む私に、アシルが説明を続ける。あのあとすぐに、父と魔法棟の魔法使い達が駆けつけてくれたそうだ。犯人達は焦げた男以外、全員捕獲《ほかく》された。

私達を襲《おそ》った奴らは、実力的には下の下。しかし、いくら尋問《じんもん》しても雇い主については口を割ろうとせず、見張りの隙《すき》をついて自害したらしい。

長い月日をかけてロイス様の護衛《ごえい》として潜伏《せんぷく》していたために、誰も奴らの害意に気が付かなかったのだそうだ。

曲者《くせもの》達は王弟派の人物の手の者という線が濃厚だが、巧妙に足がつかないようにされていて、いまだ黒幕の特定には至っていないとか。

そんな下っ端にやられてしまうなんて、私はまだまだ未熟者だ。

「……っ！」

唇を噛《か》んで曲者達との戦闘を思い出していると、急に体が震え出した。あの時はロイス様を護《まも》らなきゃと思って気を張っていたけれど、本当はとても怖かった。

直接刃物を向けられた経験などなかったし、ましてやあんな風に刺されるなんて……

「カミーユ、もう大丈夫だよ」

震え続ける私を見て、アシルが優しく声をかけてきた。彼だって怖かっただろうに、私を宥《なだ》めようと体を撫《な》でてくれる。

「私、人を焦がして、殺しちゃったの？」

改めて口にすると、更なる恐怖感に襲《おそ》われた。黒焦げの状態になって生きている人間はいないだろう。

無意識に一人の人間の命を奪《うば》ってしまった。

「カミーユは殿下と俺を護《まも》ったんだよ。あいつが生きていたら、俺達は全員殺されていた」

アシルは私の背中を撫《な》で続けながら言い聞かせるように呟《つぶや》く。

ロイス様を護る魔法使いになるということは……こういうことなのだ。

勢いで宣言するような生やさしいものではなかった。今更気が付くなんて、私はとんでもない馬鹿だ。

「あれ……」

握りしめた手の甲にボトボトと大粒の雫《しずく》が落ちてきた。

（ヤバい、私、今泣いてる？　うそ、どうしよう止まらない……）

焦《あせ》れば焦る程に涙が溢《あふ》れてくる。

それを見たアシルは、あきらかに動揺していた。

中身は女子高生だというのに、ボロ泣きして六歳児を困らせるなんて、情けなさすぎる。

いくらなんでも、精神年齢が退行しすぎだろう。

（ああ、アシル。ちょっと用事があるフリでもして、部屋を出て行ってくれないかな）

しかし、彼は出て行くどころか、距離を詰めてきた。

「もう大丈夫……カミーユは何も悪くないよ。俺も殿下も、カミーユには感謝しているんだから」

フワリと頭を撫でられる。

ぎこちない動作だけど、一生懸命私を慰《なぐさ》めようとしてくれているのがわかった。

(アシルのくせに、優しいだなんて)

感極まって、涙が余計に止まらなくなりそうだ。

「私を破滅《はめつ》させるくせに、優しくしないでよぉ……」

「……カミーユ、言っている意味がよくわからないんだけど」

アシルは、その後も私が泣きやむまで付き合ってくれた。

案外、打算だけではなく優しいところもあるみたいだ。

♥　◆　♠　♣

元の世界において、私は常に周りの視線や意見に左右され、流されるままに生きてきた。

自分を少しでもよく見せようと、体裁《ていさい》を取り繕《つくろ》ってばかりだったのだ。

私は今まで、自分の思いに正直に、全身全霊で何かに取り組んだことがなかった。

(でも、そんな生き方になんの意味があったのだろう)

今回の事件以前の私は、現実を直視せず、気の向くままに遊んでいた。本当はずっと、ここは夢の世界ではないと気が付いていたはずなのに。

この世界では「ソコソコ」でいることなんかに、なんの意味もない。

今まで通りではダメなのだ、私自身が変わらなければ――

認識を改めた私は、城の医務室で目を覚ました翌日、自宅に帰ったその日より一心不乱に魔法書を読み漁《あさ》り始めた。

父や家庭教師に教えてもらうのを、待っているだけではいけない。

もう二度と、あんな思いはしたくない。無力な自分に失望したくない。大事な人を危険にさらしたくない。

朝から晩まで魔法書に没頭《ぼっとう》し、時には城の魔法棟に顔を出した。

他にもやりようはあるのかもしれない。だけど、今すぐ全力を注《そそ》げそうなものは、魔法くらいしか思いつかなかったのである。

私の熱意に、エメを始めとする使用人達はドン引きしていたけれど、構わなかった。

私はもう周りの目など気にしないと決めたのだ。

でなければロイス様もアシルも、自分すらも護《まも》れないと知ったのだから。私は誰よりも魔法を極めて、何があっても大切な人を護れるようにならなければ。

ここは、乙女ゲームの世界のはずなのに、セーブもロードもリセットも出来ないのだ。

私の熱意が伝わったのかは定かではないが、私が七歳になった時、父は私に城の魔法棟での勤務を許してくれた。

この国では、軍事や医療、研究などの分野で、広く魔法が使われている。その最先端を行くのが、城で働く職業魔法使い達だ。

一定量以上の魔力と魔法の実力があれば、誰でも見習いとして働くことが出来る。年齢制限はないが、十代半《なか》ばで働き始める者が多い。

そして、見習い期間中に成果を上げれば、正式に城付きの魔法使いとして採用されるのだ。

魔法棟には、「青」「黒」「赤」の三つの部署があり、現在は総勢百名程が働いている。

魔法使い達は基本的に制服を着用。首元まで隠れる白いブラウスにベスト、下はキュロット又はパンツ、上着にそれぞれの部署の色のローブという格好をしている。

「青」は研究職で、魔法やアイテムの創作や、薬の開発。制服は青いローブ。

「黒」は少数精鋭の部署で戦闘職だ。主な仕事は王族の護衛《ごえい》で、制服は黒のローブ。

「赤」は人数が一番多く、「青」と「黒」の管轄外《かんかつがい》の仕事全般を請《う》け負っている。制服は赤のローブ。

「赤」の魔法使いの具体的な仕事はと言うと、国内の町や村に派遣されて、魔法が必要となるトラブルを解決したり、指定の場所に調査に向かったり、国民に害を加えるモンスターを退治したり……なかなか忙しい仕事だ。

このファンタジー世界には、モンスターなどという生き物が存在する。奴らは大抵森の奥深くや洞窟など、暗くて人気《ひとけ》のない場所に生息しているので、普通に町で生活していれば滅多《めった》にお目にかかることはない。

それぞれの部署にトップの人間がおり、父はその更に上の立場で、魔法棟全体の代表をしていた。

私は、「赤」の見習いとなった。

初めは簡単な調査から、次第にモンスターの退治まで、私は徐々《じょじょ》に「赤」の仕事を覚えていった。

将来的には「黒」の魔法使いとなり、ロイス様の護衛《ごえい》をしたいけれど、現在、彼には実力のある大人の護衛がちゃんと付いている。さすがに、こんな子供に王子の護衛を任せることなんてない。

私とアシルは「王子の取り巻き」として、週に何回かご機嫌伺いに顔を出す程度である。

何に触発されたのか定かではないが、少し前からアシルも城内で簡単な雑用兼事務仕事にたずさわるようになった。

「赤」の見習いになって数ヶ月目のある日。

仕事で城内の廊下を歩いている最中に、私は見覚えのある姿を発見し、思わず足を止めた。

「あれ、あの女の子って、もしかして」

短めの濃紺色《のうこんしょく》の髪に褐色《かっしょく》の手足を持ち、猫を思わせる容姿……

(また出会ってしまったよ、あのゲームの登場人物に)

よく考えてみれば、この城にいる限り他のキャラクターにも出会う可能性があったのだ。

城の中は大きく三つのエリアに分かれている。

国王派の王族が住む東棟、王弟派の王族が住む西棟、官僚《かんりょう》達の職場が集まる中央棟。

現在私がいるのは、中央棟だ。

その中央棟の廊下の真ん中で、一人の女の子が泣いている。

「あの子、スペードのQ《クイーン》だよね」

スペードのQはロイス様の宿敵である王弟の息子、スペードのK《キング》のルートで出てくる、ヒロインのライバルになる悪役令嬢。

スペードのQ《クイーン》――メイ・ザクロは、スペードのK《キング》の忠実な部下だ。ゲームでの彼女は双子の弟であるスペードのJ《ジャック》と共に、スペードのKの護衛《ごえい》をしている。

メイはミステリアスな雰囲気を纏《まと》った物静かな女性で、ライバル達の中で一番マシな性格だった。

一番性格が悪いのは、間違いなくカミーユだろう。カミーユは、片想いの相手であるロイス様が想いを寄せるヒロインに嫉妬《しっと》し、嫌がらせの限りを尽くす最悪な女なのだ。今は自分がそのカミーユだと思うと、大変しょっぱい気持ちだが、私はヒロインをいじめたりしない。

それに対し、メイは忠誠心が強すぎるゆえに暴走し、主人を誑《たぶら》かすヒロインを排除しようとする真面目な令嬢だ。

ヒロインがスペードのKと結ばれた際には、彼女はヒロインを害そうとしたことがバレて仕事をクビになり、消息不明になってしまう。最後までミステリアスなライバルだった。

「ふあぁぁん、どこぉー？」

そのメイ・ザクロが、何かを探して盛大に泣き声を上げている。

（ここ、通り道なんだけどな……）

無視しようにも通路の真ん中で泣いているので、それも出来ない。

職務に忠実で無口なミステリアス系美少女も、今は私と同い歳かそれより下の幼女で、神秘の欠片《かけら》もなかった。

「メイって、こんな小さな時から城で働いていたのかぁ……」

彼女の金色の目からは涙がとめどなく流れている。

彼女は王弟派なので、関わると面倒なことになるかもしれない。何より、泣いている子供なんてどうすればよいのかわからなかった。

でも、このまま放っておくのも良心が咎《とが》める。

（今のメイは小さな子供の姿だし、敵対勢力だからといって攻撃されることはないよね）

そう考えた私は彼女の前に歩み寄り、声をかける。

「どうしたの？　誰かを捜しているの？」

「うわあぁぁん！」

ダメだ、泣きやまない……。ロイス様が襲《おそ》われた事件の直後、アシルが私にしてくれたように、メイの頭を撫《な》でてみた。効果はあったみたいで、少しだけ彼女の泣き声が小さくなる。

それにしても、将来の姿を知っているだけに、今の彼女の泣き顔には違和感しか覚えない。

「ライガ様ぁ、どこー?」

「ええっ? ライガ?」

メイはスペードのK《キング》――ライガ・トランスバールを捜しているらしい。

彼女は、こんな小さなころから主《あるじ》にべったりだったのだろうか。

「あなたは、ライガ様を捜しているの?」

「ううっ……お昼寝してたら、ライガ様いなくなっちゃった……」

辛抱《しんぼう》強く慰《なぐさ》めながら尋ねているうちに、メイはだいぶ落ち着いてきたようだ。自分の現況を説明し始めた。

「どうしよう、ライガ様がどこにいるのか捜したいのに、ここには迷子センターが、ないようっ」

「え? ま、迷子センター?」

なんと懐かしい響き!

(でも、どうしてメイが、デパートやショッピングモールにある迷子センターの存在を知っているのだろう? この世界に、そんな施設はないのに)

彼女の言動は、さっきからゲームの中のメイらしくない。年齢のせいかとも思ったけれど、それだけじゃない気がする。

私がじっとメイを見つめていると、西棟の方向からドタバタと大きな足音が聞こえてきた。

「メイー！　どこだぁっ！」

「ん……？　んんっ⁉」

足音の方向を向いた私は、その主が誰かを認識して固まった。

「あ、ライガ様だ！　ライガ様ー！」

メイは勢いよく顔を上げる。

目の前には、ロイス様の従兄《いとこ》で宿敵でもある王弟の息子、ライガ・トランスバールが立っていた。

私と同じ六、七歳児の彼は短く切られた銀髪《ぎんぱつ》に碧眼《へきがん》で、ロイス様のものと少し似た黒地に銀色の刺繍《ししゅう》を入れた服を着ている。

攻略対象なだけあって、幼いながら整った顔立ちなのだが、その威圧的《いあつてき》な雰囲気には親しみやすさの欠片《かけら》もない。

今も碧色《みどりいろ》の目を鋭《するど》く細め、不機嫌を露《あらわ》にしている。

（そうそう、ゲーム中の彼も仲良くなるまでは無愛想で気難しかったんだよねぇ……）

ライガの後ろには、メイの双子の弟でスペードのJ《ジャック》であるカイ・ザクロが静かに控えていた。

カイの見た目はメイとそっくりだ。着ている服から、かろうじて彼が男だと判断できる。

メイがベソベソしながらライガに小さな手を伸ばすと、彼の鋭い目つきが、やや和《やわ》らいだ。

「なんでこんな場所にいるんだ……勝手に部屋から出るなと言っただろう」

ライガは文句を言いつつも、優しい手つきでメイを抱き寄せる。ちょっと意外だ。

「ふぇえ……だって、起きたらライガ様いなくてっ、寂《さび》しくて……」

「メイ、ライガ様を困らせちゃ……ダメ」

弟のカイはゲーム通りの、ややたどたどしい話し方だ。ゲームの中の双子は二人とも無口で、こんな風にポツポツとしか話さなかった。

「お前、メイに一体何をしたんだ」

置物と化していた私を、ライガが厳しい目付きで睨《にら》んだ。

（まだ子供だというのに凄《すご》い迫力だな……）

その勢いに私が気圧《けお》されていると、メイが彼の腕を掴《つか》んでブンブンと前後に振り、抗

議した。

「ライガ様、ピンクのお姉ちゃんは悪くないの！　お姉ちゃんは私が泣いていたから話を聞いてくれただけなのよ！」

（え……「ピンクのお姉ちゃん」って、私のこと？）

確かに名乗ってなかったけれど、この呼び方はあんまりじゃなかろうか。

「そうなのか？」

ライガが目を丸くした。近寄り難《がた》いオーラを纏《まと》う彼だが、こういう顔は親しみが持てる。

「お前……ロイスの腰巾着《こしぎんちゃく》だろう」

ライガは私のことを知っていたようだ。彼とは初対面だが、どこかでロイス様と一緒の場面を見られたのかもしれない。

「腰巾着じゃないですよ、未来の護衛《ごえい》です」

「そんなものはどうでもいい。こら、メイ！　俺の服で鼻水を拭《ふ》くな！」

メイのせいで、気難しい王弟の子息の威厳《いげん》が台無しである。

（彼らの関係がゲームと違うように感じるのは、気のせいかな。もしかすると――

私の中に、ある可能性が浮かんだ。それを確めるために、私はライガに声をかける。

「メイちゃんって、もう少し大人しくてミステリアスな子に見えたのですが。意外と可愛らしい性格なのですね。もしかして、いきなり内面が変わったとかじゃ……」

そんな私の言葉に反応したのは、ライガではなく、後ろに控えていたカイの方だった。

「お前、なんなの。メイのこと……何を知っている？」

無表情で私を見据《みす》えるカイは、どこから出したのか、片手に長い針を構えている。

（オイオイ、凶器で脅《おど》す気ですか。ここは他の人も通る廊下なんですけど？）

そういえば、メイとカイの双子は大人しそうに見えて、戦闘が得意なキャラだ。ライガの護衛だけあって、彼らは針などの暗器を器用に使いこなしていた。

「やめろ、カイ」

主《あるじ》の制止で、カイはあっさり引き下がる。やはり、主人の命令には忠実らしい。

カイが武器をしまったのを確認すると、ライガは私の方を向き、冷徹《れいてつ》そうな碧色《みどりいろ》の目を細めて言った。

「メイなら初めて会った時からこんな感じだぞ、変な言いがかりをつけるな」

「すみません、姉弟《きょうだい》であまり似ていないと思ったので」

「双子だからといって、性格が同じとは限らないだろう」

「そう、ですね……」

ライガは知らないのか、それとも演技なのか……

でも、カイは確実に何かを知っている様子だ。

「部屋に戻るぞ」

「「ハイ！」」

釈然《しゃくぜん》としない思いを抱えながら立ち竦《すく》む私を放置し、ライガは双子を連れて去っていった。

あまりにもゲームとはかけ離れた様子といい、さっきの「迷子センター」発言といい、彼女は私と同じ世界から来た人間なのではないだろうか。

(言動を考えるに、中身が女子高生ってことはなさそうだけれど……)


メイ達と出会って一ヶ月程が経《た》った。

彼女は私に懐いてくれたみたいで、廊下を歩いているとどこからともなく寄ってくるようになったのだ。

「ああっ！　お姉ちゃん！」

今日も、中央棟の廊下を歩いていたら突如《とつじょ》、物陰から褐色《かっしょく》の肌の少女が走り出てきた。

「メイちゃん？」

「お姉ちゃん、遊びに来てっていったのにどうして来てくれないの？」

メイは私の前に立ち、頬《ほお》を膨《ふく》らませながら言った。先日、同じようにやって来た彼女に、遊びに来てとねだられていたのだ。

「ごめんねメイちゃん。大人の事情で、私からメイちゃんに会いに行くことは難しいんだ」

私は一応国王派に属しているから、堂々とライガの従者に会うわけにはいかない。

そもそも、メイに会う前に彼女の主《あるじ》にシャットアウトされる可能性が高いだろう。彼はメイのことを、それはもう大切にしているようだから。

「そっかぁ。でも、私からこうして会いにくるのはオッケーなのね！」

「もちろんだよ。東棟の中には入らない方がいいと思うけれど……ん？」

不意に目の前の床に影が落ちた。

「そうとも、『もちろん』ダメに決まっているだろう。まったく、急に走り出したと思えば！」

メイの後ろから、ライガが現れた。彼は通常なら西棟から出てこないのだが、メイが私のもとを訪れるたびにすっ飛んでくるようになったのだ。

今、私達がいる中央棟は、官僚《かんりょう》達の職場が集まる場所。国王派も王弟派も出入りが自由なので、大きな揉《も》め事にはならないが。

「ヤダー！　今日はお姉ちゃんと遊ぶ！」

「……俺の部下を誘惑《ゆうわく》しないでもらえるか」

メイがだだをこね始めた途端、ライガが冷たい眼差《まなざ》しでギロリと私を睨《にら》みつける。

しかし、なんてことはない。奴はメイを私にとられて嫉妬《しっと》しているだけである。

「ごめんね、メイちゃんのイジワルなご主人様が遊んじゃダメだって。私はメイちゃんのことが好きだけれど、どうしようもないね」

「ライガ様のバカー！」

私がダメ押しのように言っている途中で、メイはそのまま西棟の方向に走り去ってしまった。私はニヤニヤとライガを見る。

彼は怒りを隠し切れない様子で口を開いた。

「貴様……これで七回目だ。メイに関わるなと言っただろう」

「メイちゃんの方から来るんだから、拒否できません」

「ちっ……」

ライガも大事な従者であるメイの意向を、完全には無視できないのだろう。苦虫を噛《か》み潰《つぶ》したような顔で、ズカズカと西棟の方角へ消えていった。

♥
♦
♠
♣

ジェイド子爵家の庶子、アシル・ジェイドを取り巻く環境は、苛酷《かこく》の一言に尽きる。

アシルは母の顔を覚えていない。物心付いたころには既に孤児院にいた。

孤児院の環境は最悪で、子供を多く抱えている割には設備も物資も貧相だった。そのせいで、食べ物も玩具《がんぐ》も常に奪《うば》い合いだ。満足に自分の取り分を得られない者から飢《う》えて死んでいく。

国の施設のはずなのに、補助などはほとんど出ていないようであった。そんな環境の中でアシルは他人を出し抜き、利用することが上手くなっていった。

孤児院で数年を過ごしたアシルに、ある日、転機が訪れる。自分の父親だと名乗る男が、息子を引き取りたいと言ってやってきたのだ。

綺麗な衣装に身を包むその男は、ガリガリに痩《や》せてぼろ布を身に纏《まと》った姿のアシルに微笑《ほほえ》みかけた。アシルを迎えにきた男は貴族であり、王城で魔法使いとして働いている「ジェイド子爵」だという。ジェイド子爵は昔、身分を偽《いつわ》って酒場の娘だったアシルの母と付き合い、アシルが誕生したそうだ。

しかし、当時、子爵には既に正妻との間にできた子供がおり、彼の両親や正妻の反対にあって今までアシルを引き取れなかった。そのうち、アシルの母が他界し、残された彼は実の祖父母によって、孤児院へ預けられたのである。

今回、子爵は自分の両親が他界したのを機に強引に息子を迎えにきたらしい。

アシルは子爵に引き取られ、急に父と義母《はは》、兄、姉、妹ができた。

義母のアデライドと兄のドミニクは、初対面のアシルを嫌悪《けんお》に満ちた目で睨《にら》んだ。

ドミニクは父には似ず、毎日いいものを食べているのだろうと思わせるような、かなりの肥満体である。

姉のデボラと妹のデジレは、侮蔑《ぶべつ》を滲《にじ》ませながらも興味津々《きょうみしんしん》といった様子でアシルを見ていた。試しに愛想よく微笑《ほほえ》んでみると、二人とも顔を真っ赤にして目を逸《そ》らす。

孤児院時代に身につけていた自分の顔を有効活用する方法を、アシルはここでも遺憾《いかん》なく発揮《はっき》した。

父はその後、アシルに兄達と同等の教育を施《ほどこ》した。

慣れないマナーやら言葉遣いやらを面倒に思うことはあれど、義母や兄にバカにされるのは腹が立つので、アシルは真面目に覚えた。

更に専属の家庭教師まで付けられ、文字や歴史、数字などを片っ端から叩き込まれる。

しかし、勉強は思ったよりも簡単で、アシルは特に苦労することなく、数ヶ月で兄ドミニクの授業内容に追いついた。

もの凄《すご》いスピードで知識を吸収していくアシルに家庭教師らは驚愕《きょうがく》したが、何も知らないアシルはそれを普通のことだと思い込んでいた。

子爵家に引き取られてしばらく経《た》ったある日、仕事から帰ってきた父が、アシルに向かって唐突に言った。

「君に会わせたい子がいるんだよ」

「上司であるロードライト侯爵の娘さんなんだけどね、魔法が得意で凄く賢い子なんだ。アシルも気に入ると思うよ」

父の話によると侯爵令嬢は一人娘で、彼女の父である侯爵は妻を亡くしてから、再婚の気配もないらしい。その情報を踏まえて、令嬢にどう対処するかを、アシルは頭の中で素早く計算する。

彼は厳しい孤児院生活を送るうちに、その美しい外見からは想像もつかないくらい打算的な性格になってしまっていたのだ。

侯爵の一人娘なんて、うまく取り入ることができれば、役に立ちそうな相手である。

長男以外の貴族の子息にとって、婿《むこ》入り先の確保は重要なのだ。

しかも、今回彼女に会う場所は王城らしい。令嬢を手玉に取って、城で将来の仕事の伝手《つて》を見つければ一石二鳥《いっせきにちょう》だ。

「とても楽しみです」

愛らしい笑顔で答えた息子に、父が満足そうに笑った。彼はアシルの本性には気付いていない。

その数日後。城の魔法棟にある休憩室でアシルを出迎えたのは、お花畑のようなピンク色の頭の、小柄な令嬢だった。

アシルは我《わ》が儘《まま》で贅沢《ぜいたく》に慣れた貴族の子供達が総じて大嫌いだったので、自然と、その令嬢のことも見下していた。どうせ、頭の中もお花畑なのだろうと……

「はじめまして、カミーユ様。アシル・ジェイドと申します」

彼女に視線を合わせて、彼の姉妹に会った時と同様にニッコリと微笑《ほほえ》む。

それなのに、目の前の令嬢は真っ赤になるどころか、興味深そうにアシルを観察し始めた。その上、途中で小馬鹿にした目を向ける始末。アシルは珍しく困惑した。

「はじめまして、カミーユ・ロードライトと申します」

令嬢は何事もなかったかのようにスカートの裾《すそ》を摘《つま》んで、優雅《ゆうが》にちょこんとお辞儀《じぎ》をする。

父と侯爵が再び仕事をしに部屋を出ると、その令嬢は急にくだけた口調になり、アシルにも同じ振る舞いを要求してきた。

正直、堅苦しいのは好きではないアシルにとっては、その方がありがたい。だが、侯爵令嬢であるカミーユが、平民の子供のような話し方をするのは意外であった。

更に、ガーネット国の王太子とも出会うことが出来た。カミーユに強引に箒《ほうき》に乗せられ、飛んで行った先に偶然王太子がいたのだ。

カミーユは王太子の前でも自由そのもので、彼を見て目を輝かせはしたものの、媚《こ》びる素振りもなく気ままに振る舞っている。

アシルのカミーユに対する印象は、今や他の貴族の子供に対するそれとは全く異なるものになっていた。

(カミーユという令嬢は……何かが変だ)

果たして、アシルの勘は当たっていた。

広い庭園に、女性受けのよさそうな菓子や、高価な食器の数々を並べた丸い小さなテーブルが置かれている。

ガーデンパーティーとは名ばかりの、国王派の結束を固める集《つど》いである。当然、メンバーは国王派の貴族ばかりだ。

カミーユとアシルがロイスの取り巻きになってから、ロードライト侯爵家もジェイド子爵家も、こういった集まりに呼ばれるようになった。この日のパーティーは子供も参加できる昼の集まりなので、アシルとカミーユも出席している。

「アシル様ぁ！」

「きゃあっ、こっち向いてくださいませ！」

「ああっ！　今、目が合いましたわ！」

アシルは、以前から令嬢達にやたらと人気があった。七歳児ながら、積極的に言い寄られたことも一度や二度ではない。

正直、面倒くさいと思っている。しかし、本音を表に出さず愛想を振りまいているのは、いつか役に立ってもらう日が来るかもしれないから、という相変わらずの打算的な理由からであった。

ふと視線を感じてアシルが振り返ると、少し離れたテーブルで、ドレス姿のカミーユが紅茶を手にニヤニヤしつつ自分の方を見ている。

「よっ、色男！」

彼女が酔《よ》いの回った親父じみた口調でからかってくるので、アシルはなんだか胸がムカムカした。令嬢達に見えないようにカミーユを睨《にら》みつけるが、相手はどこ吹く風だ。

そういうカミーユには、男の取り巻きが全くいない。全身魔法刺青《マジー・タトゥアージュ》だらけなので当然と言えば当然なのだが……

この国では刺青《いれずみ》を入れている女性は派手で品がないとみなされ、敬遠されるのだ。貴族階級の娘なら尚更である。

カミーユの場合、首元の模様《もよう》は襟《えり》で隠されているが、ドレスを着ると両手の模様が丸出しなので、一目でわかってしまう。

ロイスが襲《おそ》われてからのカミーユは、極端に魔法に傾倒《けいとう》し出した。勉強やマナーなど他のすべてのことが疎《おろそ》かな代わりに、彼女の魔法の実力は近頃、異様な成長を遂《と》げている。

しかも、腕も足もすぐに魔法刺青だらけにしてしまうので、七歳にして女性としては終わっている……が、それについては、本人は全く気にしていない様子だ。

カミーユもデビューしたての時は、大勢の同年代の男共に囲まれていた。かつてのアシルのような、婿《むこ》養子狙いの貴族の次男や三男達に。

それに辟易《へきえき》した彼女は、あえて魔法刺青全開で出席しているのだろう。浅知恵だが効果は抜群《ばつぐん》である。

「ロイス様ぁ！　素敵ですわぁ！」

「はあ……あの微笑《ほほえ》み、眩《まぶ》しすぎて目眩《めまい》が……」

この国の王太子であるロイスも、令嬢達から絶大な人気を誇《ほこ》っていた。彼の歩く先々で黄色い声が上がっている。

人のよいロイスは、令嬢達に囲まれてキラキラした爽《さわ》やかな笑みを振りまいていた。

「ロイス様、あちらでお話ししませんこと？」

「この女狐《めぎつね》！　殿下から離れなさい！」

「何よ、そっちこそ離れなさいよ！　あ、そこのあなた抜け駆けしないでちょうだい！」

彼を取り囲んで、五、六人の令嬢がバトルを繰り広げている。そこに、ピンク頭の少女が割り込んだ。

「ロイス様は、私と一緒にケーキを食べるんだよ！」

「引っ込んでいなさい！　この刺青《いれずみ》女！」

「何をー！　この厚化粧オバケ！」

……いつの間にか、カミーユも参戦していた。

その一角だけが穏《おだ》やかなガーデンパーティーの風景とは異なり、混沌《こんとん》とした空気に包まれている。そんな異様な空間からアシルはそっと距離を取り、庭の片隅《かたすみ》に向かった。

「アシル……」

しばらくして、死にそうな声で名前を呼ばれたアシルが振り返ると、そこには顔色の悪いロイスが立っていた。

繰り広げられる女の醜《みにく》い争いに精神力を削《そ》ぎ落とされて、逃げて来たらしい。アシルが近くにある椅子を勧めると、彼は倒れ込むように腰を下ろす。

「大変でしたね」

「うん、少し疲れたよ。ご令嬢達は皆元気だね」

「あんなの、適当にカミーユを虫除《よ》けに仕立て上げればいいじゃないですか」

カミーユは護衛《ごえい》になることを希望しているし、ロイスに好意はあるが、王妃になるという願望はない。

打算もなければ見返りも求めない。まさに、献身的すぎる都合のいい相手だ。

「うーん、でもねぇ……」

「なんですか？」

ロイスは言いにくそうにしながらアシルを見つめた。まるで何かを訴えかけるように……

「アシルは、それでいいの？」

「いいも何も、どうして俺にそんな質問をするのです？」

王太子がカミーユを盾にするのに、彼女の友人でしかないアシルの許可はいらないはずである。


その答えに、ロイスは溜息をつきながら首を横に振った。

「あのね、アシル。好きな女の子にそんなことをさせちゃダメだよ」

「はあ？」

アシルは、予想外のロイスの言葉にキョトンとする。

「好きって……俺が、カミーユを？　冗談でしょう？」

「そうは言うけれど、アシルはカミーユのことをいつも気にしているよね。彼女が僕に構いすぎると不機嫌になるし」

「そんなことはありません！」

アシルがむきになって否定しても、ロイスは指摘をやめない。

「以前カミーユが刺された時、一番血相を変えていたのはアシルだったじゃないか。真っ先に応急処置をして、その後も付きっきりで彼女を世話していたし」

「たまたまです。あの時は侯爵が事後処理に追われていたし、殿下は部屋を出られなかったから……」

ロイスがまたしても溜息をつく。居心地の悪さに、アシルはつい口を滑《すべ》らせた。

「殿下は……あなたは、カミーユに対して何も思うところはないのですか？」

ロイスが驚いた顔をしているのを見て、アシルは失言を後悔したが、今更口から出た言葉を取り消せるはずもない。

「僕が？　カミーユに思うところ？」

「さっきだって、カミーユは殿下争奪戦《そうだつせん》に参戦していたでしょう？」

あからさまな好意を寄せられているのに、ロイスは一向にカミーユに靡《なび》く様子がない。

「あれは……そういう好意なのかなあ。カミーユは僕を恋愛対象として見ているわけではないと思うよ？　だからこそ、彼女とは一緒にいられるのだけれど」

ロイスは首を傾《かし》げて呟《つぶや》き、そのまま考え込んでしまった。

カミーユの好意は完全に空回っている。アシルは彼女に対して僅《わず》かに同情した。

「殿下は、カミーユになんの想いも寄せていないと？」

「カミーユは好きだけど、恋愛感情ではないと思う。彼女は侯爵家を継《つ》ぐ人間だし、僕だってそのうち許嫁《いいなずけ》が出来るだろう」

「……そうですよね、当たり前のことを聞いて申しわけありません」

ロイスの答えは王家の子供として当然のものだ。

アシルは余計なことを言ってしまった自分にイライラした。理由はわからないが、胸の辺りがずっとモヤモヤしている。

先程から湧《わ》き続ける得体の知れない感情に、彼は戸惑《とまど》っていた。今までのアシルの人生の中で、こんな割り切れない思いをするなど、一度もなかったのだ。

「カミーユは強いよね……」

尚《なお》も他の令嬢達とバトルを繰り広げているカミーユを見つめながら、不意にロイスが言った。

ロイスの言葉に、アシルは強烈な違和感を覚える。

「カミーユが、強い？」

——そんなはずはない。

「うん、女の子なのに、僕の護衛《ごえい》になろうと頑張ってくれている。一度なんて、お腹を刺されたのに……それでも傍《そば》にいてくれる」

ロイスは苦しげに話す。一年前に襲撃《しゅうげき》を受けた時の話になると、彼はいつも辛そうに綺麗な顔を歪《ゆが》めるのだ。

確かに、カミーユは他の令嬢とは違う。たまに妙に大人びた顔をすることがあるし、魔法に傾倒《けいとう》している。ロイスを護《まも》るためなら戦うことも躊躇《ちゅうちょ》しない。

でも、それだけで彼女が強いと何故言い切れる？

あの事件のあと、目を覚ました彼女は医務室のベッドで震えて泣いていた。現場にいなければ、恐らくアシル自身もそのことに気が付かなかっただろう。

カミーユは強くあろうと構えているだけで、決して強いわけではない。アシルはロイスが全くカミーユの本当の姿を理解していないことに、憤《いきどお》りを感じた。

――なんて浮かばれない。

カミーユがあんなにも努力しているのは、すべてロイスを護るためだというのに。

「俺なら……」

そこまで口に出し、ハッとした。余計なセリフを言いかけたことに気付いたアシルは、唇を噛《か》む。

自分なら、一体なんだというのだ……

その瞬間、アシルは自分自身の内に潜《ひそ》む想いに気付いてしまったのだった。

♥
◆
♠
♣

ガーネット国の王太子であるロイス・ガーネットは、自分のことが大嫌いだった。

王太子という身分ゆえに、周りは当たり前のようにロイスに尽くしてくれる。

けれど、果たして自分はそれに足る人間なのだろうか、と常に心の中で自問自答を繰り返してきた。

ロイスは、生まれたその日より命を狙われ続け、五歳になるまで後宮から出たことすらなかったのだ。

外は危険が多いから、叔父《おじ》である王弟が命を狙っているから……そういう理由で、ずっと後宮に押し込められていたロイスの世界は、閉鎖的《へいさてき》なものだった。

そんな彼の小さな世界の中で、初めて出来た友人は侍女のコレットだ。

しかし、彼女はロイスの目の前で亡くなった。見知らぬメイドが運んできたおやつの毒味をして。

次に出来た友人は護衛《ごえい》のアドルフだったが、彼も目の前で死んだ。暗殺されそうになったロイスを庇《かば》って。

三人目は家庭教師のエミール。彼はロイスを殺そうとし、逆に護衛に殺された。

――僕さえいなければ、皆死ぬことなんかなかったのに。

そう考えたロイスは、それから極力、必要以上に親しい人間を作らないようにした。

また仲のいい人が犠牲《ぎせい》になって、自分の心が傷つくのが怖かったからだ。心を許せる者を作ることを避《さ》けていたのだから、当然、ロイスには歳の近い友人や味方はいなかった。

その一方で、ロイスの従兄《いとこ》であり王弟の息子のライガは、多くの取り巻きを従えている。父親同士が対立しているせいで何かにつけて比べられるため、ロイスは彼のことが苦手だった。

危機感を覚えた侍従長《じじゅうちょう》のアンリが「身を守るためにも早く歳の近い味方を作れ」と躍起《やっき》になって、国王派の貴族の子供を何人かロイスに会わせていたが、結局彼が取り巻きを侍《はべ》らすことはなかった。

また裏切られるのではという不信感と、大切な人を失いたくないという恐怖がロイスを頑《かたく》なにさせていたのだ。

一人きりでいることの多いロイスを、ライガの取り巻きはちょくちょくいびりにかかった。

ライガ本人はそのようなことを命令する性格ではなかったが、取り巻きは王弟子息に気に入られたくて一生懸命だったのである。冷たく見えて意外と面倒見のよいライガは、彼らに慕《した》われているのだ。

ロイスの人生の転機となる出会いがあったあの日も、彼はライガの取り巻きに囲まれていた。後宮の庭で突き飛ばされて、上に伸《の》しかかられそうになっても、ロイスはなんの抵抗もしなかった。逆らうと余計に乱暴をされる。しかも、子供のじゃれ合いくらいでは、護衛《ごえい》達は動かない。

しばらくすれば、ライガの取り巻きは飽《あ》きて去って行く。毎回そこまで酷《ひど》いことはされないのだと知っていたロイスは、いつものように耐えることを決めたが、その時、予想外の出来事があった。

「こらー！　やめなさーい！」

突如《とつじょ》、頭上から聞こえてきた。それと同時に、ロイスの上に乗りかかろうとしていた少年の一人がひっくり返る。

空から降りて来たのは、見たことのないピンク色の髪の少女と、キャラメル色の髪の少年だった。

彼らに助けられ、話をしているうちに、ロイスはいつの間にかわくわくしている自分に気が付いた。

どこまでも想定外の子供達だが、彼らといると楽しい。こんな感覚は久しぶりだった。

もう少し彼らと話してみたい、彼らのことを知りたい。上辺ではなく本心から自分に好意的な、生き生きと話す声。

彼らなら、傍《そば》に置いても大丈夫だろうか。自分の味方になってくれるだろうか。もう、誰とも深く関わらないと決めたはずなのに、気付けばそんな期待が頭をもたげる。

その結果、ロイスは権力で彼らを囲い込んだ。ロイスが自分から権力を濫用《らんよう》したのは初めてのことだった。

無理矢理彼らの行く末を決めてしまったことに罪悪感を覚えたけれど、二人と一緒に過ごす日々は刺激的で温かくて、心が満《み》たされる。

王子の威光で強制的に囲い込んだにもかかわらず、カミーユとアシルは常にロイスに好意的で、護衛に紛《まぎ》れていた刺客《しかく》に襲《おそ》われた時も、真っ先にロイスを逃がそうとしてくれた。

しかし、ロイスはその場から動けなかった。昔、自分を庇《かば》った護衛のように二人が死んでしまうのではないかと思うと、恐怖で足が竦《すく》んだのだ。

結局、ロイスがぐずぐずしていたせいで、カミーユが腹を刺され負傷した。

それでも、彼女は最後の力で刺客の一人を殺し、ロイスを護《まも》ってくれた。

アシルが血相を変えて治癒魔法で応急処置を施《ほどこ》したが、当時、魔法を習い始めたばかりの彼には止血と火傷《やけど》の手当が精一杯だった。

ロイスに至っては、魔法なんてまるで使えない。ただ青ざめた顔でカミーユを見つめることしか出来なかった。

こうなる可能性も考慮《こうりょ》していたはずなのに、居心地のよい環境に甘えてしまっていた。自分の傍《そば》にいる限り、カミーユとアシルの二人は平穏《へいおん》な人生を歩めないのだ。

ロイスは、彼らが望むのなら、その身を自由にしてやろうと決めた。

しかし――


「ロイス様、ロイス様ー♪」

カミーユは、怪我《けが》をしたあとも変わらなかった。事件から数週間後、ようやくロイスの外出が許され、彼女とアシルに会いに行った日。彼女はあんな目に遭《あ》ったにもかかわらず、ロイスと顔を合わせた途端、抱きついてきたのだ。

「カミーユ、あんまり殿下に纏《まと》わりついちゃダメじゃん、身動き取れなくなってるよ」

そう言いつつ、ロイスからカミーユを引き剥《は》がしにかかるアシル。彼は無自覚ながらカミーユに好意を抱いているとロイスは感じていた。

アシルのポーカーフェイスを剥がせるのはカミーユだけだし、無茶をしがちなカミーユを止められるのはアシルだけだ。だから二人はお似合いだとロイスは思っている。

現在、カミーユは魔法使いの「赤」で、アシルは政務関連の部署で、それぞれ見習いとして城で働いていた。

二人共、ロイスの傍を離れるどころか、将来もロイスの役に立つためには何をすべきかと考えて実行してくれたのだ。そんな二人に、ロイスは頭が上がらない。

(このままではいけない。父王や従兄《いとこ》に劣等感を抱き、過去を嘆《なげ》いているだけの人生を卒業しなければ)

今度こそ、二人の友人に相応《ふさわ》しい主《あるじ》になるために。

4　ハートのQ《クイーン》、舞踏会に行く

私がこの世界にやって来てから十年が経過したが、元の世界に戻れる兆候《ちょうこう》はいまだ見られなかった。

私は今も、この世界でカミーユ・ロードライトとして生活している。貴族生活も板についてきた。

魔法棟での仕事が休みのある日。私は侯爵邸のダイニングルームでのんびりとソファーに腰かけ、紅茶を口に含む。サイドテーブルに置かれた皿には、可愛らしいバラの形の焼き菓子が積み上がっていた。

「カミーユ様、舞踏会の衣装はどうしましょうか」

ダイニングに入ってきた侯爵家のメイド長、エメが唐突な質問を口にした。

「舞踏会……？　妙齢の男女が踊り狂って恋の鞘当《さやあ》てをするというあれ？」

「違います。カミーユ様、どこでそのような知識を身につけられたのですか？」

エメが腰に手を当てて憤慨《ふんがい》している。体を反《そ》らしたことで、メイド服の胸元のボタン

が今にもちぎれて弾《はじ》け飛びそうだ。

（おかしいな）

私の大好きだった乙女ゲームやファンタジー小説に出てくる舞踏会は、そんな感じだったのだけれど。

「それで、エメ。舞踏会がどうかしたの？」

「カミーユ様あてに王家からの招待状が来ております。ご出席されますでしょう？　侯爵様から何もお聞きになっていませんか？」

なんだその話は。寝耳に水である。

「私は聞いていないけど……お父様のことだから、いつものように仕事に夢中になって、私に伝えるのを忘れていたのかもしれないね。とりあえず出席するよ」

「侯爵様の仕事好きにも困ったものですね。娘の舞踏会デビューだというのに！」

エメは初めての舞踏会に出席する私を心配してくれている。彼女はこの世界では母がいない私にとって、母親のような存在だ。

「いつものことだよ。ダンスもマナーも一通り覚えているし、わからないことは前もってアシルにでも聞いておくから大丈夫」

「はあ、毎度毎度アシル様には、頭の下がる思いですよ。いっそ侯爵家にお婿《むこ》に来てくれないですかねえ」

エメの中で、たまに侯爵邸に遊びに来るアシルは、面倒見がよく感じのいい美少年として高評価だ。彼女だけでなく、使用人の中にも彼のファンが大勢いる。アシルの外面《そとづら》モードは侮《あなど》れない。

「いくらなんでも、それはアシルが可哀相だよ」

自分で言うのもなんだが、私は普通の令嬢とは決して呼べない。

侯爵家の一人娘であるにもかかわらず、城で魔法使いとして働いているし、全身が魔法刺青《マジー・タトゥアージュ》だらけだ。

好きでこうしているのだから自分としては構わないのだが、将来、侯爵家に婿《むこ》に来る男性には心から同情する。今のスタイルを変えるつもりはないけれど。

それに、アシルくらいのハイスペックな人材なら、幼馴染《おさななじみ》の贔屓目《ひいきめ》を抜きにしても、いくらでもよい婿入り先を得られるのだ。

そんなアシルにとって、私なんかと結婚する羽目になるのは悲劇だろう。腹黒くて打算的な奴だけれど、彼には幸せになってほしい。

ゲーム内でのアシルはカミーユを徹底的《てっていてき》に陥《おと》れるキャラだが、仲良くなった今となっては、彼が私を容赦《ようしゃ》なく破滅《はめつ》に追いやるとは考えられない。

アシルにもそれくらいの情はあると思うし、私も彼に対して友情を感じている。

まだまだ油断は出来ないが、私の破滅フラグに関しては、ほぼ折れているのではないだろうか……。

エメに舞踏会の話を聞いてしばらく経《た》ったある日。

私は「赤」の魔法使いとしての仕事を終えて、詳細報告のために城の中央棟にある治安関連の部署に向かっていた。見習い期間中の働きを認められた私は、今では正式な城付きの魔法使いとして働いている。

「はーあ、疲れたよ」

普段の仕事は報告は魔法棟内だけで済むものが多いけれど、今回はよその部署からの依頼業務だったので、そちらにも報告を上げなければならないのだ。

辺境《へんきょう》の村まで出向いて仕事をしていたせいで、城に来るのは一週間ぶりである。その上、魔法棟でも色々な報告や手続きがあって、夜中になってしまった。それでもすぐに報告に行く必要があり、本当に面倒くさい。

「思ったよりも、遅くなっちゃったな」

城内は魔法の明かりがついているけれど、全体的に薄暗い。しんとした廊下に、明かりに照らされた自分の影だけが浮かび上がっている。

私は小走りで進み、目的の部屋のドアを開《あ》けた。

「お帰りカミーユ」

「……あれ、アシル？」

扉を開けると、何故かアシルがいた。彼は、その部署のお偉いさんが座るであろう立派な椅子に、深々と腰かけている。室内に他の人はいない様子だ。

十五歳になったアシルは、ますます甘いマスクに磨きがかかり、色気溢《あふ》れる美少年に成長していた。打算的なところは、相変わらずだけれど。

目を丸くしたままの私に、アシルは微笑《ほほえ》みながら声をかける。

「ドラゴン退治ご苦労様、カミーユ」

彼の言葉通り、今回、私は辺境《へんきょう》の村を次々に襲《おそ》うドラゴン退治を任されていた。

しかし――

「なんで、アシルが仕事内容を知っているの？」

アシルは呆《あき》れた表情で私を見て肩を竦《すく》める。

無意識なのかワザとなのか、溜息をつきながら睫毛《まつげ》を伏《ふ》せる仕草が妙に色っぽい。

「俺の管轄《かんかつ》なんだから、知らないはずがないでしょう？　任務完了の伝達魔法も俺が受け取ったよ」

「そっか、アシルは今、治安関連の部署にいるんだね……」

この国の公務員は異動が多い。少し前まで、アシルは財務関連の部署にいた。

彼は十五歳のくせに、一丁前に部署の取り纏《まと》めを任されている。今回のドラゴン退治もアシルから回された仕事だったというわけだ。

どこからの指示かなんて気にせずに、依頼された仕事をこなしていただけなんだけれど……ちょっと複雑だ。

私の魔法の腕前はメキメキ上がって、今では大型モンスターだって一人で仕留《しと》められるレベルになった。しかし仕事を取り纏めたり、人に指示を出したりする才能は皆無《かいむ》だから、アシルみたいに役職は貰えないのである。

そんなことを考えていると、アシルが思い出したように口を開いた。

「そういえばカミーユも、今度の舞踏会、出るんでしょ？」

「うん、出席する。アシルも？」

「うちにも招待状が来たからね、父と私だけで出席する予定だよ」

なんとも心強い言葉だ、出席するよりも、だいぶ安心感がある。

初めての舞踏会なので、実は少し心配だったのだ。父も私も魔法以外のことはサッパりなので、社交の場が得意ではない。

今回の舞踏会は、隣国の第一王子と第二王子が外遊に来るので、その歓迎のために開かれるそうだ。王宮全体の催《もよお》しのため、国王派も王弟派も関係なく出席する。

（せっかくの機会だし、舞踏会仕様のロイス様をじっくり観察せねば）

彼は着々と、優しい、いい感じのイケメンに成長していた。着飾ったハートのK《キング》を見られるのならば、苦手な社交も俄然《がぜん》やる気が出てくる。

まだ見ぬロイス様舞踏会仕様の妄想はさておき、私はアシルに尋ねた。

「ところで、アシルはなんでこんな時間に城にいるの？　残業？」

いつもなら、もっと早い時間に家へ帰っているはずだ。

「今日は少し忙しかったんだ、カミーユの報告なら俺が聞くよ？　そのあと、一緒に帰ろう」

「う……うん」

私を家まで送ってくれるつもりらしい。そんなことをしたら、アシルが家に帰るのがますます遅くなってしまうのに。

ここ数年のアシルは、なんだか以前にも増して、私に優しくなった気がする。

仕事のない日は私に勉強を教えてくれたり、買い物に付き合ってくれたりするのだ。

私に利用価値があるとは思えないし、純粋に親切心からの行動なのだろう。

（昔は打算的なクソガキだったけれど、人としてよい方向に成長してるってことだよね？）

アシルはその後、驚異的な速さで完璧な報告書を作成し、私と一緒に城を出た。

箒《ほうき》に乗って帰るのは危ないとアシルに説得された私は馬車の中で睡魔と戦っている。

（確かにこれで正解かも）

居眠り運転で箒から墜落《ついらく》する魔法使いなんて……笑えない。

私がうつらうつらしていると、アシルが小さく笑いつつ声をかけてきた。

「眠っていいよ、家に着いたら起こしてあげる」

「……でも、悪いよ。送ってもらっておきながら、居眠りだなんて」

「気にしないから。今回はかなり遠くまで行って来たんでしょう？」

「うん、海が見えたよ。いつかアシルやロイス様と行ってみた……い……」

そう言いかけて、私はガタゴト揺れる馬車の中で寝落ちした。

誰かが私の髪を撫《な》でている気がしたけれど、そのまま意識が遠ざかり何もわからなくなる。

結局、侯爵邸に着くまでの数十分、私は爆睡してしまった。

それから数日後、舞踏会の日がやってきた。

城の大広間には、着飾った外国の客人や国内の貴族達が集まっている。

その大広間の一画で、私はロイス様へのご挨拶《あいさつ》がてら、ここぞとばかりに舞踏会仕様の彼を目に焼き付けていた。今日のロイス様も、キラキラと輝いている。

「ロイス様……素敵、ハァハァ」

ゲームなら、いつでもセーブデータから舞踏会の画面を呼び出せるが、生ロイス様はこんな機会でもないと見られない。

「ふふ……カミーユもとっても可愛いよ。星空の妖精みたいだね」

ドレス姿の私を見たロイス様は、甘い素敵な褒《ほ》め言葉をくれた。

「えへへ〜。ロイス様にそんなに褒められたら、興奮してしまいます」

そんな上機嫌な私の今夜の服装は、紺色《こんいろ》の生地《きじ》に、星に似せた銀色の細かいレースを散らした綺麗系のドレス。長い裾《すそ》を丸く膨《ふく》らませた令嬢仕様である。

ロイス様のところには、引っ切りなしに貴族達が挨拶に来ていた。あまり長居しては彼の仕事の邪魔になるかもしれないので、私はそっと傍《そば》を離れる。

こちらの世界に来て長いので、ドレスでの移動も慣れたものだ。裾を踏まないように、前を軽く蹴《け》り上げながら歩く。ついでに、きょろきょろと周りを眺めてみた。

城での舞踏会だけあって、招待されている貴族の人数は相当なものだ。

大広間の中央では、若い男女が手を取り合い、楽団が奏《かな》でる三拍子の曲に合わせてダンスを踊っている。

「あ！　デボラ、デジレ！」

ちょうどよいタイミングで友人の姿を見つけた私は、すぐに声をかけた。

デボラとデジレはアシルの姉と妹で、彼の家に遊びに通っているうちに仲良くなった令嬢達である。

「あら、カミーユじゃないの！　可愛いドレスね！」

「よく似合ってるわよ！」

そう言うデボラとデジレのスカートは、これでもかというくらい膨らんでいた。少し通行の邪魔になるくらいだ。

この姉妹《しまい》はボリュームのあるドレスを好んでよく着るのだが、アシルがこっそり「歩く提灯《ちょうちん》」と呼んでいるのは内緒だ。

「カミーユ、あちらにあなたの好きなデザートがあったわよ？　一緒に取りに行きませんこと？」

「行く行く～」

ついでに彼女達の兄弟であるアシルを捜すと、着飾った令嬢達に取り囲まれていた。その場所だけカラフルなドレスがひしめき合い、団子状態になっている。

「相変わらずモテるなぁ」

アシルもデザート巡《めぐ》りに誘おうかと思ったけれど、無理そうなので諦《あきら》めた。

ぷるぷると揺れる虹色《にじいろ》のゼリーや、芸術品のようなケーキの数々。私達はキャッキャとはしゃぎながら、デザートが並べられているテーブルを回る。

男とダンス？　そんなものは知らん。私と姉妹達は、色気より食い気の生き物なのだ。

デボラとデジレの二人と歩いていたら、唐突に男性に声をかけられた。

「カミーユ・ロードライト侯爵令嬢ですよね……」

「はい……そうですが？」

女子三人で盛り上がっているところに声をかけるとは、なかなかの勇者だな。

デザートから目を離して見てみると、すぐ前に金の像が……いや、輝く金色の衣装を身に纏《まと》った私と同年代の男が立っていた。

確か、ウジェ男爵家の次男だった気がするなあ。貴族令嬢って色々覚えることが多いんだよね、よその家の家系図とか、人の顔とか。

男の名前は忘れたけれど、お金持ちの貴族であることは間違いない。平民だった彼の父親が事業で成功して、お金で爵位を買ったという話を聞いた覚えがある。

私が考え込んでいると、男はキザっぽく微笑《ほほえ》んで手を差し出してきた。

「カミーユ嬢、ダンスにお誘いしても？」

彼の五本の指には、宝石付きの金ぴかの指輪が嵌《は》められており、ギラギラと眩《まばゆ》い光を放《はな》っていた。

「え、ええ……」

デボラとデジレが興味深そうにこちらを見ている。

（私も驚いているよ、異性が声をかけてくるなんて珍しいから）

この魔法刺青《マジー・タトゥアージュ》だらけの体のせいで、侯爵家の一人娘だというのに、男っ気は皆無《かいむ》なのだ。

とはいえ、断る理由もないため渋々と踊り始めると、少しして男が窺《うかが》うように口を開いた。

「カミーユ嬢、実は折り入ってお願いが」

「……お願い？」

「私との婚約をお考えいただけませんか？　今、決まった方はいらっしゃいませんよね」

（いなくて悪かったな）

今どころか、ずっと私に婚約者はいないし、できる気配もない。

侯爵令嬢の身分はあるが、如何《いかん》せん私は、それを覆《くつがえ》す程のデメリットを持っている。

全身の魔法刺青《マジー・タトゥアージュ》はもちろんのこと、父と同様に魔法に傾倒《けいとう》しすぎる性格、ロイス様への過剰な忠誠心……正直、女として終わっている。

「ええ、確かにいないけれど」

「でしたら、今、ここでお返事を……」

だからといって、すぐに婚約なんて考えられないよ。

「ここで返事はできません。私の一存では決められないことだから」

私はダンスを中断してはっきりと断る。父の都合だってあるだろうし、この場で返事をしろだなんて無茶な話だ。

デボラとデジレは近くでこちらを観察している。彼女達は、他人の修羅場《しゅらば》が大好きなのだ。

でも私が危機に陥《おちい》った時には、きっと助けてくれると信じている。助けてくれるよね……？

「どうしてです？　どうせ言い寄ってくる男の一人もいないのでしょう。侯爵位をくださるのなら、私があなたを妻にして差し上げます」

何故か上から目線で、不思議な提案をされた。別に妻にしてもらわなくて結構だ。

「もちろん、私と結婚したら、その品のない刺青《いれずみ》をすべて消して、仕事も辞めていただきますがね」

（ダメじゃん……この人、今の私を全否定だよ！）

それに、全身金色の男に品がないなんて言われたくない。

「悪いけれど、お断りします。他の令嬢を当たってください」

私には無理だ。刺青を消す気はないし、魔法使いの仕事を辞めることもできない。

「こんなにも親切な申し出を断るのですか。私を断れば、もう一生男から求婚されることはないと思いますよ？」

「余計なお世話だよ」

「くそっ、下手《したて》に出たら舐《な》めやがって！」

急に、男が真っ赤な顔をして掴《つか》みかかろうとしてきた。頭に血が上《のぼ》りやすい性格らしい。

金色の衣装に包まれた腕で私の手をひねり上げようとするが、生憎《あいにく》透明な壁に阻《はば》まれて届きもしない。私の施《ほどこ》している魔法刺青の中には、自動で防御魔法を展開する機能を備えた模様《もよう》があるのだ。

私が、魔法使いとして働くうちに発明したものである。他にも自動回復、浮力補助……などなど、私は仕事の一環で数々の魔法刺青《マジー・タトゥアージュ》を生み出していた。

「このクソ女、ぶっ飛ばすぞコラ！」

威勢《いせい》はいいけれど、自動防御のせいで男は私に手も足も出せない。彼が殴《なぐ》りかかるたびに私の前に透明な壁が出来て、彼の攻撃を防いでしまうのだ。

騒ぎに気付いた周りの人間が、だんだん集まって来た。

「カミーユ、何をしているの？」

人ごみの中からアシルが姿を現す。さっきまで令嬢に囲まれていたはずなのに……どうやら逃げてきたようだ。

「アシル。この人が、私の婚約者になりたいと言ってきて、断ったら怒らせちゃって……」

「それはそれは。人目がありますし、落ち着かれてはいかがですか？」

アシルは一瞬目を見開き、大げさに肩を竦《すく》めると、冷静に男を宥《なだ》めた。

驚いている風を装《よそお》ってはいるが、あきらかに男爵家の次男を小馬鹿にしている。本当に、いい性格だ。

でも、このタイミングで止めに入ってくれたのはありがたかった。でないと、男はいつまでも喚《わめ》き続けていたことだろう。

「それに、申しわけありませんが、彼女は既に売約済みなのですよ」

アシルの口から、予想外の言葉が飛び出した。

「「えっ？！」」

突然のことに、私と男が声を揃《そろ》える。

「カミーユ・ロードライト侯爵令嬢は、僕の許嫁《いいなずけ》です」

「ええっ⁉」

ちょっと、アシル！　この場を切り抜けるためとはいえ、なんて大嘘を言っちゃってるの⁉

「そういうことですので、僕達は失礼しますね」

驚きに言葉を失った私は、アシルに手を引かれるままその場を離れる。男爵家の次男はまだ騒いでいたが、警備の人間にどこかへ連行されていった。

このまま広間にいると人目につくだろうと言うアシルに連れられて、来客のために開放されている休憩用の一室に向かう。

足を踏み入れた小部屋には他の人間はいなかった。部屋の片隅《かたすみ》に小さな白いソファーとテーブルが用意されている。

私がふわふわのソファーに座ると、アシルもその隣に腰かけた。

「アシル、何がどうなっているの？　よくわからないんだけど……」

困惑しつつ問いかける私に、アシルは微笑《ほほえ》みを浮かべてしれっと答える。

「相手を黙らせるための口実だよ？　でも、大勢の前で言っちゃったからなぁ……どうなることやら」

口実だというのはわかるけれど、どうして他の人間もいる場所であのようなことを言ってしまったのか。

（迂闊《うかつ》な発言で取り返しのつかない事態になってしまうかもしれないのに）

冷静で計算高い彼にしては、珍しいミスだった。

「アシル……あんた、このままじゃ私と婚約させられるかもしれないよ？　そんなのほほんとしている場合じゃないでしょう？」

「別に、俺はこのままでもいいよ」

いいわけがない。自分で言うのも虚《むな》しいが、モテない刺青《いれずみ》令嬢の婚約者という、変なレッテルを貼られてしまう。彼にとっては、とても不名誉なことだ。

「ダメだよ。アシルなら、もっといい女の子を狙い放題なんだから。私なんかで妥協《だきょう》しないで！」

自分が変わり者扱《あつか》いされるのは構わないけれど、それにアシルを巻き込みたくない。

彼は一応、大事な友人だ。

「お父様に相談してみるね！　心配しなくても、アシルを私の婚約者になんてさせないから大丈夫だよ？」

私は、この婚約を回避しようと強く決意し、アシルの手をそっと握りしめた。

彼はコバルト色の目を見開いて固まっている。きっと、友人思いの私に感動しているのだろう。

♥

♦

♠

♣

日本に似た気候を持つガーネット国の夏は、じめじめしていて暑い。

「今日もよく働いた！」

あの婚約騒動のあった舞踏会から約一ヶ月。

仕事を終えて出先より戻ったばかりの私は、魔法棟の休憩室のソファーにダイブした。

「うーん、やっぱり休憩室は涼《すず》しいなあ」

魔法棟の休憩室は氷魔法と火魔法の応用により、一年中、快適な温度が保たれている。

本日のお仕事「大量発生した巨大烏賊《いか》、クラーケンの駆除《くじょ》」は骨の折れる作業だった。

同行していた魔法使い達も、今頃それぞれ休んでいることだろう。

アシルとの婚約の件については、その日のうちにきちんと父に相談し、撤回《てっかい》の方向で話を進めてもらっている。もう安心だ。

「次の仕事が入るまでの間、私も休憩させてもらおう」

そう決めて目を閉じると、すぐに眠りが訪れた。

「おい」

夢の中で、誰かが私に話しかけてくる。聞こえるけれど、無視だ無視。私は疲れているのだ。

「おい、起きろ」

（うるさいなあ……）

私は声から逃《のが》れるように寝返りを打った。

「起きろと言っているだろう！」

声の主が怒鳴ってすぐ、激しい震動を感じた。これでは眠れない。

「あーもう！」

私は睡眠を妨害され、不機嫌丸出しの表情で起き上がる。

すぐ傍《そば》に誰かが立っていたので、私はそちらを見上げ……そして固まった。

「……ライガ様。何故、あなたが魔法棟に？」

声の主は、こんな場所には現れるはずのない王弟の息子、ライガ・トランスバールだった。どうやら私が寝ていたソファーを蹴っていたらしい。

今日の彼はいつにも増して厳しい表情をしている。冷徹《れいてつ》そうな鋭《するど》い目付きが、よりいっそう凶悪に感じられた。

「お前、メイを見なかったか？」

「私はさっき城に戻ったばかりですし、今日は見ていないですけど……メイちゃんがどうかしました？」

「行方《ゆくえ》不明になった。アイツが午後のお茶の時間に遅れるなんて、今までなかったのに！」

ライガとメイ達と出会って八年が経《た》つ。その間、ちょくちょく彼らと交流を持っていた私は、ライガが部下であるメイをとても可愛がっていることを知っている。

彼は毎日、午後に休憩を取ってメイとお茶をしているらしい。クールで俺様な彼がお茶だなんて、なんだか似合わない。

「でも、お茶の時間にいなかっただけで行方不明だなんて、少し大げさではないですか？」

ライガの焦《あせ》る様子は尋常ではない。彼はメイのことになるといつも余裕がなくなるのだ。そう、トップである私の父が国王派のため、今や国王派の巣窟《そうくつ》と化している魔法棟にまで足を運ぶ程に……

「あの、もう少しだけメイちゃんを待ってみては？」

「今すぐお前の魔法でメイを捜《さが》し出せ。出来るのだろう？」

私は立ち上がりつつ冷静に提案したが、即座に命令で返ってきた。

確かに、出来ないことはない。私は最近、残留する魔力から対象の居場所を探る探知魔法を開発している。とはいえ……

「いいですけど、一度この魔法を使うと、今後私がメイちゃんの居場所をいつでも探知出来るようになっちゃいますよ？」

一度対象の魔力を覚えてしまうと、永続的に魔力を辿《たど》ることができてしまう。

「国王派の私がメイちゃんの居場所を常に把握《はあく》することになっても構わないというのなら、協力します」

ライガの目付きが更に鋭さを増した。整った顔なだけに、妙な迫力がある。

現在、魔法棟の魔法使いの中で精度の高い探知魔法を使えるのは、私と父、ソレイユのみ。全員が国王派なので、彼なりに色々と葛藤《かっとう》しているのだろう。

「……捜すことは、出来るのだな？」

「メイちゃんの持ち物があれば、見つけることは可能です」

ライガは少しの間思案していたが、覚悟を決めたらしい。何かヒラヒラしたものを懐《ふところ》から取り出して私に渡してきた。

「メイのハンカチだ……これで捜せるのか？」

何故、ライガがメイのハンカチを肌身離さず持ち歩いているのだろう？

私は動揺を悟られないように咳払いすると、ハンカチに手をかざした。

「では、ハンカチをお借りしますね」

精神を集中させて探知魔法を発動させる。

（この魔法、本当は討伐《とうばつ》するモンスターを追跡する時に使うんだよね……）

もちろん、そのことはライガには内緒だ。

やがてメイのハンカチが消えて、空中に光の玉が浮かび上がった。

「では、行きましょうライガ様。光のあとを追えばメイちゃんのいる場所に辿り着けます」

ライガは大人しく私について来た。一応は信用されているみたいだ。

光は魔法棟を出て中央棟の廊下を進む。そして中央棟からも出ると、中庭の奥にある大きな物置の中に入って行った。そこは、庭師達が中庭を整備するために使う道具が置かれている場所だ。

「鍵がかかっていますね。ライガ様、どうされますか？」

「お前の魔法で開《あ》けろ」

「……あのですね、王宮の鍵《かぎ》は魔法がかかっていて、簡単には開けられないようになっているんです」

「知っている。いいから開けろ」

私が鍵破りの罪で捕まったら、どうしてくれるのだろうか。

(こんな俺様男に惚《ほ》れるヒロインの気が知れませんな!)

かつて元の世界でゲーム中、私自身がヒロインを通してライガとばっちり恋愛してたことは、この際置いておく。

それにしても……彼は何故、私なら鍵を開けられると知っているのだろうか。城内のすべての扉は、魔法使いでもおいそれと開けられない仕様になっているのに。

「もしかして……」

以前、私がロイス様ファンの令嬢に男臭い騎士の更衣室に閉じ込められた際に、自力で鍵を解除《かいじょ》して脱出したのを見られていたとか……?

あれは、確か王弟派のテリトリーである西棟の近くでの出来事だった。

もしそうなら、見ていないで助けてよ!

「見つかって怒られたら、ライガ様が責任とってくださいよー?」

釈然《しゃくぜん》としないものを感じつつも、鍵穴に魔力を流し込み、無理矢理物置の鍵をこじ開ける。扉が開くと同時に、ライガがもの凄《すご》い勢いで中に駆け込んでいった。

「メイ！」

「メーイちゃぁーん」

物置の中には、埃《ほこり》っぽい臭いが漂《ただよ》っていた。様々な道具の他に、花の種や土、肥料などが無造作に置かれている。

「ら……いが……様？」

積み上がった肥料の山の奥から、か細い声が聞こえてきた。慌ててそちらに向かうと、メイが蹲《うずくま》っていた。彼女の服は破れてボロボロになっており、手や足には擦《す》り剥《む》いた痕《あと》がある。

「メイ？　助けに来たぞ、もう大丈夫だ」

ライガがメイに駆け寄り、彼女を抱きしめた。メイの目の端には涙が光っている。

「ライガ様ぁ……うう」

「どうした？　何があった？」

メイは気まずそうに視線を逸《そ》らした。言いたくないのかもしれない。そんなメイを見て、ライガはいっそう目を吊り上げる。

「誰がやった？　絶対に許さない！」

「いいの、ライガ様。私が悪いの」

完全に二人の世界が出来上がっているので、私はなんだかその場にいづらくなった。

「いいわけあるか！　恋人がこんな目に遭《あ》わされているのに、俺が黙っていられるはずがないだろう！」

今、ライガから驚きの発言を聞いた気がする。「恋人」って……まさか。

気になりすぎて黙っていられず、私はおずおずと問いかける。

「あの……もしかして、二人はお付き合いしているのですか？」

「なんだお前、まだいたのか」

ライガのあまりの暴言に、私は彼に冷《さ》めた視線を送った。

こいつめ……誰のおかげでメイを見つけられたと思っているんだ？

「いましたよ。早くメイちゃんをこっちに寄越してください。傷を治しますから」

私が促《うなが》すと、ライガは焦《あせ》って抱きしめていたメイを離す。

「お姉様！」

メイも成長し、今では私の呼び方は「お姉ちゃん」から「お姉様」になってしまった。

「はいはい、メイちゃん。じっとしていてね」

「あの……さっきの質問の答えなんですが、ライガ様と私、その、恋人同士になりました」

魔法でメイの傷を治している間に、彼女はライガとの関係について語ってくれる。照れているようで、微妙に頬《ほお》が赤い。

「やっぱり、そうなんだ？」

私が相槌《あいづち》を打つと、メイは不意に辛そうに俯《うつむ》いた。

「でも、そのせいでカイが怒って……少し前に、城を出て行ってしまったんです」

「出て行った？　カイが？」

なんだか、スペード勢がおかしなことになっている。

ライガとメイが恋人同士で、カイが城を出て行くなんて、ゲームにはないことばかりだ。ゲームでは、ライガとメイはあくまで主従だったし、カイはライガに絶対の忠誠を誓っていたはずなのに。

油断はできないが、このまま行けば、ロイス様がクーデターで失脚《しっきゃく》するエンディングは回避できるかもしれない。

ライガとメイが付き合っている限りは、ヒロインとライガが結ばれることはないだろうから。

「それで、メイはどうしてこんな目に遭った？　ちゃんと話すんだ」

ライガは先程の質問を忘れていなかったようだ。再びメイを問いつめる。

「それは、私がライガ様に相応《ふさわ》しくないからです。男爵家の娘のくせに、王家のご一員であるライガ様の恋人になるなんてと……」

「誰がそんなことを言った！」

ライガが叫んだ瞬間、彼の全身から凄《すさ》まじい怒りのオーラが立ち昇った。怒気に当てられたメイが萎縮《いしゅく》している。

「ライガ様、そんなに怒鳴ったらメイちゃんが怖がってしまいます。ちょっと落ち着いてくださいよ」

しょうがない人だな、まったくもう。ゲームの中では、ここまで激情型じゃなかったんだけどなぁ。

「メイちゃん、答えにくかったら言わなくてもいいけど、何があったか教えてくれる？」

ライガの代わりに静かな口調で尋ねる。とはいえ、なんとなく想像はつくのだけれど……

「大丈夫よお姉様。あのね、お茶の時間に、いつものようにライガ様のお部屋に向かっていたの。そしたら王弟派の貴族の令嬢達に取り囲まれて、ここに連れて来られて閉じ込められてしまって」

予想通りの言葉に、思わず嘆息《たんそく》する。嫉妬《しっと》で暴走した貴族令嬢の行動は、ゲームでも現実でもワンパターンだ。汗臭い更衣室や肥料が積み上がっている物置など、閉じ込める場所にも芸がない。

私が微妙な顔をする横で、ライガが静かな怒りを込めて問いかける。

「お前の怪我《けが》は、その令嬢達にやられたのか」

「彼女達の使用人達に。令嬢達はそれを見て笑っていたわ」

自分の手は汚さないなんて、悪趣味な上にずるい女達だ。

目の前のメイは、ゲームのメイと違って戦闘とは無縁の生活を送っている。自衛手段を持たない彼女は、悪意をぶつける格好の的《まと》なのだ。

（こんないい子を物置に閉じ込めるなんて、許せない！）

ライガはメイの背後で凶悪な笑みを浮かべていた。

（あ、コレ絶対何か復讐するつもりだ）

私の出る幕はないのかな、むしろ手を出したらお邪魔かもしれない。

「メイ、すまなかった。油断していた俺のせいだな……」

「ライガ様……そんな、ライガ様は悪くありませんっ」

また二人の世界が始まってしまい、再びいづらくなった私は、そっとその場を離れる。

メイガライガとくっ付くなんて、誰が想像できただろうか。出会った時の二人は、泣き虫な幼女と過保護なお兄さんという微笑《ほほえ》ましいイメージだったというのに。

後日、ライガからお礼として『ガーネット国伝説の魔法大全』という素晴らしい本をもらった。仕方ない、この間の無礼な態度の数々は水に流してやるか。


その数日後。

仕事を終えて邸《やしき》に帰るなり、エントランスで迎えてくれたエメが私に抱きついて来た。

「おめでとうございますっ！　カミーユ様」

「ぎゃー！」

苦しい、重い……エメの巨体に圧迫されて内臓が飛び出そうだ。

「何かあったの？　私の誕生日はまだのはずだけど」

慌てて距離を取る私に、彼女は体をクネクネさせてにじり寄る。相変わらずの、ミニスカートのメイド服姿で。

「何をおっしゃいますやら。ご婚約の件に決まっているではありませんか」

「婚約って？」

私の疑問に、エメは大げさなリアクションをしながら言葉を発した。

「まさか！　またしても、侯爵様から何もお聞きになっていないのですか⁉」

目と口をこれでもかというくらい大きく開《あ》け、エメは驚愕《きょうがく》の表情を浮かべている。

「そこまで驚かなくても……」

父が仕事に夢中になって私への連絡を忘れるなんて、日常茶飯事《にちじょうさはんじ》なのだから。

「それで、その婚約相手は誰？　私の知っている人？」

私は不安でバクバクする胸に手を添《そ》えて、エメを見つめた。

（ああ、ついに私もそういうお年頃になったのだなあ）

貴族が子供の婚約者を本人の知らないうちに決めるということはよくある話なので、そこまで驚きはしない。特に私は一人娘だし、婿《むこ》を取って侯爵家を継《つ》がなければならない身だ。

けれど、誰が婚約者であるかは重要な問題だった。地位や容姿にはこだわらないが、仕事を辞めろと言われたらとっても困る。私から魔法を取ったら何も残らない。

なので、結婚しても魔法棟での仕事を認めてくれる人が理想だ。

「カミーユ、お前の婚約者はアシルに決まった」

私達の会話に、急に第三者の声が割り込んだ。その声に反応したエメがくるりと振り返って礼をする。

「あら、侯爵様、おかえりなさいませ。今日はお早いお帰りですわね」

エントランスの扉の前に、父が立っていた。いつも城に遅くまでいるので、彼と家で会うのは大変珍しい。

いや、そんなことよりも……今、聞き捨てならない名前を聞いた気がする。

「お父様……今、なんと？」

「だから、お前の婚約相手はアシルになったと言っている」

聞き間違いであればよかったのだが、残念ながらそうではなかったらしい。

「……ええっ？　ど、どういうこと？」

何故だ？　舞踏会での一件について私は父に「アシルを、私の婚約者という不名誉な地位から守るように」と散々お願いしたではないか。

（なのに、どうしてそのアシルを私と婚約させてしまうの⁉）

不満を露《あらわ》にして父を睨《にら》む。

「お父様、アシルは解放してあげてとお願いしていたはずですよね？」

父は私の気迫に押され、気まずそうに目を逸《そ》らした。

「実は……ジェイド家から、正式に申し込みがあったのだ。アシルの父親であるソレイユが乗り気だったので、つい引き受けてしまった」

私は目を丸くして、父に聞き返した。

「……ジェイド家から、婚約の申し込み？」

ソレイユめ、きちんとアシルのことを考えて行動してほしいものだ。アシルくらいのハイスペックなら、もっといい条件の婚約相手を選べるというのに……

私がジト目をしていると、父は言いわけのようにもごもごと続ける。

「私としても、ソレイユの息子との婚約は歓迎するところだった。もう一件、厄介《やっかい》な打診が来ていたからな……」

どうやら、私の知らないうちに色々と婚約についての話が進んでいたらしい。

私はもやもやした気分を抱えながら、これからしなければならないことを思い浮かべて溜息をついたのだった――

「申しわけありませんでしたー！」

開口一番にスライディング土下座をかました私を、アシルがコバルト色の瞳で不思議そうに見下ろしている。

王太子の部屋の絨毯《じゅうたん》は、スライディングをしても痛くなかった。さすが超高級品だ。

アシルとの婚約の話を聞かされた翌日。私と彼は、今日もロイス様の部屋に集まっていた。幼いころと変わらず、三人共に仲良しだ。

「カミーユ、アシルに何かしたの？」

優雅《ゆうが》に椅子に腰かけて私の謝罪を眺めていたロイス様が、首を傾《かし》げて尋ねた。彼は今日も目の保養になる程の、キラキラした眩《まぶ》しい笑みを浮かべている。

「ロイス様、女には色々と秘密があるものなのですよ」

「ああ、もしかして婚約のこと？」

絨毯に正座したままの私の前に立っていたアシルが、軽い調子で口を挟《はさ》んだ。せっかくロイス様の前で影のある素敵な女を演じていたのに、台なしだ。

「そうだよ！」

アシルめ、よりにもよって、この場で婚約のことをぶっちゃけるなんて……いや、今のは時と場所を選ばなかった私が悪いか。

「あれに関しては、カミーユが謝ることなんてないよ。申し込んだのはウチだしさ」

父の言った通り、やはりジェイド家から婚約の申し込みがあったらしい。

「でもっ……アシルの輝かしい未来が、私との婚約のせいで潰《つぶ》れてしまうかもしれないんだよ？」

私の言葉に、アシルのこめかみがヒクヒクと動く。

「……あぁ、どうしてそうなっちゃうのかな」

アシルが困ったように頭を掻《か》いた。何故かロイス様が下を向いて震えている。

「ふふふっ、二人でちゃんと話し合った方がいいんじゃないかな」

彼が震えている理由は定かでないが、王太子の提案で、私とアシルはきちんと話し合うことにした。私としても、落とし前をつけなければならないから丁度いい。

ロイス様は親切にも、その間席を外してくれるとのことだ。優しくて素敵である。

元はと言えば、今回の件はすべて私の落ち度だ。

アシルに婚約は回避すると言っておきながら、いつの間にか正式に決められていたなんて……理由はどうであれ、嘘をついてしまったことに変わりはない。

「婚約の件、本当にごめんね。アシル」

「……はぁ」

謝罪しつつ再び頭を下げると、アシルは露骨に溜息をついた。

こちらの落ち度だとわかっていても、少し傷つく。

「カミーユ、俺は怒っていないから。頭を上げて？」

言われた通りにすると、思っていたよりも近くにアシルの甘いマスクがあった。

いつの間に私の前にしゃがみ込んだのだろう。

手を伸ばせばすぐに届く距離で、長い睫毛《まつげ》にふち取られたコバルトブルーの瞳がこちらをまっすぐに見ている。

「あの……アシル？」

綺麗に通った鼻筋に、形のよい唇。もともとアシルは甘い顔立ちの美少年だったけれど、つくづくいい感じに成長したと思う。令嬢達に大人気なのも納得だ。

つい、まじまじと彼の顔を見つめてしまったが、アシルが私から離れる様子はない。

「言っておくけど、俺はカミーユとの婚約を嫌がっていないからね？」

真剣な表情で私の目を見て、アシルが呟《つぶや》いた。

「私相手に、気を使わなくてもいいんだよ？」

「謝るのは俺の方だ。カミーユがそんなに婚約のことを気に病《や》むなんて、思っていなかった」

アシルが僅《わず》かに俯《うつむ》くと、キャラメル色の前髪が流れて彼の表情を隠す。思いがけず暗い声音で話し始めた彼に、私は戸惑《とまど》ってしまう。

「聞いてカミーユ。今回カミーユに婚約を申し込んだのは、実は俺なんだ。申し込むのに父を通したけれど、もともとは俺の希望だったんだよ」

「アシルが？　ま、まさか、舞踏会の時の婚約話の収拾がつかなくなってしまったとか……？」

勢いよく立ち上がりかけた私の両肩に、アシルの手がかかる。

「落ち着いてカミーユ、大丈夫だから」

「でも、大変なことだよ！」

アシルの人生を左右する大問題だ。このままにしておくと、彼の人生最大の汚点《おてん》になってしまうかもしれない。

なにしろ、私は魔法オタクで刺青《いれずみ》だらけの変人令嬢なのだ。そんな女が婚約者だなんて、不名誉極まりない。

「俺は舞踏会の時に宣言する前から、ずっとカミーユの婿《むこ》になりたかった。カミーユは何か勘違いしているみたいだけど、これは俺の意思だからね」

「アシルの……意思？」

そういえば、幼い頃のアシルは野心家だった。今でも打算的な一面を持っている。成長するにつれて、本性を隠すのが更に上手くなったけれど、彼の本質は変わらない。

私と結婚すると、もれなく次期侯爵の地位が付いてくる。

（ということは、地位目当て？）

だから、アシルは私の婚約者になることにしたのだろうか。

そう考えると辻褄《つじつま》が合うので、少し安心した。

「わかったよ、私なんかが婚約者でもいいのなら……よろしくね」

「カミーユ……」

俯《うつむ》きながら考え込んでいた私が前を向くと、アシルが再び顔を上げて、切なげに私をじっと見つめる。

意図がわからず冷静に彼を眺めていたら、睫毛《まつげ》を伏《ふ》せたアシルの顔がどんどん近付いてきて……

「……あ！」

その瞬間、私は彼に重大なことを伝え忘れているのに気付いた。

「そうだ！　大事な話を言っとかなきゃ！　アシル、好きな人が出来たら愛人になってもらっていいからね。侯爵としての仕事さえちゃんとしてくれたら、私そういうのは気にしないよ！」

私に変に気を使って、彼が恋愛出来ない事態になるのはよくない。

（婚約が原因で、彼に辛い思いはしてほしくないし）

なんと言っても、アシルは大切な幼馴染《おさななじみ》だ。

そう答えると、至近距離まで迫《せま》ったアシルの表情が凍りついた……気がする。

（さすがに、面と向かって愛人とか言うのはまずかったかなあ。微妙なお年頃だから、恥ずかしがっているのかも）

彼が自ら私との婚約を望んだというのなら、これでいいのだろう。私も大事な友人の役に立てるなら異存はない。

アシルときちんと話が出来て、私は心が軽くなった。

「じゃあ、私これから仕事があるし、もう行くよ」

「えっ……？」

その言葉で、アシルがフリーズ状態から再起動したみたいだ。

「待って……！」

私は立ち上がると、懐《ふところ》から取り出した羽ペンを巨大化して跨《また》がり、ロイス様の部屋の窓を出て魔法棟へ飛び立とうとした……けれど。

「ん？」

羽ペンが前に進まない。

振り返ると、私の足をアシルがしっかりと掴《つか》んでいた。

「アシル、そこにいたら危ないよ」

「俺、待ってって言ったよね？　まだ話は終わっていないけど……」

何故だかわからないが、私を見るアシルは端整な顔を不満げに歪《ゆが》ませている。

「ごめんアシル、私これから仕事が……」

「今日の仕事は夕方からでしょう？　まだ昼過ぎなんだけど。あと三時間くらいは空《あ》いているよね？」

「うっ……！」

こいつめ。どうして私の仕事のシフトまで把握《はあく》しているの？　せっかく出動までの間、休憩室で惰眠《だみん》を貪《むさぼ》ろうと思っていたのに。

「降りて、そこに座って」

私はアシルの言うことに従い、仕方なく部屋に戻った。

先に近くの椅子に座ったアシルと向かい合う形で、私も腰かける。王太子の部屋の椅子だけあって、クッションも背もたれもふかふかだ。

「で、話って？　愛人の数なら……あんまり多いと困るけど二、三人くらいまで大丈夫だと思う」

大勢と言ってあげられないのは申しわけないが、こっちにも懐《ふところ》事情があるのだ。あまりに金がかかりすぎると困る。

「愛人の話はもういいよ。どうせ作らないから」

「アシル。そんなこと言ってあとで作りたくなっても知らないよ？」

私の言葉にアシルが天を仰《あお》いだ。彼はそのまま立ち上がり、つかつかとこちらへ近寄ってくると、私の座っている椅子の背もたれに両手をつく。

アシルの両腕に閉じ込められた形になり、二人の距離が急激に縮《ちぢ》まった。

「俺は、カミーユがいればそれで満足なの。愛人なんて絶対にいらない」

「……まーたまたぁ、そこまで私を立ててくれなくていいんだよ？」

アシルはどこまでも友人思いだ。

「鈍《にぶ》いカミーユのことだし、何を言ってもどうせ信じないだろうね？　いいよ、頑張って証明していくから」

「証明って何？」

私の疑問に、アシルは答えてくれない。

彼がうっすら微笑《ほほえ》むと、何故か背筋が寒くなった。

「覚悟して？」

アシルは不敵に口の端を上げたまま顔を近付けてきて、私の頰《ほお》に軽いキスを落としたのだった。

5　ハートのQ《クイーン》、魔法学園に入学する

「ムズイ！」

アシルと婚約について話し合ってから数ヶ月後。

私は自室で問題集と睨《にら》めっこをしていた。王立魔法学園の入学試験のための勉強である。

ロイス様がこの学園に通いたいと言い出したので、私とアシルも一緒に受験することにしたのだ。

魔法学園の入学試験では、魔法と一般教養の二つの試験が課せられる。魔法知識や魔法実技なら完璧なのだけれど……七歳のころから魔法に傾倒《けいとう》して勉学を疎《おろそ》かにしていた私は、一般教養の科目は壊滅的《かいめつてき》であった。

入試を受けようとするまで気が付かなかったが、ゲームの中の登場人物達はモブキャラに至るまで、実はとても優秀だったのだ。あのお馬鹿令嬢のカミーユですら、入学試験をパスできるくらいに勉強ができたとは！

魔法学園の入学者の枠《わく》は、十三人×四クラスの計五十二人である。四つのクラスの名称は、ハート、スペード、ダイヤ、クローバー。つまりトランプの柄《がら》と同じだ。三年に一度試験が行《おこな》われ、十五歳以上なら誰でも受験が可能となっている。

ただし、身分や立場によって受験できるクラスが決まっていた。

ハートクラスとスペードクラスは、どちらもこの国の貴族の子供達用のクラスだ。

ただし、ハートクラスに入るにはもう一つ条件がある。

それは、王家の嫡流《ちゃくりゅう》となんらかの関係を結んでいるということだ。つまり、国王派の貴族の子供用のクラスというわけである。

ダイヤクラスは他国の貴族や金持ちの子供達用で、クローバークラスは国内外の平民の子供達用のクラスだった。

ぶっちゃけ、私が受験する予定のハートクラスは優遇《ゆうぐう》されている。なんせ、これだけ受験の条件が限られているのだから、他クラスと比べると受験者が少ない。それでも枠は変わらないのである。

貴族の子供達は有事の際に真っ先に前線で戦うという理由で、優先的に魔法学園に入学できるようになっているのだ。

逆に一番厳しいのはクローバークラスだった。何しろ、国内外を問わず集まったたくさんの受験者の中で、受かるのは僅《わず》か十三人なのだから。きっと、もの凄《すご》く精鋭《せいえい》ぞろいなのだろう。

「カミーユ、ここはさっきの公式を使うんだよ」

私がうんうん唸《うな》りながら問題の解き方を考えていると、アシルが横から教えてくれた。

今日は彼が家庭教師を引き受けてくれている。アシルは魔法も一般教養も完璧で教え方がわかりやすいので、こうやって勉強を見てもらえるのはありがたい。

「もう無理だぁ！　あと一ヶ月しかないんだもん」

「ほら、もう少しで解けるよ。ロイス様と一緒に学園生活を満喫《まんきつ》するんでしょう？　全寮制だから、入試に落ちるとしばらくロイス様に会えなくなっちゃうよ？」

「それは嫌だ！」

「じゃあ、この問題解けるよね？　これが終わったら、新しく城下にできたオープンカフェに連れて行ってあげる」

「私、頑張る！」

アシルは飴《あめ》と鞭《むち》の使い方が非常に上手い。どう言えば私が食いつくかを完璧に把握《はあく》している。

私の正式な婚約者になってからの彼は、以前よりも頻繁《ひんぱん》に我が家に出入りするようになった。エメを始めとする使用人達は歓迎ムードだ。アシルは我が家の使用人ウケがいい。

この数ヶ月、魔法学園の受験に向けて、私はガリガリ勉強した。

こちらの世界では、前の世界で学んだことはほとんど無意味である。

日本で作成されたゲームの世界だけあって、この世界の言語は日本語で文字も共通なのだが、古文、漢文、英語なんてものはない。歴史も一から覚え直しだ。

(元の世界であんなに苦労して勉強したのに、無意味だなんて酷《ひど》すぎる)

しばらくして私が苦戦していた問題を解き終えると、アシルが微笑《ほほえ》んだ。

「……正解。頑張ったね、カミーユ」

よく出来ましたと頭を撫《な》でられ、私は少し恥ずかしくなった。自然と鼓動《こどう》が速くなる。

最近、彼に何かと触られることが増えたと思うのだ。

「オープンカフェ行きたい。行こう！」

照れくささをごまかすように立ち上がった私に、アシルは苦笑する。

「……はいはい」

私達は一旦部屋を出て、そそくさとお忍び用の町民っぽい服に着替えた。

何故うちの邸《やしき》にアシルの服があるのかというと、よくこうして一緒に外出するからだ。

いつのまにやら、メイド長のエメがお忍び服一式を揃《そろ》えてくれていた。

用意を終えた私達は、侯爵家の庭に出る。

アシルは懐《ふところ》から羽ペンを出して巨大化させると、私の腕を引っ張って前に乗せた。

彼も私と同様に、箒《ほうき》や羽ペンで空を飛べるのだ。

彼は筋がいいので、すぐに私が教えた新しい魔法を習得してしまう。教え甲斐《がい》はあるけれど、魔法も勉強もできるなんてちょっと悔《くや》しい。

「いいよ、アシル。私も自分用の箒を出すから別に乗ろうよ」

しかし、アシルはその言葉を無視して私の後ろに跨《また》がった。彼の片腕が私の腰に回る。

「アシルっ⁉ だ、だから私も箒を用意するってば……一人で乗れるっ！」

「ほらほら、出発するよ。カミーユ、ちゃんと掴《つか》まって？」

「えぇっ？ ちょっと待っ……」

私の抵抗も虚《むな》しく、アシルは私を前に乗せたまま羽ペンを宙に浮かせてしまった。

冬の空は少し肌寒いけれど、静かで透《す》き通った空気が心地よい。背中に触れているアシルの体は、ほんのりと温かかった。

「カミーユは細いね、それにいい匂いがする」

「ふわぁっ⁉ み、耳元で囁《ささや》かないで」

ただでさえ距離が近くてドキドキしているのに。

（これが……以前アシルの言っていた「証明」なのだろうか）

頬《ほお》にキスされてからというもの、やけに彼を意識するようになってしまった。

「……そ、そんなことは、アンタのファンの令嬢達にでも言ってあげればいいよ！」

こんな甘い雰囲気を醸《かも》し出す最近のアシルに、正直、どうすればいいのかわからない。


そうこうしているうちに、あっという間に一ヶ月が過ぎ、とうとう魔法学園の入学試験の日がやって来た。

魔法学園は王都にあり、城から見て東側に位置する。

世の中にこんなに同じ年頃の人間がいたのかと思ってしまうくらい、入試会場である学園内はごった返していた。

年齢さえクリアしていれば入試は誰でも受けられるので、記念受験をしに来た者も多いのかもしれない。

残念なことに、私はアシルともロイス様とも別室での受験だ。メイと、ついでにライガも受験するらしいが、彼らも私と同じ教室ではないらしい。

メイとライガはついこの前、正式に婚約した。彼の父である王弟は不満の声を上げていたが、ライガが押し切ったそうだ。反抗期なのか、彼は父の意向を無視することが増えてきた。

カイ・ザクロは姿を消してしまったが、彼については実家の男爵家に帰ったやら、どこぞへ留学したやら、様々な噂《うわさ》が流れているようだ。

「大丈夫。この日のために頑張ってきたんだから……」

学園の廊下を歩きつつ、私は自分に言い聞かせた。これで落ちたら、今までお世話になった家庭教師達にも、アシルにも申しわけが立たない。

それに、学園でロイス様にもしものことがあったらと思うと、心配で仕方がない。ゲーム中の彼が破滅《はめつ》を迎えたのは、すべて在学中の出来事だった。阻止するために、しっかりと見守らねば。

意を決して、自分の試験会場の教室の扉を開く。

「ぶへっ！」

扉が開いた瞬間、何者かの腕が私の顔面を直撃した。い、痛い……

今日はカンニングを疑われないために魔法刺青《マジー・タトゥアージュ》を綺麗さっぱり消しているので、自動防御の魔法はかかっていない。

「ごめんご め～ん、大丈夫かい？」

銅色《あかがねいろ》の長い髪を垂《た》らし、異国風のアクセサリーをジャラジャラつけた背の高い男が、困ったように私を見下ろしていた。軽そうな雰囲気のお兄さんだ。

(金色の瞳で肌の色は琥珀色《こはくいろ》……隣国の人かな)

お隣の国、トパージェリアではこんな肌色の人が多い。

「平気だよ。私こそ、ぶつかってごめんなさい」

私は、そそくさと決められた席に移動しようとしたのだが、途中で先程ぶつかった男に呼び止められる。

「あっれ～、君ってもしかして……ロードライト侯爵令嬢？」

「え……？　私のことを知っているの？」

「やっぱり、そうなんだぁ！　今日は手とかに刺青《いれずみ》がないから、すぐに気付けなかったよ～」

私の刺青は、もはやトレードマークになっているらしい。この国には刺青をしている女性はほぼいないので、仕方がないことなのだけれど。

それにしても、この人は誰だろう。

(こんなチャラそうな男の人、会った覚えがないよ？)

私の表情に疑問が表れていたのか、男が名乗ってくれた。

「僕は、トライア・トパージェリア。この国に来たのは半年くらい前の舞踏会以来だよー」

「ああっ……！　え、ええっ!?　トライアって！」

私はまたしてもゲームの登場人物に遭遇《そうぐう》してしまったらしい。

トライア・トパージェリアは隣国の第二王子、そしてダイヤのK《キング》だ。

そういえば、第一王子であるトライアの兄に連れられて、彼も舞踏会に来ていたと聞いた覚えがある。彼は馬車酔《よ》いして寝込んでいて、会場には来なかったはずだが。

「直接話すのは、これが初めてだよね～」

（直接話すもなにも、完全に初対面だけれど……）

にこやかに話す彼は、ゲームの中の彼とは似ても似つかない。

ゲームの中のトライアは、髪を短く刈《か》り上げていて筋肉質で、ここまでジャラジャラもチャラチャラもしていなかった。あと、目の前の彼がどうかはわからないけど、もの凄《すご》く女好きなキャラだったはずだ。

兄である第一王子を蹴落《けお》として王位を手にしたいとずっと考えていた彼は、ヒロインに本心を指摘されていくうちに彼女に恋をする。

目の前のトライアは、何故かゲームの中とは別人のような長髪のチャラ男になってしまっているが……一体、何があったのだろう？

「ええと、トライア様。舞踏会ではご挨拶《あいさつ》もできず……」

「堅苦しいのはなしだよ～、これから同学年になるかもしれない仲じゃん？　それに、舞踏会の日は俺、馬車酔いで挨拶どころじゃなかったしね」

「そう、なんだ？」

「最後の方で少し回復して、会場の隅《すみ》から様子を見ていたのだけれど、君の防御魔法スッゴイよねー、感動しちゃった！」

　男爵家の次男とのやり取りを見られていたらしい。ちょっと恥ずかしいな。

「ねぇねぇ、あの魔法どうやんの？　ウチの国で見たことないんだけど、自動防御だよね？」

「ああ、あれは魔法刺青《マジー・タトゥアージュ》で……」

　私が説明しかけたところで、教室の扉がガラガラと音を立てて開いた。

「えー、入学試験を受けられる方は、全員席に着いてください。繰り返します。入学試験を受けられる方はー……」

　試験監督が入室してきた。お互いに話を切り上げて、席に着く。

　トライアは私の二つ斜め前の席に座っている。彼は試験についての説明の間、たまにこちらを振り返ってウインクしてきた……なんなんだ？

　試験監督の魔法で、一般教養の筆記試験の用紙と筆記用具が机の上に現れる。こういう時も魔法は便利だ。

「それでは、試験開始！」

試験監督の中年男の声が教室に響いた。

♥ ♦ ♠ ♣

魔法学校の入学試験が終わって約一ヶ月が経《た》った。

庭の雪も溶け、春の訪れを予感させるある日、私の自室の窓辺に一羽の青い小鳥がとまった。

ソファーに座っていた私は、立ち上がって恐る恐るその鳥に近付く。

実はこの青い鳥は、ただの鳥ではなく、伝達魔法によって作られたメッセンジャーなのである。

「魔法学園の入学試験結果」を知らせに来ると、予告されていたのだ。

手を伸ばすと、鳥は私の右手の甲にとまり、そのまま一枚の紙に変化する。

「見るのが怖いな」

もしダメだったら……。そう思うとなかなか確認することが出来ない。

「あら、カミーユ様。そんなところで何をされているのですか？」

メイド達に掃除の指導をしていたエメが、急に私の部屋に顔を出した。

ロードライト侯爵家のメイド達の中で最古参の彼女は、今や侯爵家最強のお局《つぼね》として君臨《くんりん》している。うん、ノックはしてほしかったかな。

「あら、あらあら？　カミーユ様、この紙は……！」

エメはその巨体からは想像できないスピードで私の手にあった紙を奪《うば》い取ると、両手に掲《かか》げ持った。

「あっ、エメ！　返してよっ！　まだ中身を見ていないんだから！」

「まあ！　まあまあ！　カミーユ様！」

え、落ちたの？　どちらともとれる反応を示すエメに、私は気が気でない。

「侯爵様に連絡しないと！」

私に紙を返すと、エメは大きな腰をフリフリしながら部屋を出て行った。

彼女が去ったあとで、祈りつつ紙を見ると……そこには「合格」の二文字が書かれていた。

「受かった！」

どうしよう……凄《すご》く嬉しい。高校受験の時よりもずっと。

ロイス様とアシルは受かっているだろうか。秀才のアシルは恐らく大丈夫だけれど、ロイス様は？

（いや、彼は私より一般教養が出来るはず……落ちてないよね？）

確認したいが、もし彼が落ちていたらと考えると、怖くて伝達魔法も送れない。

「聞きづらいよう」

アシルは受かっているだろうから、彼には報告しても大丈夫かな。結局、私は悩んだ末にアシルにだけ伝達魔法を送ってみた。

しばらくして、アシルから返信がきたのだが、そこにはロイス様も合格したと書かれている……ということは。

「……ロイス様、アシルにだけ合格を知らせるなんて。私と同じことを考えていたんですね？」

私だって受かりましたよ？

そして、ついに入学式の日がやってきた。

季節は春。王立魔法学園は、新入生で賑《にぎ》わっている。

学園の正門付近には、桜に似たピンク色の花が咲き誇《ほこ》っていた。ただし、この花は金《こん》平糖《へいとう》みたいに固く、花弁が頭に落ちるとちょっと痛い。

合格発表から入学式までは、早かったように感じる。入学式のあとには、生徒同士の親睦《しんぼく》を深めるための交流会もあるそうだ。

入学式が行《おこな》われたのは、学園内の広い講堂。今は壇上で学園長が歓迎のスピーチをしている。気怠《けだる》そうに話す彼は、やっつけ仕事感が漂《ただよ》う。ゲームでは、もっと真面目そうに見えたんだけどな。

学園長のお話の間に、ゲームの登場人物は揃《そろ》っているだろうかと周りの生徒を観察してみると、少しおかしなキャラがいた。

「なんか変だ……ゲームと違っている」

ダイヤのQ《クイーン》らしき少女がいたものの、どう見ても男装している。しかもダイヤのJ《ジャック》はいない。クローバーのQとJもいないし……スペードのJは言わずもがなである。

K《キング》とQ、Jが全員この場に揃っているのは、ハートのクラスだけだ。

「……絶対変だ！　いないキャラが多すぎる」

「カミーユ、あんまり騒ぐと、口を塞《ふさ》いじゃうよ？」

「……！」

動揺のあまりブツブツ言っていると、私の後ろに立つアシルが色気だだ漏《も》れの声で囁《ささや》いてきた。私は慌てて口をつぐむ。

彼の行動は、日に日にエスカレートするばかりである。婚約者同士なので甘い言葉を囁いたり、相手に触れたりしても不自然ではないが……

アシルの場合は、あくまで打算で私と婚約したのだから、友情の精神だけでここまでする必要はないと思う。

（とはいえ、はっきり指摘したら、また気まずい思いをしそう。ここは黙っておこうっと）

入学式が終わると、いよいよ交流会が始まった。

私は注意力が散漫《さんまん》だという理由で、アシルにばっちり手を繋《つな》がれている。彼なりに、入学式で落ち着きを失った私を心配してくれているのだろうけれど、複雑な心境だ。

「迷子になったりしないのに。十六歳と言えばこの世界では立派に成人だし、お酒だって飲める年齢なんだよ？」

「はいはい、わかったから。カミーユ、前向いて」

交流会は立食形式になっていて、会場のテーブルには、軽食やデザートが用意されていた。

また、私達の近くのテーブルに小さなカクテルグラスに入った色とりどりのお酒が並べられている。教育機関でお酒が出るなんて……異世界って不思議だ。

「ねぇアシル。私、あれを飲んでみたい」

私が指差したカクテルを見て、アシルがコバルト色の目を細めた。

「カミーユ、あれがなんなのか、わかって言っている？」

「お酒でしょ？　まだ飲んだことはないけれど、知っているよ」

侯爵邸ではエメに飲酒を止められていたので、成人したにもかかわらず、私はお酒を飲んだことがなかった。

もちろん、前にいた世界でも飲んだことはない。

「……初めてだから、少しにしておきなよ」

「アシルは心配性だなぁ。浴《あ》びる程飲んだりしないよ」

私の言動に肩を竦《すく》めたアシルは、手近にあるグラスを一つ取ってくれた。

渡されたのは、私の瞳の色と同じラズベリー色のカクテルだ。

「ありがとう……」

アシルは何が面白いのやら、私がカクテルを飲む姿をジーッと眺めている。

整った顔でそんなに熱っぽく見つめられると、なんだかちょっと落ち着かない……間が持たず、自然と酒が進む。

カクテルは甘くて美味《おい》しくて、私はもう少しそれが欲しくなった。近くにあったカクテルの中から、今度はアシルの瞳のような綺麗な青色のものを選ぶ。

「あ、カミーユ！　少しだって言っているのに」

私が二杯目を手に取ったのを見咎《みとが》めたアシルが声を上げた。

「ちょっとだけだからー」

アシルの手を振り解《ほど》いて、二杯目、三杯目のカクテルを飲む。すると、アシルは露骨に顔を顰《しか》めた。

「カミーユ、そんなに飲んで大丈夫なの？」

「うん、なんともないよ？　私って酒豪《しゅごう》かもしれないね」

そう言ってアシルの方に向き直ろうとしたら、足がもつれて体が前に傾いた。踏ん張ろうとするが、全身に力が入らず思うように動くことができない。

私の体は、重力に従って前方へ倒れていく。

「あれ……あれっ？　うわあっ！」

このままでは、顔面から地面にダイブ確実だ！　自力で止めることはもはや不可能だった。痛みと衝撃《しょうげき》に備えて目を瞑《つむ》る。

「危ないっ！」

間近でアシルの声が聞こえ、次いで柔らかいものに抱きとめられる。

背中に回された腕と顔に当たる布の感触、聞こえよがしな溜息……

結果的に、私は地面ではなくアシルへダイブしたのだ。彼に抱きつくような体勢になってしまっている。

「ご、ごめん……アシル」

慌てて離れようとすると、また足がふらついた。平衡感覚《へいこう》がなくなっている。

「……だから言ったのに。この酔《よ》っぱらいが」

「私は酔っぱらってなんかいないよ？　大丈夫だよ？」

「酔っぱらいは皆そう言うんだよ。ほら、俺に掴《つか》まって」

情けない状態の私は、そのままアシルにもたれかかるようにして交流会場を離れ、休憩用のベンチが置いてある屋外《おくがい》まで移動した。

周りに、他の生徒の姿はない。皆、交流会の会場の中からは出ないのだろう……私みたいな状態にならない限り。

「アシル、ごめんね。ありがとう」

そう言ってアシルを見つめると、彼はすぐに目を逸《そ》らしてしまった。

（怒ったのかな、なんだか耳が赤い）

そんなアシルを見ていると、かなり罪悪感が湧《わ》いた。

「水を取って来るから、カミーユは、そこで大人しくしていて」

「……かたじけない」

怒っている様子なのに水まで取りに行ってくれるとは、アシルはなんていい奴なんだ。

彼が水を取りに行ってしまって、私は一人になった。椅子から立ち上がれないので暇である。大人しく待つという行為は、私には向いていないのだ。

酔《よ》いが回り、なんだか頭がフワフワしてきた。

「アシル、早く帰ってきて……なんかヤバいよ、クラクラする」

そんな酩酊《めいてい》状態の私の方に向かって、一人の女子生徒が一直線に歩いて来る。私に何か用事があると見て間違いないだろう。

その女子生徒には見覚えがあった。私が過去に何度も何度も画面越しに見た姿……

私は目を見開いた。

シナモン色のウェーブのかかったミディアムヘアに、オリーブ色の瞳——彼女は、あのゲーム『キャルト・ア・ジュエ』の「ヒロイン」だ。

ゲームの説明書に載っていたヒロインのプロフィールには、「平凡な容姿」だなんて書かれていたけれど、実際に見る彼女は美少女であった。

いかにも健気《けなげ》そうで清楚《せいそ》な、守ってあげたくなる雰囲気の女の子だ。

「でも、おっかしいなぁ……」

ゲームでは、ヒロインは二年目から編入してくるはずだ。ここでもイレギュラーが発生しているのかもしれない。

「あれ……？」

つかつかと歩み寄ってきたヒロインは、何故だかわからないがこちらをきつい目で睨《にら》んでいる。

私の目の前で足を止めた彼女は、穏《おだ》やかそうな外見からは想像もつかない程厳しい口調で話しかけてきた。

「あなた、『入れ替わり』よね？　カミーユ・ロードライトじゃないでしょう？」

「え……？」

開口一番にそんなことを言われて、私は動揺してしまった。私がゲームのカミーユとは違うと知っているなんて……彼女は何者なのだろう。

「ロイスとアシルはゲームのままなのかしら？　彼らは、あなたが『入れ替わり』だって知っているの？」

全く身に覚えはないけれど、彼女の言葉は棘々《とげとげ》しい。

（なんかしちゃったのかなぁ……ダメだ、酔っているせいで頭がいつも以上に回らない）

なんだか胃の辺りも気持ちが悪くなってきた。不吉な予兆である。

「なんとか言ったら？　隠したって無駄よ！」

ヒロインが更に厳しい口調で、私に追い討ちをかけてきたが、今はそれどころではない。現在進行形で、どんどん気分が悪くなっているのに。

「うっ……もうダメ……」

喉《のど》の奥から熱い物が込み上げてきた。

「何がダメなのよ。とぼけるのもいい加減にして！　……って、キャアアアアア！」

ヒロインが盛大に悲鳴を上げる。

私は彼女に向かって、胃の中身を盛大にぶちまけてしまったのだった……すまぬ。

アシルが駆けつけてくれた時には、私はその場に蹲《うずくま》っていた。傍《かたわ》らでは被害を受けたヒロインが抗議の声を上げている。

「あんなモノをぶっかけておいて、タダで済むと思っているの！」

「ごめん、でも大丈夫。魔法で部分的に時を少し戻したから、もう全部綺麗になっていると思うよ……」

気分が悪くて立ち上がれずにいる私に、アシルが水を差し出してくれた。

「カミーユ、大丈夫？　ほら、水を持ってきたよ？」

「アシル……ありが……うっ……」

私の言葉で、先程まで盛大に騒いでいたヒロインが驚いたようにアシルを見た。

「アシル？　アシルって……アシル・ジェイド⁉」

「そうですが、何か？」

対するアシルの返答は、素っ気ないものだ。

「なんで、アシルがカミーユの面倒なんて見てるわけ？」

「……なんの話かよくわかりませんが、今は彼女を保健室に運びたいので失礼しますね。婚約者のしでかしたことについては、後日改めてお詫《わ》びに伺います」

「婚約者ですって？　なんでアンタ達が婚約なんてしているのよ！」

その言葉に、アシルが不機嫌そうに眉をひそめたが、彼の様子など意に介さず、ヒロインは尚《なお》も叫ぶ。

「だって、アシルは……カミーユを破滅《はめつ》させるはずなのに！」

「何をわけのわからないことを……」

アシルはそこまで言いかけて、何かに気付いたようにハッと目を見開いた。

「破滅……確か、あの時も」

どうしたのだろうか。彼は小声で何やら呟《つぶや》いているが、私には聞こえない。

ヒロインはショックを受けた様子で、私とアシルを見比べた。

「どうしてなの？　アシルは、カミーユを嫌っているはずでしょう……？」

「何を言いたいのかわかりませんが、話はまた今度お聞きします」

アシルは蹲《うずくま》ったままの私を抱き上げた。お姫様抱っこである……！

ヒロインはまだ何か騒いでいたが、アシルは彼女を無視して私を保健室へ運ぶ。

彼が保健室の扉を開《あ》けると、中は無人だった。間の悪いことに、保健医が外へ出てしまっているようだ。

「カミーユ、吐きそう？」

「……さっき吐いたから、だい、じょうぶ」

アシルは私をベッドに下ろすと、心配そうに顔を覗《のぞ》き込んできた。

「もう寝るといいよ。保健医が来るまで、俺がここにいるから」

「うん……ありがとう、アシル。ふふ、あの時みたいだね」

幼い日の光景が思い浮かんだ。あの時も、こんな風に二人で話していたよね。

「あの時って、いつ？」

「昔、私が刺されて城の医務室に運ばれた時……アシルが傍《そば》にいてくれた」

「カミーユ……」

「お父様はバタバタしていて私のところには来られなくて……でも、アシルがいてくれて心強かったんだ」

なんだかアシルの顔が赤い。彼はカクテルを飲んではいないから、素面《しらふ》のはずなのに。

酔《よ》いのせいで襲《おそ》ってきた眠気に耐えられず、私はそのまま眠ってしまっていた。

「……好きだよ」

薄れゆく意識の中、誰かの声が聞こえ、続いて何か柔らかいものが額《ひたい》に触れた気がした。

6　ハートのQ《クイーン》、一学期に赤点を取る

学校という場所は、どうしてこう試験が好きなのだろうか。

入学式から数週間後。入試を受けたばかりなのに、新学期早々「初回テスト」という名目で試験が行われた。

(あーあ。前にいた世界では、そこそこの成績をキープしていたんだけどなあ)

教室でたそがれる私に、呆《あき》れたようなアシルの声がかかる。

「カミーユ、放心してる場合じゃないよ？　赤点を取ったんだから追試、受けるんでしょう？」

無情にも、婚約者様が私の現状を暴露《ばくろ》してしまった。

(アシルめ、何故私の成績を知っている？)

毎度毎度、この幼馴染《おさななじみ》はどこから私の情報を得ているのだろうか。

彼の言うとおり、私は初回テストの一般教養科目で大量の赤点を取ってしまった。

しかも、赤点を取った場合は追試を受けることが義務づけられている。

「もう入学できたんだから、一般教養なんてお呼びじゃないんだよう！」

「……あまりに成績が悪いと、退学になるかもしれないよ？」

「魔法試験の成績がいいから大丈夫」

私の返事を予測していたのだろうか。不敵な笑みを浮かべたアシルが、コバルト色の瞳で私を見据《みす》えて言った。

「カミーユが追試に受かったら、お祝いに『魔法アイテム事典最新版』をプレゼントするけど」

「『魔法アイテム事典最新版』って……あの、入手がとっても困難な？　アシル、持っているの？」

「持ってはいないけれど、伝手《つて》があるんだ」

さすがアシルだ。城で超やり手の役人として働いていた彼の人脈は侮《あなど》れない。

ちなみに、今は学業に専念するため、私もアシルも城での仕事は休ませてもらっている。

「アシル様！　頑張らせていただきます！」

「じゃ、今から図書室で勉強しようか」

物に釣られた私は素直に頷《うなず》いて、アシルと共に図書室へ向かった。

途中の廊下には、初回テストの成績優秀者上位十名が張り出されている。追試対象者が張り出されていなくて、本当によかった。

アシルは憎たらしいことに、一般教養科目の全教科でトップである。魔法試験でも三位で、総合は一位……あきらかにゲームの時よりもハイスペックだ。

私は魔法試験で一位だが、一般教養の全教科が赤点だったせいで、総合成績は悲惨《ひさん》な順位になっていた。

「カミーユは、やれば出来るんだから」

道すがら、アシルが溜息まじりに口にした。

「そんなことを言われても、魔法以外はイマイチ興味が持てないというか」

「これからしばらくは、城での仕事は休みだし、その分、勉強に力を入れられるでしょう？」

「そうだけどさぁ」

私はぶちぶちと言いわけをしながら、図書室の扉を開《あ》ける。

四階建ての大ホールのような空間には、所狭しと本が並べられていた。

しかし、それに対して今、図書室を利用している生徒の数は十人にも満《み》たない。

全校生徒が五十二人なうえ、その中で今すぐ勉強が必要な者など、数が知れている。

試験が終わって間もない今の時期は、図書室の需要《じゅよう》は少ないのだ。

「カミーユ、あそこの席にしよう」

私とアシルは、受付から離れた一階の隅《すみ》の席を陣取った。他の生徒からは見えにくい位置である。

試験の直後に図書室でせっせと勉強しているなんて、赤点丸出しみたいなものだ。

(他の生徒に見られないようにという、アシルなりの配慮《はいりょ》なのかな)

もしくは、自分の婚約者が赤点女だと知られたくないかだ。

「何してるの？　早く教科書を広げて」

「うう……はい、アシル先生」

『魔法アイテム事典最新版』のためだ、頑張るほかない。

私は、意を決して分厚い教科書を開いた。まずは比較的マシな点だった、この国の歴史からだ。

(歴史って覚えにくいんだよね、同じ苗字の人物が多すぎるんだもの)

高校の時も、藤原《ふじわら》と徳川《とくがわ》だらけで苦労した。

「カミーユ、ここは……こうやって覚えるといいよ」

アシルは私の右隣に座り、逐一《ちくいち》解説をしてくれる。彼の説明はとてもわかりやすくて、一度聞くと次からは間違えない。

だったら試験前に彼に教えてもらっていればよかった話なのだが、魔法の研究に夢中になって、ついつい後回しにするうちに試験の日が来てしまったのだ。

「アシル、近い」

「近付かないと、教えられないでしょう?」

……なんというか、これは密着しすぎてはいないだろうか。

こちらに身を乗り出すアシルの顔は、キスでもしそうな程近い距離だし、彼の左手は私の腰にしっかりと回されていた。

子供のころから、アシルが勉強を教えてくれることはあったけれど、以前はこんなに引っ付いていなかったと思う。

「カミーユ、ちゃんと聞いてる? ぜんぜん集中できていないじゃん」

「き、聞いてるよ? アシルの授業はわかりやすいもの……スパルタだけれど」

いかん。こんなことで集中を途切れさせては、追試落第の上、補講の刑に処《しょ》せられてしまう。

(そんなことになったら、魔法に関わる時間が削《けず》られるではないか。ただでさえ、学業のために仕事に関われないのに)

それに、アシルは自分の自由時間を犠牲《ぎせい》にして私に勉強を教えてくれている。さすがに私も、申しわけないと思っているのだ。

「アシル、今度お礼させてよ。いつも勉強を見てもらっているし、アンタには感謝しているからさ」

「お礼なんていらないよ。カミーユの面倒を見るのなんて、今に始まったことじゃないし」

全くその通りだ。重ね重ね申しわけない。幼少のころから、彼には世話になりっぱなしである。

「俺は、カミーユとこうして二人でいるのは嫌いじゃないよ」

不意に、アシルが柔らかく微笑《ほほえ》んだ。キャラメル色の髪をかきあげ、コバルト色の瞳で意味深に私を見つめている。

「で、でも、そのせいでアシルは、自分の時間を取れないでしょう？」

「今が、自分の時間なんだけど。こうやって、好きなことをしているし」

「アシル、そんなのはもったいないよ」

「それを決めるのはカミーユじゃないよ。俺の時間をどう使うかは俺が決めることだから」

今日のアシルは色々と強引で……私は彼の説得を断念した。

アシルは学園に入学前するほんの少し前まで、城の官僚《かんりょう》としてバリバリ働いていたのだ。そんな彼に、私が口で勝てるわけがない。

「ふー、終わったー！」

図書室で勉強を始めて数時間後。私はなんとか全教科の追試対策を終えることが出来た。あとは寮の自室で復習するのみである。

窓の外は夕闇に包まれており、図書室は受付の人間以外、誰もいなくなっていた。

「頑張ったねカミーユ。これで追試は大丈夫だ」

「うん、ありがとうアシル。助かったよ……補講なんて冗談じゃない」

私はアシルにお礼を言いながら、勉強道具を鞄《かばん》に詰め込んだ。

「そうだよ、冗談じゃない。そんなものに時間を取られるくらいなら、俺と一緒に過ごしてよね」

「え……？」

「さっきのお礼、やっぱりお願いしていい？」

「……もちろんいいよ？」

突然、隣に座っていたアシルが、腰に回していた左手に力を込めて私を引き寄せた。

そのままやんわりと抱きしめられる。

「ほげっ？」

思いがけない事態に、頭が真っ白になる。

「あの……アシル？」

動転する私に、アシルは色っぽい笑みを向けた。

「カミーユ、好きだよ」

「す、すすすすすきって……すきって？」

今は動揺させられっぱなしの私だが、元の世界では彼氏がいたことがあったのだ。二週間で別れた上、手を繋《つな》いだだけだったけど。だから、彼の言う「好き」がどういう意味かくらいは判別可能。これは「親愛かつ友情の好き」だよね……？

「あの、アシル……？　なんで私を抱きしめているの？」

「お礼をもらっているんだよ」

アシルはコバルト色の瞳を色っぽく細めて私の顔を覗《のぞ》き込んでくる。

いくら婚約者とはいえ、私に対して、色気を全開にしてどうするんだ。よそで使え。

「お礼って……」

もしかすると、アシルは優しいから、現物でお礼を受け取らない気なのかもしれない。

本当に、なんていい奴なんだアシルよ。君の友情に報《むく》いるためにも、しっかり受け入れなくては。

「わ、私なんかでよかったら、いくらでも抱きしめていいよ。ぜんぜん足りていないと思うけどね」

「………はぁ？」

アシルは私を抱きしめたまま、肩を落としてしまった。ひどく落胆《らくたん》した様子である。

やはりお礼が私をハグする程度では、不満なのだろう。だったら最初から欲しいものを言えばいいのに。

「あの、アシル大丈夫？」

「だからっ、俺はカミーユがいいって言っているのに、好きだって何度も言っているのに……どうして信用してくれないんだよ！」

「へ？　わ、私がいいって……？」

「俺に何回告白させれば気が済むの？　なんですぐに『私なんか』とか言って勝手な解釈をするの？」

今までにない勢いで捲《まく》し立てられ、私はただ圧倒されるばかりだ。

「だ、だって、それは……」

「大体、好きでもない女の勉強なんてわざわざ頻繁《ひんぱん》に見てやるわけがないだろ？　カミーユは一体、俺をなんだと思っているんだよ」

「えっと……」

友情に篤《あつ》い、聖人のような幼馴染《おさななじみ》？　……いや、こんな腹黒い聖人はいないな。

私がもごもごしていると、アシルは怒ったように言葉を続けた。

「カミーユは鈍《にぶ》すぎ！　徐々《じょじょ》に気付いてもらおうと思ったけど、ぜんぜん気付く気配がないんだから」

私は気まずくなり、ぎこちない動作で目を逸《そ》らした。どういう顔をしたらいいのかわからない。

（だって、アシルだよ？）

今まで、彼には私のダメな部分や情けないところを散々見せている。げんなりさせていること請《う》け合いだ。

それなのに私が好きだなんて……にわかには信じ難《がた》い話だと思う。

「俺がカミーユに婚約を申し込んだのは、そもそもカミーユが好きだったからだし、その気持ちは今でも変わらない」

「そんな……だって、アシル」

「婚約者だといっても、カミーユが嫌なら何もしないよ。カミーユの気持ちを優先させたいし……って思ってたけど、待つだけっていうのはいい加減限界。横から手を出そうとする礼儀知らずな奴もいるしね」

後半はよく聞こえなかったけれど、アシルが私のことを恋愛の意味で好きなのだということはなんとなくわかった……わかってしまった。

今まで何かと親切にしてくれていたのも、すべてそういう理由からだったのか。今日の勉強を見てくれたのも。

「……なんてこったい」

「そのセリフは、俺が言いたいよ」

アシルは脱力したように、額《ひたい》に右手を当てている。

「アシルって、女の趣味が悪いよね」

「……本当にね」

彼の気持ちを理解した途端、にわかに顔に血液が集まってきた。頬《ほお》が熱を持つ。

私の顔は、いまだかつてない程に火照《ほて》って真っ赤になっているだろう。憎まれ口でも叩いていないと、羞恥《しゅうち》で死んでしまう。

私は俯《うつむ》き、置物みたいに固まった。アシルにがっちりと全身をホールドされているので、逃げることもままならない。

「カミーユ」

今までにない程甘さを含んだ声で、ゆっくりと名前を呼ばれた。もの凄《すご》く照れくさい。

「顔、上げて?」

「やだ!」

アシルが私の顎《あご》に手をかけて囁《ささや》くが、私は全力で拒《こば》んだ。

絶対、今の自分はひどい顔をしている。こんな情けない表情を彼に見せたくない。

けれど私の抵抗も虚《むな》しく、アシルによって私の顔は強制的に上向きにされてしまった。

「離してよ……っ」

「ふふ……顔、真っ赤だ」

嫌がる私とは対照的に、アシルはもの凄く嬉しそうな顔をしている。私の情けない顔がそんなに面白いの? ひどい!

「も……やだ、恥ずかしい」

「これは……少しは脈があるってことかな? ねえ、カミーユ?」

そう言いながら、アシルは実に楽しげに顔を近付けてくる。

「し、知らない!」

無理だ、限界だ。このゲロ甘い雰囲気に、私はもう耐えられそうにない。

（よし、逃げよう！）

そんな決意をした私は、大きく息を吸った。

「あ、そうだ！　私、とっても大事な用事を思い出したよ！」

「……ふぅん？」

不自然なくらい大きな声で話を切り出したのだが、アシルに効果はなかったようだ。解放してもらえる気配はない。

アシルはニヤニヤと笑っている。くっそ、こいつには心理戦で勝てる気がしない。

「大事な用事なら仕方ないなぁ。俺が部屋まで送っていくよ」

「あの、アシル、一人で大丈夫だからここで……」

「送っていくよ」

笑顔でごり押し。いきなり本気を出しすぎじゃないかな⁉

結局、私はアシルのペースを崩すことはできず、問答無用《もんどうむよう》で寮の自室まで送られてしまった。


アシルとのとんだ勉強会から数日が経過した。今日は追試が行《おこな》われる日だ。

放課後、私は数人の生徒と共に教室に残り、羽ペンを動かしていた。数人の生徒というのはもちろん、私と同じ追試対象者の皆様だ。

だんだんと日が延びてきたようで、夕方だというのに、窓の外はまだ明るい。

「終わったー！」

試験時間が終わった瞬間、勢いよくペンを置き立ち上がる。

今日の私はいつになく自信に満ち溢《あふ》れていた……というのも、追試の問題が思った以上にスラスラ解けたのだ。

恐らく、全教科受かっていると思う。アシル大先生様のおかげで、補講は免《まぬが》れることができそうだ。

「なになに〜、カミーユは自信あるのぉ〜？　いいなぁ、僕は補講確定かも〜」

隣の席から話しかけてきたのは、ダイヤのK《キング》であるトライアだ。彼も追試組であった。

ゲーム中の文武両道だった彼とは違い、こちらのトライアは勉強全般が苦手らしい。

ただ、魔法薬作りだけは得意なようで、魔法薬の授業ではいつも質の高い薬を作り出していると噂《うわさ》に聞いている。

魔法薬とは、薬草や金属、動物の組織などといった、魔法に反応する様々な材料で作った薬のことだ。魔力回復薬や傷薬、果ては毒薬まで色々な種類がある。効果は直接的な魔法に劣《おと》るけれど、その分、微調整がきく。

私の魔法刺青《マジー・タトゥアージュ》に使用する染料《せんりょう》も、魔法薬の一種だ。

「たぶん今回は受かっていると思うよ。トライア様は補講、頑張ってくださいね」

私の言葉に、トライアは銅色《あかがねいろ》の長い髪を振り乱しながら抗議した。彼が頭を振るたびに、耳に着けた大量のピアスが、ジャラジャラと音を立てる。

「あ～あ、カミーユは補講仲間だと思ったのに！　裏切り者～！」

補講仲間だなんて、ちょっと不名誉な仲間だな……裏切り者で結構だ。

「すみませんねぇ、トライア様。私だけ受かっちゃって……」

「ああ……気力がなくなった。カミーユ、可哀相な僕のためにお茶に付き合ってよ。僕を慰《なぐさ》めて～！」

「嫌ですよ。私はこれから寮に帰って、今まで読めなかった分、魔法書をじっくり読むんだから」

ここ数日は勉強漬《づ》けだったので、今日は好きなことをするのだ。

「そんなこと言わずに～。ねえ、カミーユ～」

「断る！」

「トパージェリアにしかない魔法茶をごちそうするからさぁ～」

初めて聞くその言葉に、私の魔法好きの血が騒いでしまった。

「魔法茶……何それ？　美味《おい》しいの？」

「ウチの国で最近流行している特殊なお茶だよ。トパージェリアにしか存在しない珍しい薬草をベースにした健康茶みたいなもので、使う植物によっていろいろと効能が――」

「飲んでみたい！」

気が付けば、私は叫んでいた。

そんなお茶はガーネット国にはない。魔法と名のつくものなので、とっても興味がある。

「よっしゃ！　そうと決まれば、今から僕の部屋においでよ」

「行く行く〜」

トライアの部屋は、ダイヤクラスの寮の最上階だ。

この学園では各クラスごとに寮が分かれている。

ゲーム設定でもそうだったが、四クラスの仲は基本的によくないので、妥当な措置《そち》だろう。

（それなのに、ハートクラスの私がダイヤの寮に足を踏み入れているなんて、変な感じ）

トライアとは顔を合わせるたびに喋《しゃべ》るので、仲は悪くない。だが国対国で見ると、そういうわけにもいかなかった。

ガーネットとトパージェリアは、良好に見せかけて、お互いに腹の探り合いをしているような関係なのだ。

「あ、カミーユ様だ！」

「ようこそ、ダイヤクラスの寮へ！」

寮の中で出会ったダイヤクラスの生徒達は皆、私に友好的だった。ゲームの中とは違って、歓迎されている様子である。

「……どうも、おじゃまします」

寮のロビーにあるエレベーターの役割を果たす魔法陣に乗って、私達は最上階へ上って行く。

ダイヤの寮は全体的にアラビア風の装飾が多い。隣国トパージェリアの影響が色濃く出ているようだ。

エレベーターが到着した先にあったトライアの部屋も、何から何までアラビアンな雰囲気を醸《かも》し出していた。

「とりあえずそこに座って？」

部屋に入ってすぐ、トライアは豪華なソファーを示した。鮮《あざ》やかな青い布地に金の刺繍《ししゅう》が入った高価そうな布がかけられている。

「うん……」

仕事以外で他人様《ひとさま》の部屋を訪れた経験がそんなにない私は、ここに来て緊張していた。

友人と言われて名前を挙《あ》げられる人といえばロイス様とアシル、デボラとデジレとメイくらい……私の交友関係は実に狭かったのである。トライアは学園に入ってから初めて出来た友人だ。

彼は自国から連れて来たのであろう専属メイドに指示を出すと、私の向かい側のソファーに座った。

「魔法茶を持ってきてもらうから、ちょっと待っててね～」

「ありがとう、トライア様」

ワクワクしながら魔法茶を待っていると、急にトライアが立ち上がって近付いてきた。

「な、なん……ですか？」

「ね、ね、カミーユの魔法刺青《マジー・タトゥアージュ》見せてよ。トパージェリアの魔法使いは刺青《いれずみ》をしないから興味があるんだ」

トライアは入学試験の時にも、魔法刺青による自動防御の魔法に興味を持っていた。

(そういえば、ダイヤクラスの生徒には刺青を入れてる子がいないよね)

単に、そういう文化がないのだろう。

「いいよ。トパージェリアでは、どんな魔法が主流なの？」

「う～ん、主流っていうか……トパージェリアは、ガーネットみたいにバンバン魔法を使う国ではないからね～。その代わり、魔法アイテムや魔法薬が充実しているよ。ガーネットよりもずっとね。欲しいアイテムがあったら言ってよ。大抵のものは取り寄せられるからさ」

「本当？」

かなり太《ふと》っ腹《ばら》な申し出である。魔法実験の材料など、取り寄せたいものは山程あった。

「もちろん、カミーユの頼みならね。ところで、微妙に襟《えり》で隠れているけれど……首の後ろにあるその刺青は何？」

「浮力補強の魔法刺青だよ。箒《ほうき》で空を飛ぶ時に使うんだ。私が考えて作った模様《もよう》なんだけど……」

「箒で飛ぶなんて変わった魔法だね～。僕にも出来るかなぁ？」

「よければ試してみる？　そんなに難しくないと思うよ」

「マジで!?　超嬉しいんだけど～！」

トライアが喜んで身を乗り出してくるのと同時に、部屋のドアがノックされた。

「若様、お茶をお持ちしました」

ガチャリと扉が開き、背の高い騎士風の衣服を着用した女子生徒が入室してくる。

その人物は私に目を留めると、ニッコリと笑った。とっても見覚えのある顔だ。

入学式の時も、彼女はずいぶん目立っていた。

(……この人、ダイヤのQ《クイーン》だよね)

ベアトリクス・タパス――ゲームに出てきた意地悪なライバルキャラの一人で、トパージェリアの伯爵令嬢である。

私は少し緊張した。なにしろゲームの中のベアトリクスは、めちゃめちゃ性格がキツいのだ。

ヒロインをイジメてイジメてイジメ抜く、根っからの悪役。王道の高飛車《たかびしゃ》お嬢様系ライバルが彼女なのだ。

ストレートの長い黒髪にキツく吊り上がったオレンジ色の目、他人を食い殺しそうな真っ赤な唇のスレンダー美女。いかにもな敵役《かたきやく》の令嬢。

この悪役お嬢様の末路も、カミーユと同様に悲惨《ひさん》なものだった。

ダイヤのK《キング》である自国の第二王子に懸想《けそう》したベアトリクスは、ヒロインを辛辣《しんらつ》な言葉で傷つけて王子の怒りを買ってしまう。そして、彼から恐ろしい仕打ちを受けるのだ。命令で、脂《あぶら》ぎった変態のバツ五老人のもとに嫁《とつ》がされるという最悪の報復である。カミーユ程ではないにしろ、ゲームの中ではかなり酷《ひど》い目に遭《あ》っていた。

そんな報《むく》われないベアトリクスだが、トライアへの執着《しゅうちゃく》は半端《はんぱ》ではない。彼と二人きりでいるところなど見られた日には、裏庭にお呼び出し確実なのである。

どうしよう、制裁を加えられてしまうだろうか……

「あ、サンキューベアちん」

私の心の内など気付くはずもないトライアは、軽い調子でベアトリクスに話しかけた。

（ベアちん？　ベアトリクスのベアからきてるのかな）

しかし、入学式の時にも思ったのだが、何故ベアトリクスは男装しているのだろう。

彼女はトライアの礼に答えるようにヒラヒラと手を振って、テーブルの上にお茶とお菓子を用意してくれた。動きが洗練されていて格好いい。

「それにしてもさ、カミーユってやっぱり最高だよね～！　自分で魔法を次々に考え出してしまうなんてさ～あ」

ベアトリクスがお茶の用意をする横で、トライアが目をキラキラさせながら言い出した。

「そ、そうかな。初めて言われたよ。大抵は変人とか刺青《いれずみ》女って呼ばれるから」

「そうだよ！　君程の魔法の使い手なんて、そうはいないよ？　ぜひトパージェリアに来て、魔法の知識をウチの国にも広めてほしいな、僕の嫁として」

いやいや、私にはガーネットでの仕事があるし……って。

「は？　嫁？」

なんか今、最後に変な言葉が付いてきた気がする。

「そうだよ～……ってあれ？　もしかして、カミーユは聞いてないの？」

「……えっと、なんのこと？」

「うーん、おかしいなあ。ロードライト侯爵家に話は行っているはずなんだけど～」

トライアは首を傾《かし》げてブツブツ言っているが、話についていけない。

「トライア様？」

「あのさ、僕、婚約を申し込んだんだよ。君に」

「へっ？　いつ？」

「舞踏会のすぐあと。君のお父さんから断られちゃったんだけどね」

「で、でも、私はもうアシルと婚約しているし……」

動揺した私が身を引きながら言うと、トライアが更に身を乗り出す。

「だって、彼はたかだか子爵家の庶子でしょう？　そんなの、俺の権力で、どうとでもなるしさ～あ」

その瞬間、私の目の前に素早く黒い影が過《よぎ》った。次いで、スパーンと小気味いい音が鳴り響く。

「このバカぼーん！　婚約者がいる子に手ぇ出すとはどういう了見だ！　馬が蹴《け》る前に私が蹴り倒すわー！」

お茶やお菓子を用意したあと、傍《そば》で控えていたはずのベアトリクスがもの凄《すご》い速さで私とトライアの間に入り、彼の頭をはたいたのだ。

「いったーい！　ベアちん何するの、王子虐待《ぎゃくたい》だ！」

「うるさい黙れ、婚約者のいるご令嬢に向かって、なんて言い草ですか！」

あれ？　ベアトリクスってこんなキャラじゃなかったよね……？

目の前の彼女は、なんというか、ゲームのいかにもな嫌な女と比べ、たいへん勇ましい。

「あイタタ……、でもさぁ、それって利害関係だけの婚約じゃないの？」

「それはっ」

少し前までなら、私は迷うことなく「そうだ」と頷《うなず》いただろう。

けれど、アシルに図書室で勉強を見てもらったあの日、彼の想いを知ってしまった。

もはや利害関係だけとは言えず、安易に肯定《こうてい》は出来ない。

私は、この問いになんと答えるべきなのだろうか。

言葉に詰まっていると、意外にもベアトリクスが助け舟を出してくれた。

「若様、カミーユ様にも事情がおありでしょう。せっかちな男は嫌われますよ。カミーユ様、お茶をどうぞ。今回は魔法茶の中でも比較的飲みやすいものを用意しました」

「あ、ありがとう」

私は勧められるまま魔法茶を口に含んだ。ほんのりと花のような香りのする、スッキリしたお茶だ。ベアトリクスの言葉通り飲みやすい。

「美味《おい》しい」

私が呟《つぶや》くと、彼女は嬉しそうに笑った。ゲームのベアトリクスのような高飛車《たかびしゃ》な笑いではなく、爽《さわ》やかな笑みだ。

「そのお茶には、僅《わず》かですが疲労と魔力回復の効果もあるんですよ」

魔力回復が出来るというのはありがたい。私のような魔法使いには、魔力切れは死活問題なのだ。

魔力が尽きると、その場でぶっ倒れて、三日くらい起き上がれなくなる。

私は魔力節約効果のある魔法刺青《マジー・タトゥアージュ》を描いているけれど、それでも全く魔力を使わずに魔法を発動できるわけではないし、仕事中に何度か魔力が切れてしまった経験もある。

睡眠以外の回復方法としては、魔力回復用の魔法薬を飲むことが挙《あ》げられる。だが薬では少ししか回復しないので効率が悪いのだ。他にもっと原始的な回復の仕方もあるが、そちらの方法は出来れば避《さ》けたい。

「そうだ若様、お茶の時間が済んだら少しカミーユ様をお借りしてもよいですか」

ベアトリクスが唐突に、トライアに声をかけた。トライアは少し嫌そうに目を細める。

「なんで？　今日は僕が彼女を誘ったんだけど〜？」

「若様にはそんな暇はないでしょう？　追試の結果が芳《かんば》しくなかったようではありませんか」

確かに、教室で補講確定だとか言っていたな。私はちらりとトライアに目を向ける。

「いーやーだー！　僕はこれからカミーユと色々語り合うんだから」

トライアが隣にいる私の手を取った……が、次の瞬間、ベアトリクスがためらいなく彼の手を叩き落とした。

「お黙りなさい！　万が一赤点を取ったら、国に強制送還させると陛下がおっしゃっていたでしょう？」

「うっ……」

「今回の留学だって、『学業を頑張る』という理由で陛下のお許しが出たのですよ？」

ベアトリクスはトライアに容赦《ようしゃ》がなかった。さすがのトライアも、これ以上は反論できないようである。

「トライア様って、そんな大変な状態だったの？　今は勉強した方がいいんじゃない？」

「カミーユまで！　でも、今日は――」

「補講の最後にある確認テストで八割以上取れれば、陛下も考え直してくださるそうです。話はつけて来ました……さて、どうされますか若様？」

トライアは苦悩している。その隙《すき》を逃《のが》さず、更にベアトリクスは畳《たた》みかけた。

「少しの間我慢して勉強すれば、強制送還は免《まぬが》れます。こんなによい条件はないでしょう？」

「うう……」

「若様！」

ベアトリクスがトライアに決断を促《うなが》す。

「ううう……わかったよ、八割取ればいいんだろう？　やってやるよぉ！」

「そうです、若様。その意気です！　若様はやれば出来る方です！」

彼女は最後にトライアを煽《おだ》てることも忘れない。

「……カミーユ、今日は僕から誘ったのにごめんね。この埋《う》め合わせは必ずするよ」

「大丈夫だよ、トライア様。勉強頑張って！」

トライアは申しわけなさそうに私の両手を握って詫《わ》びると、全身に着けたアクセサリーをジャラジャラ言わせながら、勉強部屋へ去って行った。

「さてと、煩《うるさ》いのがいなくなりましたね。カミーユ様、少しお話しさせてもらってもよろしいですか？」

自国の王子を「煩いの」呼ばわりしたベアトリクスが私の方を振り返る。先程の会話で、彼女は私に用があるようなことを言っていた。

「うん、どうぞ？」

「単刀直入に言います。あなたは私と同じ、別の世界から来た人間ではありませんか？」

「……っ⁉」

ベアトリクスはまっすぐに私を見ている。

（どうもゲームのベアトリクスとかけ離れていると思っていたけれど、彼女もこの世界に飛ばされてきた人間なの？　本当に？）

……さて、なんと答えるべきだろう。

正直にすべてを打ち明けるのがベターなのか、それとも彼女の思惑《おもわく》がわからない以上は隠し通すべきか。彼女はゲームの中では敵勢力のダイヤクラスなのだ。

私が迷っているのを見て、ベアトリクスは更に言葉を続けた。

「本来のカミーユ・ロードライトは、アシル・ジェイドと婚約などしていませんよね。

魔法もそれ程得意ではない。ロイス殿下の追っかけにすぎない女性のはずだ……かく言う私も、本来のベアトリクス・タパスとはかけ離れていますが」

続いてベアトリクスは、自身のことを語り出した。

彼女はもともとは日本の大学生で、マンホールを踏み抜きこの世界に来たということ。この世界が乙女ゲームの世界であることに気付いたこと。そのゲームをクリアしているので、誰がどんな結末を迎えるのかを全て知っているということ。

そして、ベアトリクスと同じ運命を辿《たど》らないために努力した結果、男装でトライアの護衛《ごえい》として働く羽目になったということ。

やがて周りがゲームとかけ離れた状態になり、特にトライアの変化が顕著《けんちょ》だということ……

彼女はすべて包み隠さずに正直に話してくれた。自分にとって不利になるであろう情報も、全部だ。

きっと、ベアトリクスは嘘を言っていない。マンホールなんてものはこの世界にないし、彼女はゲームの情報にも詳《くわ》しい。

ベアトリクスの話には信憑性《しんぴょうせい》がある。最初は彼女を警戒していた私も、自分のことを打ち明けようという気になった。

「そうだね、私もあなたと同じで別世界から来た人間だよ。高校の階段から落ちて、気が付いたらこのゲームの世界で五歳のカミーユになっていた」

「やっぱり！　そうじゃないかと思ったんだ！」

ベアトリクスは私を抱きしめる。

「ちょっと……！　ベアトリクス、何するの？」

「ごめんなさい、嬉しくて……私だけじゃなかったんだと思うと」

彼女は誰にも何も言えないまま、理不尽な運命を変えるために孤独に戦っていたのだろう。誰も知らない世界で、たった一人、未来に怯《おび》えながら。

対して、私はずいぶんとお気楽に生きてきたものだ。なんだか少し気まずくなり、ベアトリクスから目を逸《そ》らした。

ロイス様は私を避《さ》けないし、アシルが私を破滅《はめつ》させることは、もうないだろう。父との仲も良好だ。

「私だけってわけでもないよ。恐らく別世界から来ていると思われる人間を、あと二人知っているもの」

その言葉に、ベアトリクスは目を見開いた。

「だ、誰ですか？　入試に落ちたクローバーのQ《クイーン》のことでしょうか？」

「いや、その人は知らないけど……あの、ベアトリクス、私には敬語じゃなくていいよ。元の世界ではあなたの方が年上だし」

「……では、お言葉に甘えて。公式の場以外でなら」

落ち着かないので普通に話してもらうことにする。ここには私達しかいないので、問題ない。

「それで、クローバーのQ《クイーン》でないとしたら、その人間は誰なんだい？」

敬語をやめたベアトリクスは、やや男っぽい喋《しゃべ》り方になった。普通の女子が使えば不自然な男言葉も、彼女が話すと様《さま》になっている。

「ヒロインとスペードのQも恐らく私達と同じだと思う。ただ、スペードのQはゲーム知識がないみたい。おそらくだけど、彼女はかなり幼い段階でこちらの世界に来たんじゃないかな」

「そう言えば、ヒロインと同じ名前の生徒がいたな。ゲームでは、彼女がこの学園に編入してくるのは来年になってからなのに」

ベアトリクスの言う通りだ。彼女は私達が二年生になってから学園長にスカウトされてこの学園に編入してくるはずだった。

「ヒロインとは入学式後の交流会で会ったんだ。私に向かって『入れ替わりか』って聞いてきた。ロイス様やアシルのことも知っていたみたいだったよ」

「それは……ゲームをしていた人間の可能性が高いな。ヒロインはどんな子なんだい？」

「まだ、よくわからないんだ。あまり話せなかったから」

あの時、ヒロインは何が言いたかったのだろう。お酒のせいで、私の記憶も曖昧《あいまい》だ。

「そうか。彼女と仲がいいというわけではないのだね」

「スペードのQ――メイちゃんとは仲良しだよ。ライガ様がいない時なら、ここに誘い出せるかもしれない」

ライガの名前を出したら、ベアトリクスがビクリと過剰に反応した。

「や、やはり、そうなのか。確か、ライガ様とメイ嬢は婚約しているのだったな。彼らは両想いなのか、既に攻略不可能なのか……」

ベアトリクスがよくわからない独り言を呟《つぶや》く。

もしかして、彼女はゲームのライガのファンだったのだろうか。なんだかショックを受けた様子で肩を落としている。

「ところでベアトリクス。入学式でダイヤのJ《ジャック》を見なかったのだけれど、彼はこの学園にいるの？」

ダイヤのJはトパージェリア国に拠点を構え世界を股《また》にかける大商人の息子だ。無論、超大金持ちである。

ゲームでは、面倒見のいいお兄さんという感じのキャラだった。

「あ、ああ……J《ジャック》か。彼は私と同じトパージェリアの人間なのだが、実は一度も会ったことがないんだ。学園にも入学していない」

先程の衝撃《しょうげき》を引きずっているのか、ベアトリクスはかなり動揺していて、受け答えに元気がない。

「クローバーのQ《クイーン》とダイヤのJ、スペードのJが学園にいないってことかぁ……」

もはや、すべてが予測不可能である。私達は生きているのはゲームの世界とは異なる現実なのだと、改めて実感した。

「そ、そうだな。おかしなことになっている」

ライガとメイの話をしてから、ベアトリクスは私との会話も上の空である。

「ベアトリクス、よかったら今度メイちゃんと話してみる？」

「いいのかい？」

「うん。メイちゃんはいい子だから、仲良くなれると思うよ」

同じ境遇の乙女ゲーム仲間が増えて、私も心強い。ベアトリクスと仲良くなれたことは、私にとって大きな収穫《しゅうかく》だった。

ベアトリクスと少し喋《しゃべ》ってからハートの寮へ帰ると、私の部屋の前にアシルが立っていた。彼は腕を組み、厳しい表情でこちらを見据《みす》えている。

彼の表情は、元の世界で見た仁王像《におうぞう》に酷似《こくじ》していた。嫌な予感がする。

「カミーユ、こんな時間までどこに行っていたの？」

追試が終わったのは放課後で、そのあとすぐにダイヤ寮へ遊びに行き、長居をしたために部屋に帰るのがかなり遅くなってしまったのだ。夜も遅く、もうすぐ消灯時間である。

アシルに心配をかけてしまったのかもしれない。私は自室の鍵を開《あ》けながら彼の問いに答えた。

「どこって、ダイヤ寮だけど」

「ダイヤ寮⁉　そんな場所に何しに行ったの？」

一瞬、アシルがギョッとしたように目を見開いた。

「トライアのところに遊びに行って、そのあとベアトリクスと喋って、だいぶ仲良くなったよ」

「……カミーユ」

なんとも言えない表情を浮かべたアシルがわなわなと震えている。どうも様子がおかしい。

やがて彼は片手で顔を覆《おお》って項垂《うなだ》れてしまった。

「あの、アシルどうしたの？　大丈夫？」

「カミーユ、ちょっと来て！」

ガシッと私の手を掴《つか》むと、アシルは勝手に私の部屋の扉を開けて中に入る。

「なんなの？　ここ、私の部屋なんだけど。眠れないならトランプする？」

「……ほんっとにカミーユは、警戒心の欠片《かけら》もないね」

「警戒？　寮で事件か何かがあったの？」

彼は呆《あき》れ顔だが、私には心当たりが全くない。首を傾《かし》げて尋ねたところ、盛大に溜息をつかれた。

「そういうことじゃないよ、カミーユは男に対する警戒心がなさすぎる。一人でフラフラと異性の部屋に行くなんて、何かあったらどうするの！」

「何もなかったよ？　ケーキを食べて魔法茶を飲んだだけ。ダイヤクラスの寮にいたけれど、アシルが心配するようなことは――」

「カミーユ、そういう話じゃない！」

不意にアシルが私との距離を縮《ちぢ》めた。ビックリして口をつぐむ。

「俺が心配しているのは、こういう意味でだよ？」

更に一歩、アシルが私へ詰め寄った。コバルト色の目が、獲物《えもの》を狙う猫のように細められている。

「……あの、アシル？」

身の危険を感じた私は思わず後退したが、後ろは壁である。アシルはそのまま私の顔の両脇に両手をついた。

「フラフラ付いて行った先で、俺以外の男にこんなことされたらどうするの？」

「えっと、アシル。それは、その……」

距離が近い。もの凄《すご》く密着されており隙間《すきま》もないので、どうしたって逃げられそうになかった。

「ねえ、カミーユ？　俺はカミーユ程寛大《かんだい》じゃないから、婚約者の浮気を大目に見られないんだ」

アシルの顔が更に近付いてきた。もう息がかかる程の距離だ。

「う、浮気⁉」

何をわけのわからないセリフを言っているのだろう。私は魔法茶をごちそうになっただけで、何もやましいことはないというのに。

甘く細められたコバルト色の目が、先程から私の視線を捕らえて離さない。

緊張のせいで私の心臓の鼓動《こどう》が早鐘《はやがね》のようになっている。

(なんで私がこんなに気まずい思いをせねばならんのだ、私は無実だ!)

反論しようとした次の瞬間、アシルの顔が更に近付いてきて……彼の唇が、そっと私の唇に触れた。

「っ……!」

これは……き、きききき、きす、という奴ですか⁉

用意していた言葉が、一瞬にして頭から吹っ飛んでしまった。

アシルはゆっくり唇を離すと、満足そうに色っぽく微笑《ほほえ》む。

「お休みカミーユ。コレに懲《こ》りたら、次からは気を付けるんだよ?」

壁際で固まる私を残したまま、アシルは部屋を出て行ってしまった。

先程まで放《はな》っていた威圧感が嘘のように、上機嫌な様子で。

「……うぅ」

あのアシルに……キス、されてしまった。

私は、緊張から解き放たれ、へなへなとその場にへたり込んだ。毛足の短い絨毯《じゅうたん》の上に両手をつく。アシルはもう去ったというのに、心臓はまだバクバクと大きな音を立てていた。

7　ハートのQ《クイーン》、ピクニックに行く

ダイヤのQことベアトリクス・タパスは、この世界の出身ではない。ここことは全く別の世界──日本という島国の生まれだ。

彼女は大学の帰り道、マンホールを踏み抜いて下水に落ちた瞬間、気が付けばこの世界に立っていた。

ゲーム機を弄《いじ》りながら歩いていたのがマズかったのだろう、とずっと後悔しているのだが、今更どうにもならない。

しかも、姿形までが全くの別人に成り代わってしまった。よりにもよって、気に入っていた乙女ゲームの中の悪役女に！　近い将来、自らの行《おこな》いのせいで破滅《はめつ》を迎えるという馬鹿令嬢に！

とはいえ、彼女が入り込んでしまったベアトリクスの肉体は、当時五歳。まだまだ取り返しのつく年齢だったから、ベアトリクスはこの世界に来て早々に決意した。「悪役になんかなってやるものか！　破滅なんて迎えるものか！」と。

ゲームに出てくる悪役令嬢からかけ離れた自分になるために、試しに男装をしてみたら、案外しっくりきた。以来、ベアトリクスはずっと男の格好で生きている。

何があっても一人で生き抜けるように剣の腕を磨き、今ではトパージェリアの第二王子であるダイヤのK《キング》こと、トライア・トパージェリアの護衛《ごえい》として立派に働いていた。ゲームのベアトリクスと違って、自国の第二王子に対して、恋心なんて微塵《みじん》も抱いていない。

そんなベアトリクスは、主《あるじ》であるトライアの希望により、彼に従い魔法学園に入学した。その入学式の会場で、彼女は驚くべき光景を目にしたのだ――

「ちょっと、あの女子生徒ってもしかして」

ハート陣営の中に埋《う》もれている、ピンク色の髪をした小柄で愛らしい容姿の女子生徒……それが、あきらかにおかしい。

ゲームの中では『もーう。ロイス様はぁ、カミーユのことが好きなんだからぁ、アンタみたいな汚らしいブスの出る幕じゃないのよぉ。身の程を弁《わきま》えて、さっさと平民共が集《つど》う田舎《いなか》の豚小屋へお帰りなさぁい♪』なんて、ヒロインに暴言を吐いていた、ハートのKルートのぶりっ子ライバル、ハートのQことカミーユ・ロードライト侯爵令嬢が、何故か刺青《いれずみ》だらけになっていた。

服装も、ゲーム内で着用していたフリフリのゴスロリファッションとは異なり、魔法使いの正装のようなローブを羽織《はお》っている。

そして、お隣のスペード陣営も様子がおかしい。スペードのK《キング》ことライガ・トランスバールと、スペードのQ《クイーン》ことメイ・ザクロが、チラチラと意味深な視線を交わし合っていた。

メイはただの従者だったはずなのに、ライガとの間に恋人同士のような空気が感じられる。

クローバー陣営に至っては、J《ジャック》とQの姿が見えず、Kしかいない……

「一体、どうなっているんだ」

ベアトリクスは、自国のトパージェリアを中心とするダイヤ陣営の面々が、ゲーム設定と多少ズレていることはもともと知っていた。

彼女自身が、身の破滅《はめつ》を回避するために周囲を意図的に変えたからだ。

多少やりすぎてしまったのか、トライアはいつの間にか人格まで変わってしまった。

「それにしても、これは……色々違いすぎだろう」

自分以外にも要因があるに違いないと、ベアトリクスは形のよい顎《あご》に手を置いて思案したが、すぐに答えが出るような問題ではなかった。

そのまま、ベアトリクスがゲームとの違いを探していると、お隣のハート陣営からカミーユの愛らしい声が聞こえた。

「……絶対変だ！　いないキャラが多すぎる」

――えっ⁉　今、あのカミーユ、『キャラ』とか言わなかった？

よく聞き取ろうと意識を集中させたが、その直後に入学式が終わってしまった。

「くっ……もう少し観察したかったのに、残念だ」

カミーユは、他の生徒達に紛《まぎ》れて中庭に出た。入学式のあとにある交流会の会場へ向かったようだ。

ベアトリクスは慌てて彼女を追おうとしたが、交流会の会場に足を踏み入れてすぐ、後ろから声をかけられ、足止めをくらってしまう。

「ごきげんよう！　今日も凛々《りり》しいお姿ですわね」

「素敵！　そこらの男共など、あなた様に比べれば雑草以下ですわ！」

ダイヤクラスの女子生徒達が、次々にベアトリクスに声をかけてくる。

彼女達はベアトリクスと同じ、トパージェリア出身の貴族令嬢達だ。ダイヤクラスには、ガーネット以外の国の貴族や、お金持ちの家の子供達が集まっている。

「ふふ、ありがとう、可愛らしいお嬢さん方……私は幸せ者だな」

ベアトリクスは適当な言葉で女子生徒達をあしらった。長年、男装の麗人《れいじん》としてもてはやされてきたため、令嬢達への対応も板についている。

男装のお陰で、女性から好意を寄せられることはあれど、嫌われることはない。これも、異世界の貴族生活で身につけた、ベアトリクスなりの身を守る術《すべ》だった。

「ああ！　ベアトリクス様ぁ！」

ベアトリクスの言葉に、感極まった女子生徒が瞳を潤《うる》ませている。不本意ながら、今ではベアトリクスは主《あるじ》であるトライアよりも女性にモテる。

ふと視線を逸《そ》らすと、奥のテーブルにピンク色の頭が見えた。入学式で怪《あや》しい言動をしていた悪役令嬢カミーユだ。

彼女と一緒にいるのは、ハートのJ《ジャック》、アシル・ジェイドだった。彼は何故かカミーユと手を繋《つな》いでいる。

「あのアシルが、カミーユと一緒に仲良く手を繋いでいるなんて……」

思わず目をこすったベアトリクスが視線を動かした先に、見慣れた人物がいた。

「あ！　若様！」

若様――トライアはベンチに腰かけて、隣国ガーネットの王子であるハートのK《キング》と仲良くお喋《しゃべ》りしている最中のようだ。

「人の気も知らずに……」

実は、トパージェリア王は第二王子トライアの留学をよく思っていない。

どうせ落ちるだろうと入学試験の受験を許可した結果、奇跡的に息子が合格してしまったので困っているのだ。

ただでさえ自由気侭《きまま》な問題児の第二王子が、自分の目の届かないところへ行ってしまう……父として心配しないわけがなかった。

絶対に奴に問題を起こさせるなと、ベアトリクスはトパージェリア王直々の命令を受けている。

「ああ、胃が痛い……」

トライアお手製の胃薬を上着のポケットから取り出すと、ベアトリクスはそれを一気に飲み下した。

そんな苦労性のベアトリクスだったが、入学からしばらく経《た》った日、更に彼女の胃を痛めつける事件が起こった。追試で落第した主、トライアが補講の授業から戻ってきた時のことだ。

寮のエントランスに現れた疲れ顔のトライアは、後ろに見覚えのある金髪の生徒を連れていた。

「若様……と、ロイス殿下？」

トライアと一緒にいるのはハートのK《キング》である隣国の王子、ロイス・ガーネットだった。

「やあ、ベアちん。ロイスと友達になったんだよー。ロイス、彼女はベアトリクス・タパス。僕専属の騎士だ」

「ロイス殿下、はじめまして」

「は、はじめまして、ベアトリクス」

何故かどもりつつ初対面の挨拶《あいさつ》を終えたロイスは、宝石のような美しい碧色《みどりいろ》の瞳で、ベアトリクスをじっと見つめ続けている。

「あの……何か？」

「あ、ああ、ごめんね。少しボーッとしてた。ウチのカミーユが世話になっているみたいだね、ありがとう」

ロイスの言葉通り、先日カミーユとお互いの身の上を打ち明けてからというもの、二人は親しく話すようになっていた。

「いいえ、こちらこそ。カミーユ様には仲良くしていただいて感謝しております」

ロイスは、ベアトリクスに爽《さわ》やかな笑みを向けた。さすが、攻略対象の中で一番人気なだけある。いかにも女性受けしそうな甘い雰囲気だ。

「それで若様、補講の方はどうですか？　きちんと受講できていますか？」

「大丈夫だってば、真面目にやっているよ！　これからロイスに勉強を教えてもらう予定だしぃ～」

ヘラヘラと笑いながら、トライアは庭にあるテーブルを指差した。

「そう怒らないであげて？　今日、トライアと一緒に勉強する約束をしたのは本当だから」

ロイスがトライアをフォローする。彼にそう言われてしまうと、ベアトリクスがこれ以上トライアを責めるわけにもいかない。

「……はい」

ベアトリクスの心配をよそに、勉強嫌いの第二王子は、テーブルの上に教科書や筆記用具を並べ始めた。一応、真面目に勉強する気のようである。

友人に勉強を見てもらうというのは、トライアにしては殊勝《しゅしょう》な心がけだった。ロイスに迷惑をかけなければの話だが、今のところは大丈夫だろう。それにしても……

ベアトリクスは、先程からロイスの視線を痛いくらいに感じていた。じっと見つめられているので、いささか落ち着かない。

「あの、殿下……やはり、私に何か？」

気になって、つい尋ねてしまう。

「ベアトリクスは、トライアの騎士なんだよね」

そう聞きながら、ロイスはフワリと笑った。外見も動作も優男《やさおとこ》そのものだ。この笑顔で、彼は何人の女性を虜《とりこ》にしてきたのだろうか、とベアトリクスは冷静に考えた。

ベアトリクスは逞《たくま》しい男性が好みなので、ロイスの笑顔に誘惑《ゆうわく》されることなく、落ちついて会話を続ける。

「そうですが」

「女の子なのに、凄《すご》いね。カッコイイな」

男性から騎士であることを褒《ほ》められたのは、初めてだった。

トパージェリアでは、剣を扱《あつか》う女は男性から敵視されたり見くだされたりするのが常なのだ。身近な例外はトライアだけ。

彼は、何故かベアトリクスに懐いている。だからこそ、彼女も仕える気になったのだ。

「女性騎士を褒めるなんて……」

ガーネットは、トパージェリアとずいぶん異なった考え方の国らしい。ベアトリクスが戸惑《とまど》っていると、ロイスがまた尋ねてくる。

「ねえ、ベアトリクス。君の趣味はどんなものなの？」

唐突な質問に驚いたものの、ベアトリクスは素直に彼の質問に答えた。

「趣味は……鍛錬《たんれん》でしょうか。ここに来てからは、学園の裏にある森を走ったりしていますね」

ロイスが笑顔でグイグイ近付いてくることに、ベアトリクスは不安を感じていた。やたらと自分に絡《から》んでくるが、どういうつもりなのだろうか。

「そっかぁ、興味あるなぁ。よければ今度、森を案内してくれない？　行ったことがないんだ」

「あ、案内ですか？　私が？　ロイス殿下を？」

しどろもどろになるベアトリクスに、トライアが追い討ちをかける。

「行って来なよ～、ベアちん～」

勉強道具一式を並べ終えた主《あるじ》が、ヘラヘラと機嫌がよさそうな表情を浮かべていた。トライアは、口うるさいベアトリクスを一時的にでも厄介払いしたいのだろう。

本当にどうしようもない主だと、ベアトリクスは自分のこめかみを揉《も》んだ。

「若様、相手は一国の王子なのに……ご案内中に何か不慮《ふりょ》の事故などがあったらどうするのですか。無責任なことを言ってはいけません」

厳しくトライアを諭《さと》すベアトリクスに、ロイスはキラキラした笑顔で告《つ》げた。

「大丈夫だよ、ベアトリクス。ちゃんと僕の護衛《ごえい》も連れて行くから……いいかな？」

ベアトリクスが安全面について指摘しようとしたのだが、ロイスに先回りされてしまった。彼にそこまで言われては、断るわけにはいかない。

「は、はい。私でよければ……喜んで」

ベアトリクスは、ロイスの押しの強さに若干の疑問を抱きつつも、彼の申し出を了承したのだった。

♥ ◆ ♠ ♣

森から見上げた空は、晴れ渡っていた。

木々の間から木漏《こ も》れ日が差し、この世界特有の鳥の、変わったさえずりが森の奥より聞こえてくる。

私、カミーユ・ロードライトは今日、ロイス様とアシルと一緒に、学園の裏にある森へピクニックに来ていた。学園の休みの日に三人で出かけようと、かねてからロイス様が計画し、楽しみにしていたのだ。

何故か案内役として、ダイヤ陣営のベアトリクスも同行している。彼女はこの森に毎日のように鍛錬《たんれん》に来ていて、地理に明るいそうだ。

ベアトリクスは漆黒《しっこく》の髪を一つに纏《まと》め、トパージェリア独特のオリエンタルな紋様《もんよう》の入った紐《ひも》で簡単に結んでいる。腰には大きめの剣をさげていた。相変わらずの凛々《りり》しい姿だ。

「ロイス様、いつの間にベアトリクスと仲良くなったのですか?」

朝露《あさつゆ》で湿《しめ》った草むらを踏み分けながら、私は後ろを歩くロイス様に尋ねた。

「ベアトリクスとは、この間トパージェリアの寮で出会って仲良くなったんだよ。カミーユだって、女の子の友達が一緒だと楽しいでしょう?」

確かにその通りだ。ベアトリクスはこの学園で初めてできた女子の友人である、彼女と一緒に出かけられるのは嬉しい。

「なんだ、私のためにベアトリクスを誘ってくれたんですね。やっぱりロイス様は優しいな」

「ふふふ。カミーユ、アシル、今日は僕の護衛《ごえい》をよろしくね」

ロイス様は爽《さわ》やかな笑みを浮かべている。彼のお願いに、アシルと私はめいめいに返事をした。

「かしこまりました、殿下」

「合点承知《がってんしょうち》です！　ロイス様！」

ロイス様は、今日もキラキラしたオーラを放《はな》っていて眩《まぶ》しい。いつもの服装も素敵だけれど、ピクニック用の軽装も、とてもよく似合っている。

彼を食い入るように見つめていると、アシルが私の前に立って視界を遮《さえぎ》った。

「ちょっとアシル。今、ロイス様の観賞中なんだけど……」

「カミーユ、ローブが木に引っかかってる。ピクニックに行くのにそんな服を着て来るから」

「魔法使いの正装と言えばローブでしょう？　この格好良さがわからないなんて、アシルもまだまだだね」

いつも着ているので、羽織《はお》っているだけで安心するのだ。もはや、ローブなしで出歩くことは考えられない。

（アシルだって、本業は官僚《かんりょう》だけれど、魔法が得意なのに……どうしてローブのよさがわからないのだろう）

彼は、がっくりと肩を落として言った。

「脱いで」

「ロープの中に服を着ているでしょう？　今日は森の中を歩くのに、そんなものを着ていたら邪魔になるよ。だから脱いで」

「え……？」

「ちょ……ちょっと、アシル！」

アシルは私の後ろに回り込むと、あっさりとロープを剥《は》ぎとった。

今日は、ロープの中には黒いロングベストに白いシャツを着て、下はショートパンツを穿《は》いている。

けれど、やはりロープがないと落ち着かない。

サクサクと落ち葉を踏みしめながら、私達は森の奥へ向かった。目的地は、森の中央にある湖だ。そこでお弁当を食べて、引き返してくる予定になっている。

「カミーユ、そっちじゃないよ。こっち」

見当違いの方向に歩き出した私を引き止めるために、アシルが私の手を掴《つか》んだ。

「ひゃあ！」

バランスを崩した私は、アシルの胸元に倒れ込む。

男性にしては華奢《きゃしゃ》な体格だというのに、アシルはよろけもせず、難なく私を抱きとめた。

「あ、ありがとう」

不意に、図書室でアシルに抱きしめられて好きだと言われた時の記憶が頭を過《よぎ》り、顔が熱くなった。ついでにキスした時のことまで思い出し、更に動揺してしまう。

最悪だ。なんでよりにもよって、こんな時に思い出すのだろう。

「カミーユ？」

訝《いぶか》しそうなアシルの声で、私はハッと我に返った。

「ごめん……な、なんでもない、よ」

いくら聡《さと》い彼でも、私が何を思い出したかまでは気が付いていない様子だった。慌ててアシルの腕の中から飛び出した私は、気まずくなって明後日《あさって》の方向へ視線を向ける。

すると、先程からベアトリクスと楽しそうに喋《しゃべ》っているロイス様に気が付いた。彼が女性と仲良くしている光景は珍しい。

ロイス様は日頃から当たり障《さわ》りなく令嬢達に接しているけれど、それは表面的なものであり、特別な相手は作ろうとしないのだ。

（いつものロイス様と違うように感じるけれど……まあいいか、楽しそうだし）

森と言っても、今私達の歩いている小道は、比較的木々が生《お》い茂《しげ》っていなくて日当たりがよい。両脇には小さな花も咲いている。

私は、ピクニックのついでに魔法実験に使えそうな植物を物色しながら進んだ。

しばらく歩いたころ、ようやく湖に辿《たど》り着く。

出発したのは朝で、今はまだ昼前だ。思ったより早く目的地に着いてしまった。

透《す》き通った湖の手前は開けた場所になっており、青空がよく見える。今日は風がないので、湖の水面《みなも》は凪《な》いでいた。

さっそく、湖から少し離れた平地にレジャーシート代わりの布を敷《し》いて、ロイス様付きのメイド達が作ってくれたお弁当のバスケットを広げる。

中には、バゲットに様々な食材を挟《はさ》んだサンドウィッチが入っていた。別のバスケットには、デザートのフルーツまで用意されているそうだ。

私達は、ベアトリクスが持ってきてくれた魔法茶を飲みながら食事を始めた。今日の魔法茶は疲労回復効果のあるもので、ピクニックにはうってつけだ。

私が選んだサンドウィッチは二つ。片方には焼いたトマトとチーズ、バジルが挟まっており、もう片方には焼いたリンゴとキャラメルソース、カスタードクリームが絶妙なバランスで詰まっていた。

「美味《おい》しい……」

すぐに二つのサンドウィッチを完食した私は、続いてフルーツに狙いを定めた。

バスケットの蓋《ふた》を開《あ》けると、つやつやと光るイチゴやブドウ、マンゴーなどの新鮮なフルーツが、芸術的な配置で並んでいる。

「カミーユ、口元にクリームが付いているよ」

甘い笑みを浮かべたアシルが、ナプキンで口の端を拭《ぬぐ》ってくれた。甲斐甲斐《かいがい》しい母親みたいだ。

彼がここまで世話を焼いてくれるのは自分だけだという事実に、私は最近気付いた。

いや、そもそも口元にクリームを付けるような子供っぽいことをする人間は、そんなにいないのだけれど……

日差しがぽかぽかと暖かくて、ピクニックの最中だというのに、だんだん眠くなってくる。

私は眠気を覚ますために、湖の周りを歩いてくることにした。小さめの湖なので、大して時間はかからなさそうだ。十分程度で一周できるだろうし、木々の間から護衛《ごえい》対象のロイス様の姿を見ることもできる。

向かい側に座っているロイス様が、ベアトリクスと仲良く話しているのを確認しつつ、立ち上がる。

「……ん？」

よく見ると、仲良く話しているというには、ベアトリクスが引き気味だった。ロイス様はすっごくイイ笑顔で、いつも以上にキラキラしているけれど。

少し気になったので、私は彼女に声をかけてみることにする。

「ベアトリクス、どうかしたの？　何かあった？」

「カ、カミーユ嬢。急に立ち上がって、どこへ行くんだい？」

ベアトリクスは私の問いかけには答えず、かえってこちらに質問をしてきた。私は首を傾《かし》げつつ答える。

「散歩。そこの湖を一周してくるだけだから、すぐに戻るよ」

「わ、私も……」

普段の凛々《りり》しさはどこへやら、ベアトリクスが何故か縋《すが》るような目で見てきた。

切羽詰《せっぱつ》まって見えるけど、トイレかな？

「じゃあ、ベアトリクスも一緒に――」

「カミーユには俺が付いて行くよ。また変な方向に歩いて行かれると困るし……ベアトリクス様にはその間、殿下をお願いしてもよろしいですか？　そんなに時間はかかりませんので、俺達が戻ったあとでも充分に歩けますよ」

アシルが私の申し出を遮《さえぎ》った。彼もロイス様と同じように爽《さわ》やかな笑みを浮かべている。しかし、アシルの場合は、この表情が逆に怖い。

(それにしても、ロイス様の護衛《ごえい》があるのに、二人とも彼のもとを離れてしまって大丈夫なの?)

いっそ四人で歩いた方がいいように思えた。

「うん、それがいいね。カミーユとアシルは先に行って来るといいよ」

やや強引なアシルの提案に私とベアトリクスが答えるよりも早く、ロイス様が返事をしてしまう。二人が示し合わせて行動している気がしてならない。

「……ロイス様が、そうおっしゃるなら」

私は釈然《しゃくぜん》としない思いを抱えながらも、アシルと湖を一周してくることにした。彼らの提案は、考えがあってのことかもしれない、と考えたのだ。

「じゃあお先に。ベアトリクス、ロイス様をよろしくね」

アシルに手を引かれ、私はてくてくと歩き出す。

昼食をとったのは短い草が生《は》えた平地だったが、少し進むと木々が生《お》い茂《しげ》っていた。木々の間には人の足で踏み固められた小道が通っており、その道が湖の周りを一周しているようだった。

魔法学園の歴代の生徒達によって出来た散歩道なのかもしれない。今は他に人の姿はないが。

「たまにはピクニックもいいね、アシル」

私は隣のアシルを見上げた。彼は穏《おだ》やかな表情で歩いている。なんとなく恥ずかしいけれど、出来るだけ意識しないようにした。

「そうだね」

辺りは静かだ。時折聞こえるのは木の葉が揺れる音と、小鳥の声だけ。

「こうやって歩くなんて新鮮だよ。地上の道はぜんぜん知らなかったな、今度一人でも散歩してみようと思ってるんだけど――」

「カミーユは空ばかり飛んでいるから、地上の道が覚えられないんだよ。くれぐれも一人で森を散歩しようだなんて考えないでね。絶対に迷子になるもの」

……ヤブヘビだった。私の迂闊《うかつ》な発言のせいで、せっかくの散歩がお説教タイムになりそうだ。

「平気だよ。迷ったら飛べばいいんだから」

私の返答に、アシルは呆《あき》れ顔で溜息をつく。

湖の周りを半周くらい歩いた時、不意に強い風が吹いた。煽《あお》られた木の葉が舞い上がる。

「わっ、凄《すご》い風」

思わず目を瞑《つむ》った私を、アシルが庇《かば》うみたいに引き寄せた。

「カミーユ、大丈夫？」

「へ、平気……ありがとう」

礼を言って、そっとアシルの体から離れようとしたのだが、彼は私の肩に回した腕を解《ほど》いてくれない。

それどころか、奴は片手で私の髪を弄《いじ》り始めた……恥ずかしいんだけど。

「あの、アシル？　アシルさん？」

私が戸惑《とまど》いの声を上げると、ようやく髪から手を離したアシルが答えた。

「花びら、髪に付いてたよ？」

「へっ……？」

彼の手のひらには、私の髪色よりも若干濃い、ピンク色の小さな花びらが載っている。

どこかから風で飛ばされてきたのだろう。可愛らしい形だった。

「なんだ花びらか。アシルがいきなり髪を触り出すから、どうしたのかと思ったよ」

彼の行動のせいで、私の頬《ほお》は熱を持ち、心臓も激しく高鳴っている。

アシルと二人きりで会話するなんて日常的な出来事だ。

なのに、どういうわけか、近頃彼と二人でいると心臓がバクバクと音を立てるのだ。

「花びらじゃないなら、一体なんだと思ったの？」

アシルがにやにやしながら、からかうように聞いてきた。

言えるわけがない。最近、頻繁《ひんぱん》にしかけられているハレンチ行為の延長と思っただなんて……

「別に」

恥ずかしさのあまり、返事がぶっきらぼうになった。

何がおかしいのか、アシルがクスクス笑っている。心の内を見透《す》かされているようで、私の羞恥心《しゅうちしん》は増していく一方だった。今の私の顔は、茹《ゆ》で蛸《だこ》みたいになっているに違いない。

動揺したまま歩いていると、いつの間にか昼食をとった場所の近くまで戻っていた。

木々の隙間《すきま》からロイス様とベアトリクスの様子もよく見える。隣を見ると、アシルが熱心に彼らの方を窺《うかが》っていた。

（よくわからないけれど、彼とロイス様は何か隠し事をしている気がするんだよね）

私だけ仲間はずれにされているようで、ちょっぴり複雑な気分だ。

そんなことを思いながらロイス様のもとへ戻ろうとした時、彼らの背後にある木々の奥に、人影がちらりと見えた。

（もしかして、ロイス様を狙った刺客《しかく》？）

ロイス様の隣に座るベアトリクスが、険《けわ》しい顔で気配のする方向を睨《にら》んでいる。彼女の手は剣の柄《つか》にかかっていた。

アシルが懐《ふところ》より取り出した羽ペンを巨大化して、素早く彼らのもとへ飛ぶ。

それを見た私も、木々の隙間からロイス様の周りの地面に、魔法で罠《わな》を巡《めぐ》らせた。

敵が足を踏み入れたら発動する罠だ。ロイス様がいる場所までは少し距離があるので、もしものための防衛策である。

遠隔操作で魔法を扱《あつか》うのは難しいが、長年魔法の腕を磨き続けた私には簡単だ。

直後、ロイス様の背後の木の陰より、二十人程の男達が現れた。全員が黒ずくめの格好をしている。一人の男が一歩前に出て、ロイス様に話しかけた。

「ロイス殿下であらせられますな？」

「そうだけど、何か？」

キラキラした笑顔でバカ正直に答えるロイス様に、男達は一斉に襲《おそ》いかかった。

……ロイス様、もうちょっと言葉を選びましょうよ。

「殿下！　早く私の後ろへ！」

ベアトリクスが背後にロイス様を庇《かば》い、剣を抜いた。さすがトライアの護衛《ごえい》だ。動きに無駄がない。

彼女が手にしているのは、湾曲《わんきょく》した刀身を持つ両手剣だった。あれ程の大きな剣を扱えるなんて、凄《すご》い。ベアトリクスは女性離れした強さの持ち主らしい。

しかし、剣を手にしたベアトリクスが一歩を踏み出す前に、敵がロイス様の傍《そば》へ近付き、私のしかけた罠が発動した。

地面を割って茨《いばら》の蔓《つる》が伸び、黒ずくめの男達に絡《から》みつく。茨に捕まった男達は、身動きが取れずにもがき苦しんだ。刺《とげ》が地味に痛そうである。

運よく茨から逃《のが》れた彼らを、アシルが風の魔法で一人残らず蹴《け》散《ち》らしていく。

ロイス様はベアトリクスに護《まも》られながらニコニコとその様子を傍観《ぼうかん》していた。

（よかった、怪我《けが》はなさそう）

曲者《くせもの》達はあっという間に一網打尽《いちもうだじん》にされた。人数が多かった割に、とてもあっけない幕引きだ。

「僕らも舐《な》められたものだね。この程度の刺客《しかく》でどうこうできると思われているなんて」

この場にそぐわぬ柔らかい微笑《ほほえ》みを浮かべながら、ロイス様が言った。彼のもとへ歩み寄ったアシルが、それに答える。

「そうですね、アッサリしすぎているのが逆に気にかかりますが……」

羽ペンに乗って湖を横切った私がロイス様のもとへ到着すると、彼は労《ねぎら》いの言葉をかけてくれた。

「カミーユもお疲れさま。今回の茨の罠《わな》は、いい出来だね」

「えへへ、今度は花咲く茨をお見せしますね～」

喜んでいると、アシルが急に、私とロイス様の間に割り込んだ。……一体、なんなんだ？

私が学園へ伝達魔法を放《はな》ってしばらくすると、ロイス様の護衛《ごえい》が十名程駆けつけてきた。これから、黒ずくめの刺客達は城に連行されて厳しく尋問《じんもん》されるだろう。

連れて行かれる刺客達を尻目に、ロイス様がベアトリクスに謝罪した。

「せっかく誘ったのに、とんだピクニックになっちゃったね。申しわけないよ」

「いえ、私は気にしておりません。ロイス殿下に何もなくてよかった」

謝罪されたベアトリクスは、首を横に振っている。

「優しいね。次こそは楽しんでもらえるように頑張るから、僕にやり直しの機会をくれないかな」

ロイス様は悲しげに目を伏《ふ》せた。彼の心底から申しわけなく思っているらしい様子に、私まで心が痛んだ。ベアトリクスは労《いたわ》しそうな表情をしている。そんな中、何故かアシルだけは、ロイス様にもの言いたげな視線を向けていた。

ベアトリクスが、ロイス様を気使うような優しい声音で答える。

「殿下、私のことはお構いなく」

「ベアトリクスはもう、刺客《しかく》を送られるような僕なんかと、出かけたくない……？」

彼の痛ましい姿に、ベアトリクスが慌てて否定する。

「え？　そ、そんなことは、ありません！」

彼女の言葉を聞いたロイス様の表情が、少しだけ和《やわ》らぐ。

「ありがとう、ベアトリクス。君は素敵な女性だね」

ベアトリクスは困ったような表情をしつつも、黙ってロイス様の言葉を聞いていた。


その後、ベアトリクスをダイヤ寮まで送り届け、ロイス様は護衛《ごえい》数名と共に城へ向かった。事後処理のためだ。

まだ正式な側近《そっきん》ではない私とアシルは、学園で待機を命じられた。残念だ。

ロイス様を正門まで見送ったあと、私は隣に立つアシルを見上げて問いただす。

「アシル……今回の件、事前に何か知っていたの？」

「まあね。ロイス様が狙われているという情報はあったよ」

やっぱりか。湖でのやり取りで、事情があるのだろうと思っていた。

「湖での様子もおかしかったし、いつもの外出用の護衛を連れていなかったし、変だと思ったんだよね。アシルまで途中でロイス様の傍《そば》を離れちゃうしさ。でも、なんで私だけ仲間はずれ？」

実は少しだけ拗《す》ねている。事前に言ってくれてもよかったのに、二人だけで話を完結させてしまっているなんて酷《ひど》い。

「だって、カミーユに言ったら挙動不審になるでしょう？　今回の作戦は、犯人を上手くおびき寄せるのが目的だったから」

「うぅ……じゃあ今回は、ロイス様が自ら囮役《おとりやく》を買って出たということ？」

「そう。俺はどうかと思ったけど、従うしかないからね。これから裏で糸を引いている人物を洗い出すみたい」

しかし、まだ学生の身分の私達は、それには関わることが出来ない。

「悔《くや》しいね」

恐らくアシルも同じ思いだろう。今だって、本当はロイス様に付いて行きたいのだ。

「カミーユ、寮に戻ろう」

そう言ってアシルが左手を差し出してきた。

「うん……」

私は頷《うなず》いてその手を掴《つか》む。彼の手は、ほんのり温かかった。

♥

♦

♠

♣

時は、森でのピクニックより数日前に遡《さかのぼ》る。

「どうやら、叔父《おじ》に加担する貴族が動き出したらしいんだ……僕、今狙われているみたい」

ハート寮のロイスの部屋で、世間話の途中、アシルは主《あるじ》から唐突にそう告《つ》げられた。

彼と仲良くなって知ったことなのだが、ロイスの侍従であるアンリは、優秀な密偵《みってい》を多数抱えている。彼の表の顔は侍従だが、裏の顔は城の密偵達のリーダーだった。

今回の情報も、アンリからのものだろう。アシルの耳にも、国の二大派閥《はばつ》、国王派と王弟派に関する大体の情報は入ってきていたとはいえ、ロイスへの襲撃《しゅうげき》までは掴《つか》んでいなかった。

ここ最近、国王と王弟の間で、大きな事件は起こっていない。彼らの息子であるロイスとライガがそれ程険悪な仲ではなく、その取り巻きも彼らに従っているためだ。

ロイスとライガの二人は、仲がいいというわけではないが、争いは一切起こしていない。各々《おのおの》好き勝手に生活している。

ライガにロイスを追い落とす動きのないことに痺《しび》れを切らした王弟派の貴族もいるらしい。その一部が、ロイスの存在を消そうと実力行使に出たのだろう。

「ところがね、他にも不穏な動きをしている勢力があるみたいで……そっちも僕を狙っている可能性があるっていう情報が入ってきた。王子も大変だよね」

ロイスが淡々と説明するのを聞き、アシルは少し嫌な予感がした。

ロイスには、少々無謀《むぼう》なところがある。もともと好奇心旺盛《おうせい》な人物ではあったが、最近はそれがどうもよろしくない方向へ向き始めているのだ。

なまじ実力があるだけに、厄介《やっかい》だった。キラキラした笑顔を見せながら、ロイスが言葉を紡《つむ》ぐ。

「もちろん、アシルとカミーユにも協力してもらうからね」

学園の敷地内にある森に少人数で遊びに出かける。そこで、自らを囮《おとり》にして敵を捕らえるというのがロイスの計画だ。

アシルは、「ロクでもない計画だ」と反論しかけたが、慌てて言葉を呑み込んだ。

何故なら、ロイスがいつになく真剣な目をしていたからだ。

「そのために、森に詳《くわ》しい生徒にも協力してもらうんだ」

「殿下……危ない目に遭《あ》う可能性があるというのに、協力してくれる生徒なんているのですか？」

「トパージェリアの第二王子の護衛《ごえい》、ベアトリクス・タパス伯爵令嬢にお願いしたよ。大丈夫、彼女は強いから！」

ロイスのこういう無謀《むぼう》な発想をするところは、友人であるカミーユの影響をモロに受けている。

「では、その親切なご令嬢が、今回の件に協力してくれるということですか」

アシルの質問に、ロイスはあっさりと首を横に振る。

「ううん？　一緒にピクニックに行こうとしか言っていないよ」

「……最低ですね」

ロイスはニッコリと笑った……確信犯だ。こういうところは、アシルの影響を受けているそうである。

長年共に過ごすうちに、ロイスはいい意味でも悪い意味でも、アシルとカミーユに似てしまった。

「まあまあ、そう呆《あき》れないでよ。必要はなさそうだけれど、いざとなれば僕が彼女を護《まも》るし」

確かに、ロイスは過去に市場で刺客《しかく》に襲《おそ》われて以来、急に魔法の実力を伸ばした。

今の彼の実力は、魔法棟で勤務する魔法使い達と比べても遜色《そんしょく》がない。

最近では、侍従に習って密偵《みってい》の真似《まね》事をしており、ロイスは情報収集力まで、めきめき成長させていた。

彼は身を守るためだと言い張っているが、それにしてもやりすぎだろうとアシルは思っている。

「アシルは気が乗らないみたいだね。せっかく、ダブルデートしながら犯人をおびき出せるいい計画だと思ったのになあ」

「……ダブルデート？」

ロイスの口から意外な言葉が出てきたので、アシルは彼にしては珍しく、戸惑《とまど》った声で聞き返した。

「そうだよ。ダブルデート、アシルもしたいでしょう？」

キラキラした笑顔で見透かすような目を向けてくる王太子に、アシルはげんなりしつつ問いかける。

「……ちなみに、俺とカミーユ以外には、誰と誰がデートするんです？」

「ふふ、相手がカミーユというのは確定なんだ？　もう一組はもちろん、僕とベアトリクスだよ。これを機に仲良くなれたらいいなぁ、彼女はとても素敵な女性でね」

頬《ほお》を染めてベアトリクスの魅力を語り出すロイスに、アシルは思わず遠い目をしてしまう。

「女性に興味のなかった殿下も、そういうお年頃になったのですね」

アシルが知らない間に、ロイスは隣国の女子生徒に想いを寄せるようになったらしい。

けれど、こんな危険な作戦に利用したことを知られたら、確実に嫌われると、ロイスは気付かないのだろうか。

やや歪《ゆが》んだ王太子の情緒《じょうちょ》が、アシルは心配であった。

「あ、そうだ。カミーユにも、このことを伝えておく？　反対されるかな？」

そう聞くロイスに、アシルは首を横に振って答える。

「それ以前にバカ正直者なので、動きがぎこちなくなると思います」

「……それもそうだね。やっぱり、カミーユにはただのピクニックだと伝えておくことにするよ。二人には、一時的に僕から距離を置いてもらうね」

「しかし、殿下に何かあれば――」

「あると思う？　君とカミーユが付いていて、隣国の王子の護衛《ごえい》もいる。決行は今度の休日だから、予定を空《あ》けておいてね」

唖然《あぜん》とするアシルをよそに、ロイスは一方的に決定事項だと告《つ》げる。

主《あるじ》の命令であるならば、アシルは思うところがあっても逆らうわけにはいかない。

「かしこまりました……最低ですね」

「それ、今日二回目だよ？」

整った爽《さわ》やかな顔にほの暗い笑みを浮かべたロイスを見て、アシルは早々に退散することにした。

「まったく、誰に似たんだか……」

部屋を出てすぐ、アシルは溜息まじりに呟《つぶや》いたのだった――

8　ハートのQ《クイーン》、陰謀《いんぼう》に巻き込まれる

ピクニックを終えて寮で眠っていた私は、真夜中に扉がノックされる音で目を覚ました。

「カミーユ、カミーユ……起きて」

扉の外では、アシルの声も聞こえる。

こんな夜中に、なんの用だろう。

窓から僅《わず》かに金色の月が見えたが、すぐに厚い雲に覆《おお》われてしまった。昼とはうって変わり、荒れ模様《もよう》の空だ。

「……雨が降りそうだな」

時計を見てみたら、ちょうど日付が変わったばかりの時刻だった。

(ピクニックでたくさん歩いて疲れたから、グッスリ休みたい気分なのに)

のろのろと起き上がり部屋の扉を開《あ》けると、軽装のアシルが立っている。

「カミーユ、殿下が……」

「ロイス様が一体どうしたの？　何かあったの？」

寮内の明かりはすべて消えていて、彼の後ろに続く廊下は真っ暗だった。

「殿下が城へ向かう途中で、何者かに攫《さら》われたそうだ。今、こっちに連絡が入った」

「……へ？」

告《つ》げられた内容に寝起きの私の頭は付いて行けず、思考が一時停止した。

久々に自由な外出が出来て、ロイス様はずっと楽しそうに笑っていた。その直後に攫《さら》われるなんて……

「攫われたって、ロイス様は護衛《ごえい》の人と一緒だったよね？」

「護衛は全滅。殿下だけが連れ去られたらしい。あと少しで城という場所で」

「そんな……」

あれ程いた護衛が全滅とは、ただごとではない。

「……なんで今頃連絡が来たの？　ロイス様と別れたのは夕方。城と学園はそこまで離れていないし、遅くても寝る前には連絡があっていいはずだよね」

「後回しにされたんだろうな。俺達は学生だし、ただの『殿下のお気に入り』というだけだから」

現役の護衛や兵士、力のある国王派貴族の当主から順に連絡が回っていたのだろう。

それにしても、これは酷《ひど》い。

私は慌てて寝間着の上にローブを羽織《はお》る。

「ロイス様の部屋に行こう。私の探知魔法を使う」

「まさか、今から殿下を追う気なの？」

「もちろん！」

「敵は、護衛を全滅させるような相手なんだよ」

「だって……早く助けないと、ロイス様が危ないもの」

今こうしている間にも、彼が危険な目に遭《あ》っている可能性がある。急がなければ……

「カミーユ、落ち着いて」

取り乱した私を、アシルが優しく抱きしめた。

一瞬驚いたけれど、服越しの体温に少しずつ冷静さを取り戻す。

「大丈夫、敵は殿下を生け捕《いと》りにしたんだから、目的を果たすまでは殺さないはずだ」

「そうだよね。目的なく、王太子を攫《さら》ったりはしないよね」

しかし、心配なことには変わりない。絶対に安全だという保証などないのだ。城の騎士達を待っていて間に合うのか疑問である。

私はアシルの腕の中から抜け出すと、彼の手を引いて寮の最上階にあるロイス様の部屋へ向かうことにした。

「でも、やっぱりじっとなんてしてられない。行こう、アシル」

私は大きく溜息をつくアシルを引っ張りながら廊下を進む。他の生徒達は全員寝静まっているようで、人影はない。

私はロイス様の部屋の鍵を魔法で解錠《かいじょう》して侵入《しんにゅう》した。

普段なら、この部屋の前には護衛が常時二人程張り付いているが、今日は誰もいない。

ロイス様の部屋は他の生徒の部屋と比べて二回り程広く、内装も豪勢《ごうせい》だ。

「これを借りよう……」

私はロイス様の机の上から彼のメモ帳を一枚手に取ると、探知魔法を発動させた。魔法をかけられたメモ帳が、光の玉に変わり宙を舞う。探知魔法に使ったアイテムは元に戻せないので、なくなっても実害の少ないものを選ばないとならないのだ。

「カミーユ、本当に今から殿下を助けにいくつもりなの？　無謀《むぼう》だと思うんだけど……」

「じゃあ、一人で行く」

光の玉を追って、ロイス様の部屋を出る。頭を抱えたアシルが後ろから付いて来た。

ロイス様のいる場所までは、きっと距離があるだろう。建物を出たら羽ペンで空を飛んで行くつもりだ。

「カミーユ、ちょっと待っ……」

「うぎゃあ！」

アシルを振り切り一階まで下りてきたところで、反対側から猛スピードで走ってきた誰かにぶつかった。

私は盛大にひっくり返りかけたが、後ろを歩いていたアシルが慌てて支えてくれる。

「痛い……アシル、ごめん」

私にぶつかった奴は、妬《ねた》ましいことに平然と立っていた。私は目の前の犯人を凝視《ぎょうし》する。

それは、この寮にいるはずのない人物だった──

「ライガ様？」

アシルも、驚いた様子でライガを見つめている。

だが、それは一瞬のことで、アシルはすぐに冷静な表情を作ると、彼に厳しい声音で問いかけた。

「こんな時間にハートクラスの寮に侵入《しんにゅう》するなんて、何事ですか。ライガ様」

そうだそうだ、こんなところになんの用があるのかはわからないが、今は取り込み中なのだ。

「メイを見なかったか？　外出から帰ったら姿が見当たらない」

「メイちゃんですか？」

ライガが、私にものを尋ねてくる時は、いつもメイ絡《がら》みだ。

「知りません。今日は見ていませんけど」

私とアシルは、顔を見合わせた。

ライガはもの言いたげな表情で私をじっと見つめる。彼の冷徹《れいてつ》そうな碧色《みどりいろ》の瞳の中に、僅《わず》かに焦《あせ》りが見て取れた。

「お前……以前、一度追った魔力はずっと辿《たど》れると言ったな。あの魔法を使って、メイを捜《さが》せ」

「やっぱり、そうきましたか。私はメイちゃん探知機ではないんですよ？」

しかし、前回のような事件もあったので楽観視できない。私も彼女が心配だ。

「わかりました、探知魔法でメイちゃんの魔力を辿ります。ですが、私達は急ぎの用があるので捜索《そうさく》に同行できません。メイちゃん捜索は、ライガ様一人で向かってください」

前回、メイ捜索の際に使った魔法で、彼女の居場所へ導く魔法の光を生み出す。

ロイス様のことさえなければ一緒に追いかけたいものの、私達の方も一刻を争う状況なのだ。

「こちらが片付いたら、メイちゃんの捜索を手伝います。ライガ様の方が早く解決する可能性大ですけどね」

「構わん、探知魔法だけで充分だ。居場所がわかればなんとかなる」

ライガはすぐに踵《きびす》を返し、メイの居場所へ導く光を追った。私とアシルも、ロイス様のもとへ向かう光を追跡する。

「カミーユはホント、何を言っても聞かないね。殿下を捜《さが》しに行くって言い出すことは予想できたのに……知らせる前にもう少し考えるべきだった」

私の横で、アシルがこめかみを押さえている。こちらに視線を向けた彼は笑みを浮かべているのに、コバルト色の目は笑っていなかった。

「……ご、ごめん。アシル」

「でも、やめる気はないんだろ？　本当にヤバくなったら、無理矢理にでも止めるからね」

「う……」

私は知っている。アシルが浮かべている今の笑みは、彼がもの凄《すご》く怒っている証《あかし》なのだ。

長年、彼の友人として付き合ってきた私だから、嫌でもわかってしまう。

「い、急がなきゃ……あはは」

私は何も見なかったことにして、アシルから逃げるように光を追って走った。

私達の前方には、メイのもとへ向かうライガの背中が見える。

光は廊下の西側の窓に向かってまっすぐに進むと、建物の外へ飛び出す。

「ん……これは。学園の外？」

メイとロイス様の居場所へ導く二つの光は、同じ方角へ向かっていた。

私とアシルは光を追うために、羽ペンを取り出して空中に浮かせる。ここからは、空を飛んで行ったほうが速そうだ。

「おい、俺もそれに乗せろ。行き先が分かれるまででいい」

窓の傍《そば》で立ち往生《おうじょう》していたライガに言われて、私は頷《うなず》いた。

途中までなら、ついでに運んであげた方がいいだろう。彼は武器による戦闘は得意だが、魔法全般は苦手みたいなのだ。

「ライガ様、私の後ろに乗ってください」

私がそう言うと、ライガはためらいなく羽ペンの後ろへ腰かけ、むんずと私の腰を掴《つか》んだ。……たぶん、私は彼に女として見られていない。

アシルが抗議の視線を送ってきたけれど、私は気にせず窓枠から飛び立った……というか、逃げた。

いつの間にか、外はバケツをひっくり返したような大雨が降っていた。

「こんな時に、この天気なんてついてないなあ……」

ひどい土砂《どしゃ》降りだ。大きな雨粒が容赦《ようしゃ》なく私の全身を打つ。

私は、すぐに魔法で簡易的な雨避けを作った。巨大化した羽ペンと私達の周りを、透明な壁が囲う。

その様子を見たライガが、鼻を鳴らした。

「魔法って奴は便利だな。ここまで簡単になんでも出来ると、すべてが胡散《うさん》臭く思えてくる」

「ライガ様、羽ペンから落とされたいんですか？」

この世界は魔法が普及しているとはいえ、それを快《こころよ》く思っていない人間も存在する。

ライガも、その中の一人のようだ。

彼らの主張は、「魔法は便利ではあるが、人間を慢心《まんしん》させ、堕落《だらく》させる」というものだった。

魔法使いの仕事をしている身としては「そりゃないでしょ！」と思わなくもない。だが、確かに一部、傲慢《ごうまん》で魔法に頼りっぱなしの魔法使いもいるので否定は出来ない。

とはいえ、いい気はしないので、ライガに対してささやかな反撃に出てみることにした。

「こういった生活に役立つ魔法はいいですよ？　出かけ先で急な雨に降られた時にも使

えます。デートの際に濡れ鼠《ねずみ》になったら、格好がつかないじゃないですか」

しかし、私の言葉を聞いたライガは、鼻で笑ってそれを否定した。

「雨宿りすれば済む話だ。そこで育《はぐく》まれる想いもあるだろう……どうせ、お前にはそんな経験はないと思うがな」

うわあ！　この人、雨宿りしている時に、メイに何したの？

だが、メイからたまに聞かされていたノロケ話では、婚約したとはいえ、二人の関係はそこまで進んでいなかったはずだ。

「どうせ、雨がやむまで仲良く手を繋《つな》ぐとか、そういうシチュエーションを言っているのでしょう？　純粋ですねぇ、ライガ様は」

「お、お前っ……馬鹿にしているのか!?」

ライガは真っ赤になって喚《わめ》き始めた。割とわかりやすい性格だ。

「先に馬鹿にしてきたのはライガ様でしょう？　どうせ私は雨宿り中に誰かとイチャイチャしたことなんてありませんよーだ」

私はふて腐れながら光を追って飛び続けた。それにしても、雨避けの壁に滝のような雨が張り付いていて、前が見えづらい。

「今度、ワイパーを付けられるか試してみよう」

「おい、何をわけのわからないことを呟《つぶや》いている。わいぱーとはなんだ？」

「ライガ様にはわからない話ですよーだ」

メイを追う光はまだ、ロイス様を追う光と同じ方向へ進んでいる。

遠くで稲妻《いなずま》が光った。

「今度は雷か……こんな時に限って」

雷は危険だ。私の魔法刺青《マジー・タトゥアージュ》の自動防御で、雷まで防ぎきれるかどうかは微妙なところだし、何よりライガに防御魔法がかけられているとは思えない。

「ライガ様、雷避けの魔法を使いますね？」

私は雨避けの壁の周りに、雷避けの魔法をプラスした。電気を通さない透明の壁が、雨避けの壁の周りに広がる。隣でアシルも同様の魔法を使っている。

しかし、結構なスピードで飛んでいるのに、一向に目的地の見当がつかない。

（いつまで飛び続ければいいのかな？）

二つの光は王都の南西へ向かって飛び続けている。気持ちは焦《あせ》る一方だった。

♥ ♦ ♠ ♣

「ねぇあなた、ちょっと私と一緒に来てくださらない？」

カミーユ達がロイスの捜索《そうさく》を開始した半日前。

学園の図書室から寮へ帰る途中のメイに声をかけてきたのは、彼女と同じスペードクラスの女子生徒だった。ガーネット国内の貴族、ティト伯爵家の長女で、名をクレールという。

彼女はライガのことが、好きで好きで大好きで……以前からことあるごとに、メイを目の敵《かたき》にしてくる気の強い令嬢だった。

メイは過去に、彼女に城の中庭の倉庫に閉じ込められた経験がある。

倉庫から救出されたあと、ライガがクレール達にお灸《きゅう》を据《す》えたのだが、彼女の心は、それくらいでは改まらなかった様子だ。

正直に言うと、メイはクレール達に付いて行きたくなかった。結果は目に見えている。

きっと、倉庫に閉じ込められた時の二の舞になるだろう。

あの日はライガとカミーユが助けてくれたが、今日は二人とも留守である。ライガは所用で外出中だし、カミーユも森にピクニックに行くと言っていた。

だからこそ、クレールは今日を狙ってきたのかもしれない。

「ごめんなさい。私、今日は用事がありますので、ご一緒できません」

「そんなの知らないわよ。いいから、とっとと歩きなさい！」

そう言うと、クレールはメイの手首を掴《つか》んで強引に引っ張った。

「やっ……やめてください」

手首を掴まれたままのメイが腕を振って抵抗すると、クレールは忌々《いまいま》しげに顔を顰《しか》めた。

「あなた達！　この生意気な女を連れて行きますわよ！」

彼女が命令した途端、クレールの取り巻きや使用人達がメイに詰め寄ってくる。

「嫌です……私は、行きません」

恐怖であとずさったメイは逃げようと動いたが、既にクレールとその取り巻きに取り囲まれている。どこにも逃げ場はなかった。

使用人の一人がメイのスカートを掴んだ。それを合図に、他の使用人や取り巻きの令嬢達も、同じようにメイに手を伸ばす。

「嫌っ、離してください！　やめて……！」

抵抗したメイのスカートの裾《すそ》が破けた。ドサクサに紛《まぎ》れて、取り巻きの一人がメイの腹を蹴《け》る。

「うぅっ……」

メイは咄嗟《とっさ》に体を丸めて防御の姿勢を取ったが、今度は使用人の一人に、後ろから髪を掴まれた。

「痛い、痛いっ……やめ、て」

「ほら、さっさと歩く！」

もう一人の使用人がメイの背中を小突く。

彼女の頭の中に、倉庫に閉じ込められた日の恐怖が蘇《よみがえ》ってきた。また、どこかに放り込まれるのだろうか。

ズルズルと引きずられるようにして、メイは人気《ひとけ》のない学園の裏門へ連れて来られた。門の前には数台の馬車が停めてある。

「さぁ、早くこの馬車に乗りなさい」

クレールの命令に、メイは拒否のため頭を振った。どこへ連れて行かれるのかわかったものではないのに、こんな馬車に乗れるわけがない。

「嫌よ……乗らないわ！」

令嬢達の些細《ささい》なイジメなんて覚悟の上だ。それでもメイは、ライガの傍《そば》にいることを選んだ。その彼に迷惑をかける事態になってはならないと、メイは逃げるためにあがく。

「煩《うるさ》いわね！　男爵家の娘ごときが、ごちゃごちゃ言ってるんじゃないわよ！」

取り巻きの女に腕を捕らえられる。もう片腕も別の女に掴まれた。片方の女がメイの手にワザと爪を立てると、長い爪が皮膚《ひふ》へ食い込み、血が滲《にじ》んだ。

メイは無我夢中《むがむちゅう》で両腕を振り回し、精一杯抵抗した。万が一、彼女達に当たってしまったとしても自業自得だ。一方的にこんな扱《あつか》いを受けるいわれはない。

けれど、次の瞬間——全身に電流のようなものが走り、急に体に力が入らなくなった。

「あっ……ダメ、らめっ」

全身が痺《しび》れて呂律《ろれつ》が回らない。どう気力を振り絞っても体が動かなかった。

「あら、あなたが手を貸してくださったのね……助かりましたわ。見ての通り、しぶとくて苦労していたんですの」

クレールが誰かに話しかけているけれど、メイは視線すら動かせなくて、その人物を見ることが出来ない。

こんなことなら、カミーユに護身用の魔法を教わっておくのだったと、彼女はひたすら後悔していた。

メイを乗せた馬車は、ガタゴトと音を立てて学園から遠ざかって行く。彼女の向かい側には、使用人の女が二人乗り込んだ。

一人が縄を出して拘束《こうそく》してきたが、体に力の入らないメイはなんの抵抗も出来ない。

情けなくて、悔《くや》しくて……メイの頬《ほお》を涙が伝った。

「どういうこと？　これは……約束が、違う」

「その女が抵抗したんだ。私のせいではない！」

男達が言い争う声で、メイは目を覚ました。あのあと、馬車の中で気を失ってしまったらしい。

メイは現在、白い壁の広い部屋に転がされている。固い床に背中が当たって、少し痛かった。平らな石が敷《し》かれている床から、冷たさが全身に伝わってくる。

あれから、どれだけの時間が経《た》っているのだろうか。手足を拘束されていて、メイは自由に動くことが出来ない。

けれど、全身に力が戻ってきている。かろうじて首を動かし、メイは声のする方向へ顔を向けた。

丸々と肥え太った、壮年の貴族の男が見える。あれは確か、王弟派貴族の一人、ティト伯爵だ。彼はクレールの父親である。向かいにはメイと同い年くらいの少年が立っていた。

「メイ、怪我《けが》を、している……」

「だから私のせいではないと言っている。その女が悪いんだ！」

その紺色《こんいろ》の髪に褐色《かっしょく》の肌の小柄な少年は、尚《なお》も伯爵と口論している。

（あれは……カイ⁉）

メイは目を大きく見開いた。

どうして、城を出て行った双子の弟がこんな場所にいるのだろうか。あれから一度も連絡がつかなかったというのに。

「メイ、起きた？」

振り返ったカイと目が合った。彼は苦しそうな表情を浮かべている。

「カイ、あなた、どうしてこんな場所にいるの？」

「ごめん……メイ、怪我《けが》してる」

カイは質問には答えず、連れ去られる際に負ったメイの傷を痛々しそうに見ていた。

ポツリポツリと話すその様子は、以前と変わらない。

疑問は解消されていないものの、彼女は弟が無事だったことに、ひとまず安堵《あんど》した。

「ねぇ、どうしてカイが私に謝るの？」

カイはメイに駆け寄ると、彼女の腕の傷に口づけた。

「ごめん、メイ、ごめん……本当に」

謝りながら、何度も何度も口づける。

「カイ、私は大丈夫よ。だから、その……」

心配してくれているのはわかるが、こんな風に口づけられるのは、かなり恥ずかしい。

「メイ、メイ」

「カイ、やめて。ちょっと恥ずかしいわ」

メイがそう止めると、カイは素直に身を離した。同じ顔をしている双子なのに、中身は全く違う。

カイは、五歳の時に記憶を失ったメイの面倒をずっと見てくれた優しい弟だ。離れていた間に少しだけ大人っぽくなっているが、根本的な部分は変わらない様子。

「もう少し我慢して。これ、片付いたら……俺と一緒に行こう」

「一緒に行くって、どこへ？　カイ、どういうことか教えてちょうだい」

「メイは……俺と一緒に、この国を出る」

「どうして、そんなことを言うの？」

メイは現在、王立魔法学園に通っているし、ライガの婚約者だ。それなのに急に国を出ろだなんて、弟の考えがわからない。

「これからメイは、命を狙われる……王弟派から。だから、逃げよう」

「命を狙われるって、何故？」

「この男、王弟派の王位簒奪《さんだつ》に関与してる。それで、娘をライガ様の妻に、したい」

「ティト伯爵にとって、私が邪魔ってこと？」

ライガとの結婚を狙うならば、彼の婚約者であるメイは、どうしたって邪魔になる。

「そう、伯爵と取引した。メイを無事に逃がす代わりに、王子を攫《さら》って来ると」

「まさか、ロイス殿下もここにいるの？」

「いる、牢屋《ろうや》の中」

「カイ、あなたなんてことを……！　ロイス殿下を攫ってきてしまうなんて！」

確かに、カイは昔から強かった。暗器を使って奇襲《きしゅう》したのなら、ロイスの護衛《ごえい》も歯が立たなかっただろう。

弟をこんな風に利用したことが許せず、メイはティト伯爵を睨《にら》んだ。伯爵は二人にはなんの興味もないらしく、会話の間も知らん顔だった。

「許さない、カイを脅《おど》したのね？」

「オイオイ、私はその件に関しては彼に何も指示なんてしていないさ。君の弟が持ちかけてきた話だ。ライガ様に君を渡したくない彼と、ライガ様に娘を嫁《とつ》がせたい私の利害が一致しただけのこと」

「そんな……嘘よ」

メイは信じられない思いでカイを見た。思い起こせば、彼が城を出て行ったのはメイがライガと婚約した直後だった。

カイは苦い顔をしてメイを見つめている。

メイは動揺しつつも、伯爵に真意を問いかける。

「伯爵、カイにロイス殿下を攫わせたのはどうしてですか？　あなたは何がしたいのです」

ティト伯爵は懐《ふところ》から葉巻を取り出すと火を点《つ》け、やや間を置いて話し始めた。

「ふう……そんなの、決まっているではないか。今、お前の弟が言った通りのことだ。王弟様に、最終的にはライガ様に王位についていただくため。私は娘とライガ様を結婚させて、外戚《がいせき》としてこの国を手中に収めてみせる」

「そんな……そんな勝手なこと、許されません！」

「黙れ小娘。王弟派の下《した》っ端《ぱ》貴族のくせに、国王派と馴れ合う裏切り者め。王子の身柄と引き換えに、国王には王位を降りていただく。その後のことはどうにでもなるさ、実権は我々に移るのだからな」

伯爵はメイを憎々しげに見下ろしながら彼女に歩み寄った。そして脂肪に覆《おお》われた太い足でその体を踏みつける。

「うっ……ぐ……っ！」

横にいたカイが、慌てて伯爵を止めた。

「話が違う。メイを傷つけないという約束だった」

「いらんことをほざくその女が悪い。わかったなら、この娘を連れてさっさと出て行け」

「……言われなくても」

「いいか、国境までは見張りを付けさせてもらう。二度とこの国には戻って来るな」

「わかっている。もう戻らない」

カイはメイを担《かつ》ぐと、扉へ向かって歩き出した。

「やっ……待ってカイ、私はこの国に残りたいの。こんな形でライガ様と離れるなんて嫌なの、お願いっ」

カイは何かに耐えるように顔を歪《ゆが》めた。直後、絞《しぼ》り出すような声で答える。

「メイ、ライガ様のことは、諦《あきら》めて」

「嫌、嫌よ。カイ……お願いよ！」

メイは必死に食い下がった。もう二度とライガに会えないなんて、そんなのは耐えられなかった。

しかも、このままでは国王とロイスの身も危ない。それをわかっていながら彼らを見捨てて逃げ出すなど、メイには出来ない。

反論しようと口を開いた瞬間、メイ達のいる部屋の扉が静かに開いた。

「お父様、まだその女を殺していないの？」

「クレール……」

扉の前に、メイをここへ連れてきた犯人である伯爵令嬢、クレールが現れた。

服が破けてボロボロのメイとは対照的に、彼女はバイオレット色の綺麗なドレスを着て、化粧までしている。

クレールは忌々《いまいま》しそうにメイを見ると、すぐに父親に詰め寄った。

「殺してって言ったじゃない！」

「しかし、彼らは国外へ出て行くということで同意したのだ。それを条件に王子の誘拐を実行してもらった」

「そんなの知らないわ！　そのゴキブリ女、またすぐにライガ様のもとに湧《わ》いて出るに決まっているもの！」

ゴキブリ女のくだりで、カイの顔がにわかに険《けわ》しくなった。

「殺して、殺して、殺して！　あの女が悪いのですわ、ライガ様を誑《たぶら》かして……あの女がいるから、私が彼に拒絶される！　彼に相応《ふさわ》しいのは、私なのに！」

クレールはすさまじい剣幕《けんまく》で父親に訴え続ける。伯爵はしばし考える素振りを見せると、娘に向き直り答えた。

「……仕方がないな、お前は。わかった、王子は既に我々の手の内だ。可愛い娘のために彼らを消しても、問題あるまい」

「お父様、ありがとう！」

ケタケタと、甲高い声で笑うクレール。

メイは、今まで彼女から数々のイジメを受けてきたが、ここまで憎まれていたことに、今更ながらショックを受けた。

「大丈夫、メイ、俺がいる」

カイはメイの身を下ろすと、懐《ふところ》から出した刃物で彼女の拘束《こうそく》を解《ほど》く。手足が自由になったメイは、自力で立ち上がった。

カイは刃物を握り締めて、姉を庇《かば》うように、伯爵の前に立ち塞《ふさ》がる。

「いくらお前でも、その女を庇いながら大人数を相手にすることは出来まい？」

伯爵が合図をした途端、彼の背後から体格のよい強面《こわもて》の男達が現れた。全部で数十人はいるだろう。

こんな人数を相手にするなんて、いくら戦いに慣れているカイでも無理があった。

「カイ、私のことはいいから、あなただけでも逃げて」

「大丈夫、メイは、俺が守る……」

こんな時なのに、カイはメイを安心させるように柔らかく微笑《ほほえ》む。

(私さえいなければ、カイはここから逃げ出すことが出来るかもしれないのに……)

姉弟《きょうだい》を狙う男達が、無表情で近付いてくる。

「あはは！　早く殺されておしまいなさいな、死体はブタの餌《えさ》にして差し上げますわ」

クレールが、楽しそうに笑いながらメイ達を見ている。

覚悟を決めたカイが刃物を構えて一歩を踏み出し、メイが祈るように目を閉じた瞬間──

階下で、大きな爆発音が鳴り響いた。

爆発の余韻《よいん》で、建物全体が揺れ動く。

「え……？　なんの音？」

「これは一体、何事だ？」

バタバタと部屋の外から足音が聞こえたかと思うと、伯爵の部下らしき男が部屋に現れた。

「侵入者《しんにゅう》です！　何者かが屋敷の門を破壊した模様《もよう》です」

「ちっ……もうバレたのか」

伯爵は苦々しい顔で舌打ちすると、その部下に命じた。

「雇った兵達を集めろ。侵入者を排除するんだ。それから、王子殿下を牢《ろう》から出してこの部屋にお連れしろ。いいな？」

「……かしこまりました」

部下の男がバタバタと廊下を駆けて行く。

ロイスも捕まっているので、城の人間が救出に来たのかもしれない。

（誰だかわからないけれど、早くここへ来て……）

メイは祈るような思いで、両手を握り締めた。

♥
◆
♠
♣

私が発動させた探知魔法の光は、王都を通りすぎ、更に南西へ進んだ場所にある古い洋館に入って行こうとしていた。

とても広大な三階建ての建物だが、普段は使われていないのか、かなり荒れている。

庭には、大人の拳程《こぶし》の大きさの石がゴロゴロと転がっており、草も生《は》え放題。もともとは庭に植《う》えられていたであろう蔓《つた》植物も伸びに伸びて、そこらじゅうに絡《から》まりまくっている。

「ここか……こんな場所に、どうしてメイが？」

ライガが怪訝《けげん》な様子で眉をひそめた。碧色《みどりいろ》の瞳に剣呑《けんのん》な光を宿し、館を睨《にら》みつけている。

私は館の門の近くに着地すると、羽ペンを元のサイズに戻して懐《ふところ》にしまい、濡《ぬ》れた地面を踏みしめる。アシルも、私のすぐ横に着地した。

ロイス様を追う光もメイを追う光も、同じ場所を目指していたようだ。

「ライガ様……ここは」

私の問いかけに、ライガが重々しく口を開く。彼の薄い唇が、心の内に渦巻《うずま》く怒りを表すかのように歪《ゆが》んだ。

「犯人の目星がついた。この館は王弟派の貴族の持ち物だ。どうせ、俺の父親に取り入る連中の一人だろう……」

どうやら、彼は見覚えのある場所らしい。

「ここから先は危険かもしれません。ライガ様、何かあった場合、戦えますか？」

「ふん、問題ない。俺を誰だと思っている」

自分の腕に余程自信があるかのような物言いだ。この際だ、ライガにも手伝ってもらおう。

ゲームでの彼は剣の達人で、攻略対象中最強の武闘派だった。現実ではどうなのか不明だけれど、この口ぶりからすると弱くはないはずだ。

ライガは腰にさげている鞘《さや》から、スラリと剣を引き抜いた。細い真っすぐな長剣である。

「雷避けの魔法は施《ほどこ》したままにしていますので、心置きなく暴れてください」

私の言葉に、ライガは碧色《みどりいろ》の目を細めてニヤリと笑った。

(メイを攫《さら》った犯人をギタギタにしたいのだな)

その気持ちはよくわかる。私もロイス様を連れ去った犯人を許せないもの。

「たーのーもー！」

私は、手始めに爆発の魔法で盛大に門を破壊してあげた。もともと錆《さ》びて朽《く》ちかけていた門は、あっけなく崩壊《ほうかい》する。

そのまま、三人で館の前の庭に足を踏み入れる。

どうせ、追手が来た時に備えて、護衛《ごえい》の兵士が潜《ひそ》んでいるだろう。王太子を攫うのだから、それ相応の用意はしているはずだ。

（ちまちまと戦うのは面倒だな。一気に出て来い！）

私の読み通り、館の中から武装した男達がわらわらと庭に現れた。全部で三十名くらいだ。水溜まりの泥が跳《は》ねることも気にせず、濡《ぬ》れた地面を蹴《け》って私達を目指して駆けて来る。

続けて、私は雷の魔法を放《はな》った。雨に濡れた地面を伝って、何本もの電流が走る。その瞬間、庭全体が金色に光った。私達は雷避けを施《ほどこ》しているので、もちろん無傷である。

しかし無防備だった男達はバタバタと崩れ落ち、あっけなく決着はついた。

動かなくなった兵士達を跨《また》いで、私達は館の中へ侵入《しんにゅう》する。

館の中は外よりは荒れていないものの、カーテンは破れて絨毯《じゅうたん》には埃《ほこり》が積もっていた。とても人が住めるような状態ではなさそうだ。

「カミーユ、いきなり門を破壊するなんて無茶しすぎ。たまたま地面が濡れていたから一気に攻撃できたけれど。そうじゃなければ……」

屋敷の中を進み始めてすぐ、アシルがお説教を始めた。そんな彼に、私は慌てて言いわけをする。

「大丈夫だよ、アシル。それに今のできっと、ロイス様に私達が来たことが伝わったと思うんだ。一石二鳥《いっせきにちょう》だね」

「敵にも筒抜けになったけどね。俺達はまだ学生で、こういった戦闘は本職じゃないんだから無理はしないで。さっき伝達魔法を城へ送っておいたから、危なくなったら先へ進まずに援軍が来るのを待つこと。いいね？」

アシルが心配そうに私を見てくる。先程までのご機嫌斜めは、多少緩和《かんわ》されたみたいだ。

「平気だよ、十年前とは違う。私は強くなったもの」

「それでも心配だよ。もう二度とあんな目には遭《あ》わせないから」

十年前、ロイス様が暗殺者に襲撃《しゅうげき》を受けた時、彼を守ろうとした私は敵に腹を刺されて倒れた。

私の体内に宿る魔力が武器を伝って、暗殺者を丸焦《こ》げにしたおかげで私達は助かったのだ。

もし運が悪ければ、私はあの時、命を落としていたことだろう。

そんな事件があったせいで、今アシルはここまで心配している。医務室で目を覚ました直後、アシルの目の前で大泣きしちゃったからなあ。

「わかった……気を付けるよ」

彼を心配性にしたのは私だから、素直に頷《うなず》く。

アシルは疑わしげな目を向けて来るけれど、一応は納得してくれているようだ。

光を追う間に、誰もいない通路を抜けて、朽《く》ちかけの石造りの階段に差しかかった。

いつ敵が現れてもいいようにと、全員が気を張りつめている。

一階から二階へ上がろうとしたところで、階段の上から、雨のように矢が降ってきた。

「危ない！」

魔法で透明な壁を作り矢を防ぐと、アシルが射撃してきた犯人を風の魔法で蹴散《けち》らす。

（うん、いい感じに連携《れんけい》できている）

しかし、この分だとまだまだ敵に待ち伏《ぶ》せされていそうだ。私達は、更に慎重に上階へと歩を進めた。

「カミーユ……！」

二階へ上がり、廊下の奥へ向かう途中、アシルが急に私の腕を引く。勢いで体が後ろに倒れるが、アシルがしっかりと抱きとめてくれた。

「どうしたの、アシル？」

振り返って尋ねる私に対し、彼は表情を変えずに足下を指差した。

「下、見て……」

言われた通りに視線を下げると、私の足のすぐ前に、透明な糸が張られていた。

敵のしかけたトラップのようだ。この糸に引っかかると、罠《わな》が発動する仕組みなのだろう。

（……危ないところだった）

私の後ろを歩いていたライガも唖然《あぜん》としている。

「アシル、ありがとう。あのまま歩いていたら、引っかかるところだったよ」

素直に礼を言った私は、魔法で風の刃を作り出すと進行方向に向けて放《はな》った。ブツン、ブツンと数本の糸が切れる音がして、矢の雨や斧《おの》、落とし穴が次々に現れる。

絶対に引っかかりたくない類《たぐい》のトラップだ。敵も念が入ったことである。

私は全身を防御魔法で固め、羽ペンで宙に浮いて先を急ぐことにした。

罠が張り巡《めぐ》らされていたエリアを抜けると、開《ひら》けた場所に出た。館の中央になるのだろうか……天井が高い大広間である。

その場所には、館を守る兵達が大勢待ち構えていた。広間に五十人、物陰に三十人程。

ここの主《あるじ》は、一体どれだけの兵士を雇っているのだろう。悪事を働いている気配が、ムンムンする。

「ロイス様はどこだー！」

私は怒りの雄叫《おたけ》びを上げると、全身に透明の壁を纏《まと》い、羽ペンごと敵に突っ込んで行った。

ライガも私と同時に飛び出し、猛烈な勢いで長剣を振るう。次々に敵の兵士がライガになぎ倒されていく光景はなかなかの迫力だ。

やはり彼は強かった。王族という身分ではあるものの、城の衛兵以上に戦えるのではないだろうか。ゲームの中のライガとほぼ変わらない強さだ。

敵の中に魔法使いがいたらしく、彼の前に急に土壁がそびえ立った。

しかし、ライガは剣を一閃《いっせん》させ、壁の向こうの敵ごと切り伏《ふ》せる。彼が持っているのは、魔法アイテムの剣だった。さすが王族、いい物を持っている。

魔法アイテムというのは、道具に予《あらかじ》め魔法を施《ほどこ》すことで様々な効果を持たせ、いつでも魔力なしで使用出来る便利なアイテムのことだ。

ライガの剣は、魔法を遮《さえぎ》ったり、さっきみたいに魔法の壁をも切り裂くことの出来る、厄介《やっかい》な逸品だった。

魔法使いは全般的に、魔法の効かない代物が大嫌いなのである。

(彼が敵に回らなくて本当によかった……本当に!)

私は羽ペンを乗り回して、波のように押し寄せてくる敵を翻弄《ほんろう》しながら風の魔法を放った。吹っ飛ばされた男達が、壁にぶつかり意識を失う。

風よりも火魔法の方が攻撃力が高いのだが、館を燃やしてはまずいので、発火系の魔法は控えている。

私達が取りこぼした敵は、アシルが確実に仕留《しと》めている。

あとで尋問《じんもん》するためだろう、彼は敵を全員眠らせていた。

無力さに打ち拉《ひし》がれた十年前とは違い、私は確実に手応《てごた》えを感じていた。成長したのだ。私も、アシルも。

十分足らずで、私達は広間を制圧した。

雇われ兵らしく、広間にいた男達は統率《とうそつ》が取れておらず、強さもまちまちだった。訓練されたプロではない。それも私達の勝因の一つだった。

「早く光を追うぞ」

ライガが先を急ぐ。

私達も頷《うなず》いて彼のあとに続こうとしたのだが、広間の中程で、今まで一緒に進んできた光の行き先が二つに分かれてしまった。

メイの行き先を示す光は、真っすぐ奥へと進んでおり、ロイス様の光は広間の中央付近をウロウロしている。

ロイス様とメイは、館の中の別々の場所にいるみたいだ。

「ライガ様……光の行き先が分かれてしまいましたね。私達はロイス様を捜《さが》させてもらいます」

「構わん、お前達はそのために来たのだろう。俺はこのままメイを追う」

「すみません、あとで合流しましょう」

私の言葉に頷《うなず》いてすぐ、ライガは光を追って走り出した。

この部屋に来てから、ロイス様を追う光の動きが、少し不安定になり出した。あっちへウロウロ、こっちへウロウロしたかと思えば、床に向かって進み出す。なかなか方向が定まらない。

「おかしいな、動きが変だ。床に向かって進もうとしてる」

私が指摘すると、アシルも頷いた。

追跡の魔法は、ロイス様のもとへ最短距離で辿《たど》り着けるように設定してある。床へ向かって進むということは……

「殿下が地下に移動しているのかもしれないね」

アシルが難しい顔をしながら言った。

「なら急がないとね。行き違いになってしまえば元も子もないもの」

そう言って、光に向かって一歩踏み出した私の足は……床を踏まず、そのまま沈んでいった。

「え……？」

驚いて辺りを見回した私の視界に、倒れていた兵の一人が魔法アイテムらしきスイッチを押している光景が映る。嫌な予感がした――

「カミーユ！」

アシルが慌てて私の名を呼ぶが、時既に遅し。私の足下には、ポッカリと黒い穴が大きな口を開《あ》けていた。

「ぎゃー！　また、トラップなのー!?」

先の見えない真っ暗な穴に、自分の体が吸い込まれていく。

私は恐怖で目を瞑《つむ》った。もともと閉所と暗所が大嫌いなのだ。

「落ちる！」

ダメだ、このままではきっと地面に体をぶつける。重力を操作して体を浮かす魔法を使う余裕はなかった。

もう間に合わない。魔法刺青《マジー・タトゥアージュ》の自動防御でどこまで防ぎきれるだろう……と思ったその時、何かに体を掴《つか》まれた。空中でぐるりと私の体が反転した直後、ドサリと衝撃《しょうげき》が来る。

痛みはない。代わりに、何か柔らかで温かいものに包まれていた。

私はゆっくりと目を開《あ》けて、目の前のものを認識し、そして真っ青になった。

「う、うそ……」

眼前には、認めたくない光景が広がっている。私は慌てて立ち上がり、悲鳴じみた声を上げた。

「ア、アシル？　なんでっ⁉」

暗く冷たい、地下通路らしき場所に落ちた私の下で、アシルが意識を失っていた。

私が落とし穴に落ちた際に、一緒に飛び込んで庇《かば》ってくれたのだろう。

（なんてこと、ドジを踏んだのは私なのに！）

彼が犠牲《ぎせい》になる必要なんて、全くないはずだ。

「アシル、アシル⁉」

どうしよう、呼びかけても揺さぶっても、反応がない。

彼はぐったりと床に横たわり、全く目を覚ます気配がなかった。

「アシル、起きてよう」

私のせいだ。全身から嫌な汗が噴き出す。最悪の予想が浮かび、私は焦《あせ》った。

アシルを死なせたくはない。今できる最善の方法で、彼を助けなければ。

私が思いつく限りで一番よさそうな手段——最上級の回復魔法を彼にかけまくってみる。

回復魔法は傷や、受けたダメージを軽減する魔法だ。私も以前お腹を刺された際に、この魔法にお世話になっている。半端《はんぱ》なく魔力を消費する代物だが、アシルの命には代えられない。私は必死だった。

たとえ魔力が枯渇《こかつ》して自分がぶっ倒れても、彼が助かるなら構わない。

「アシル、起きて！　死んじゃ嫌だよ！　アシル！」

何度も何度も繰り返し、彼に回復魔法をかける。やややすると、アシルの体が僅《わず》かに震えた。

「アシル？」

アシルの唇が動き、次いで彼の瞼《まぶた》が開いて、綺麗なコバルト色の瞳が見える。

「……っ、カミーユ？」

意識を取り戻してくれたみたいだ。私はホッとして泣きそうになった。

全身の力が抜けて、その場にへたり込む。

「痛《いた》た……そんな、悲壮な顔しないでいいよ。ただの打撲《だぼく》だから。カミーユが治療してくれたおかげで、もう平気だし」

「本当の本当に大丈夫なの？　無理してない？」

「してないよ。咄嗟《とっさ》に衝撃緩和《しょうげきかんわ》の魔法を使ってたしね。カミーユこそ、そんな上級回復

「魔法をバンバン使って大丈夫なわけ？　立てる？」

　慌てて立ち上がろうとしたが、アシルの言う通り、魔力消費が多すぎた反動でふらつき、また彼の上にダイブしてしまう。

　今回に限っては、魔力節約の刺青《いれずみ》もあまり意味がなかったようだ。

「う……ご、ごめん。体に力が入らない」

　腕をついて体を起こそうにも、指一本動かすことが出来ない。

「まったく、後先考えないんだから」

　アシルは寝転がったまま、上に乗っかっている私を抱きしめると、ぐるりと半転する。

「なっ……」

　次の瞬間、私は彼の下敷《したじ》きになり、押し倒されているような格好になっていた。

　やばい、こんな時なのに不謹慎《ふきんしん》にもまた心臓がバクバク音を立てている。

「えっと……、あの、アシル？」

「魔力、もうないんでしょ？　俺のをあげるから大人しくしていて」

　普通、魔法使い達は魔力がなくなると、「魔力回復薬」という薬を飲んで魔力を補充する。

　薬で回復できる魔力は少しだけだが、とりあえず動けるくらいにはなるのだ。

　アシルは「魔力回復薬」を携帯しているようだが、それを取り出す様子はない。

「あの……アシル、薬は？」

私の質問に、彼は意地の悪い笑みで答えた。なんだか、とっても嫌な予感がする。

「直接魔力を渡す方が回復が速いでしょ？　薬は魔力回復効果が弱いし、動けるようにはなっても、魔法までは使えない。だから……」

「ま、まさか！」

魔力がなくなってしまった場合、薬で回復する他に、もうひとつだけ回復方法がある。

原始的だが、人から人へ直接魔力を受け渡す方法だ。方法が方法なだけに、魔法使い達の間でも実践する人間は少ないが。

ある人間の体内から、他の人間の体内へ直接魔力を流し込む方法――魔力の経口摂取《けいこうせっしゅ》。

要するに、魔力の口移しだ。ちゅーするのだ。

「経口摂取だなんて、冗談だよね。ちょっと、アシル待っ……」

しかし、最後まで言うことは叶わなかった。

私は押し倒された体勢のまま、ゆっくりと覆《おお》い被さってきたアシルに唇を奪《うば》われる。

「ん……んんっ？」

頭の中が、混乱で真っ白になる。

前回と違って、ちょっと大胆じゃないですか？　魔力の受け渡しに唇ハムハムは必要ですか？

唇の線に沿って彼の舌が動き、私は思わず閉じていた口を開いてしまう。

アシルはその隙《すき》を見逃《みのが》さず、私の口の中に舌を滑《すべ》り込ませた。

（人が動けないのをいいことに、なんて奴だ！）

そうしているうちに、体の中にアシルの魔力が流れてきて、少しずつ全身に力が戻っていった……大切な何かが著《いちじる》しく削《けず》り取られている気がするが。

彼がくれた魔力のお陰で、私がふらつくことはもうないだろう。腕も動かせそうだ。

しかし、唇を離してもアシルはまだ退《ど》いてくれない。私に跨《また》ったまま、普段以上に色っぽい雰囲気を纏《まと》って、熱い視線でこちらを見つめている。

「あの、アシルさん？　ちょっとどいてくれないかな」

アシルはニッコリ微笑《ほほえ》み、私の言葉を華麗にスルーした。

「もう少しだけ、魔力を回復させておこうか」

そう言うと再び、色っぽさを増したアシルの顔が近付いてきて――

「あー、コホンコホン。二人とも、その辺にしておいてくれるかな。目の前でそれ以上されたら反応に困ってしまうよ。あとアシル、ここが敵地だってことを忘れないように」

「えっ……」

突如《とつじょ》響いた聞き覚えのある声に、アシルが急停止する。

二人同時に、声のした方を見ると、見知った人物が佇《たたず》んでいた。

「ロイス様っ⁉」

声の主は、私達が捜していた主その人だった。信じられない、ロイス様が普通に目の前に立っているなんて……

「ああ、ロイス様。よかった、無事だったんですね！」

見たところ、怪我《けが》はなさそうだ。無事だ、元気だ。本当によかった。

「アシルとカミーユも無事でよかったよ。来てくれるって信じてた」

「当たり前じゃないですか！　ロイス様を一人にはしませんよ！」

私は力強く宣言する。

「ところで、ロイス殿下。どうしてこんなところを彷徨《うろつ》いているのですか？　俺はてっきりどこかに拘束《こうそく》されているものと……」

アシルがロイス様に尋ねた。

（うん、私も気になっていたよ……）

なんで敵のアジトの中を一人でフラフラと動き回っているの？

「もともと上階の牢《ろう》に閉じ込められていたんだけど、外で爆発音が聞こえたから脱走してみたんだ。警備がゆるゆるだったからすんなり出れた。誰も箱入り王子が脱獄するなんて想定してなかったのだろうね。まあ、出口がわからなくて探し回っていたら、こんなところに辿《たど》りついてしまったんだけど……」

ロイス様は敵を出し抜いてご満悦のようだったが、地下で迷っているあたりが、やや残念だ。

「さて、これからどうしましょうか」

本来ならここで、ロイス様を外へ連れ出して安全を確保するべきだ。

アシルが城へ連絡をしてくれているので、放っておいても城から派遣された兵達が、ロイス様を攫《さら》った犯人を捕らえるだろう。

しかし、ここにはメイがいる。どういう理由かはわからないけれど、彼女も捕らえられているのかもしれない。

今、ライガが彼女を連れ戻しに上階へ向かっているが、彼を一人にしておくのは不安だった。

私が考え込んでいると、ロイス様が微笑《ほほえ》みながら声をかけてきた。

「カミーユはメイ・ザクロも助けに行くでしょう？」

「ロイス様、何故それを……」

「見張りの兵達が『メイ・ザクロが拘束されている』と話していたのを聞いたよ。僕達を攫った犯人は、野心家のティト伯爵だ。彼の狙いはわかっている」

「殿下を人質《ひとじち》にして、王弟に王位を譲《ゆず》り渡せとか言う気だったのでしょうね」

「ああ。メイの誘拐に関しては、別の理由があるようだけれど。よし、今からメイ・ザクロを助けにいこうか」

彼の提案に、アシルと私は同時に声を上げる。

「助けにって……何を考えているんですか！」

「ロイス様、私、メイちゃんを助けに行ってもいいんですか？」

あとは兵に任せる、と言われるかと思っていたのに。

「今、ライガ達に恩を売っておいたら、後々楽しそうじゃない？」

ロイス様がアシルのようなことを言っている。乙女ゲームの中のロイス様は、こんな発言をするキャラクターではなかったはずだ。

私達と過ごすうちに、徐々《じょじょ》に性格が変化してきたのだろう。今のロイス様は、品行方《ひんこうほう》正《せい》で優しいだけの王子様ではない。

「カミーユ、もう魔力は大丈夫？　さっきのでアシルにだいぶ回復してもらった？」

「あ……はい。大丈夫ですとも！」

足りないなんて言ったら、隣のアシルに何をされるかわかったもんじゃない。

「僕を狙った犯人だけど、異様に戦い慣れていて、強い男だったな。それに、顔を隠していたのだけれど、なんだか見覚えがあるんだよねえ」

ロイス様がそう言うと、アシルが思案顔で顎《あご》に指を当てる。

「犯人は、身近な人間かも知れませんね」

「黒幕を問いつめれば、きっとわかるよ」

そうして、私達は再び上階を目指した。

メイの行方《ゆくえ》を追う探知魔法を再び使うと、出現した光は真っすぐに地下通路の奥まで進み、薄暗い階段を上っていく。

光を追って階段を上っている途中でまた敵から矢を射《い》かけられたが、すべてアシルが防いでくれた。アシルの魔法は正確かつ、無駄が少ない。

「カミーユは、あんまり魔力を無駄遣いしないように。回復したといっても、まだ完全ではないんだから」

アシルに指摘され、私は呻《うめ》いた。まったく、その通りだ。

「……アシルは平気なの？　私に魔力を渡したあとなのに」

「まだまだ平気、魔力が欲しくなったらいつでも言いなよ」

アシルはそう言いつつ、流し目を使ってきた。もともとが色気のある甘い顔立ちなので、そういう仕草が非常に様になっている。

不覚にも胸が高鳴ってしまい、慌てて視線を逸《そ》らした。

そのまま三人で光を追い、上階へ歩を進める。途中で何度か敵と交戦する間に、ロイス様も戦力としてあてに出来ることがわかった。

ライガのように剣術が得意というわけではないものの、ロイス様はなかなかの魔法の使い手で、足手纏《あしでまと》いになるどころか、かなり活躍してくれている。

潜《ひそ》んでいる敵を見つけたり、罠《わな》を見つけたりするのも得意みたいだ。頼もしい限りである。

いつもつるんでいるだけあって、戦闘における三人の息もピッタリと合っていた。この三人が揃《そろ》えば、結構いい線いくのではないだろうか。

「それにしても、アシルとカミーユはいつの間にか婚約者らしくなったね。僕も安心したよ」

「なっ……!?　ロイス様、それは……」

唐突にロイス様が私達の話題を持ち出した。顔に熱が集まる。

「カミーユも、ようやく僕に誰かを重ねることから卒業できたみたいで、よかったね」

「……どういうことですか？」

彼の言っている意味がよくわからずに、私は聞き返した。ロイス様は慈愛に満《み》ちた微《ほほ》笑《え》みを浮かべている。

「カミーユは僕を見ているようでいて、いつも僕を通して他の誰かを見ているでしょう。もしくは、僕と誰かを比べているとでも言うのかな。もちろん、僕自身も大事に思ってくれていることはわかるのだけれど」

「そ、そんなことは……」

私は困惑した。私は昔からロイス様のファンであり、ずっと彼に憧れている。彼を通して他の誰かを見たり、比べた覚えはない。

「初めは僕に気があるのかなと思っていたんだけど、すぐに違うと気付いた」

「ロイス様……？」

どういうことなのだろう。私が彼に誰かを重ねているだなんて。

（ロイス様は一体、何が言いたいの？）

モヤモヤした思いを抱えながらも、光を追ってきた私達は、大きな白い扉の前まで辿《たど》り着いた。恐る恐る、錆《さ》びた金色の取っ手に手をかける。

ギギィと音を立てて扉が開き、目の前に広がった光景に、私はしばし唖然《あぜん》とした。

「何これ？」

真っ白で無機質な広い部屋の中には、屈強な男達が数十人程待ち構えていた。下にいた連中とは違い、少しは骨のありそうな者達だ。

男達の向こう、部屋の隅《すみ》にメイが蹲《うずくま》っているが、彼女は酷《ひど》く弱っていて、怪我《けが》を負っているようだった。

そして、彼女を背に庇《かば》いながら敵と戦っているのは……

「もしかして、カイ……？」

何故、彼がここにいるのだろう。城を出て、行方《ゆくえ》不明になっていたはずなのに。

彼らの反対側には、太った貴族のオッサンと、着飾りまくった令嬢が立っていた。

（あの脂《あぶら》ぎったオッサンは見たことがあるぞ！　確かティ……ティ、なんだっけ。ティなんとか伯爵だ！）

令嬢の方も学園で目にしたことがある。スペードクラスの生徒だ。彼女は何故か青ざめた顔で、先に部屋に侵入《しんにゅう》しているライガを見ていた。

ライガは、屈強な男達に囲まれて交戦中である。ひとまずメイのところまで辿り着けたようでよかったと、私はやや安堵《あんど》した。

「ライガ様ー、助っ人に来ましたよー！」

「俺よりも先に、メイの怪我《けが》を見てやってくれ！　こいつらにやられたんだ！」

ライガの第一声がそれであった。彼は本当に、メイのことを大切に想っているんだなあ。

「了解しました、ライガ様！」

私はライガに返事をし、メイに駆け寄った。

彼女の前方にいるカイが、こっちをめちゃくちゃ睨《にら》んでくる。

(国王派だから、警戒されているのかな)

私は切りつけられないか注意しながら、恐る恐るカイに話しかけた。

「し、心配ないよ。私はメイちゃんに危害を加えたりしないから……ね？」

思えば、初対面の時も、カイは警戒心に満ちた目《み》で私を見ていたなあ。

私は素早くメイの傍《そば》にしゃがんで、回復魔法で手当てを始める。アシルの時みたく魔力不足にならないように、慎重に力を調節した。

「それにしても、酷《ひど》い怪我だね」

メイのような華奢《きゃしゃ》な女の子を、ここまで傷つけるなんて……

彼女の体には打撲《だぼく》や引っ掻《か》かれた痕《あと》など、細かい傷がたくさん見受けられる。

「メイちゃん、もう大丈夫だよ」

声をかけながら回復魔法で治療するうちに、メイの傷が徐々《じょじょ》に癒《い》えていく。深い傷はないので、痕は残らないだろう。

「……お姉様、ありがとう」

怪我は回復したものの、メイの元気はなかった。心の傷までは魔法で治してあげられないのが辛い。

私はメイに、そのまま壁際で待機するように言った。

「ロイス様も、そっちに行っちゃダメですよ。こちらで待っていてください。向こうよりは攻撃が飛んで来ないでしょうから」

私はロイス様にも声をかけた。彼は狙われている身である。

「ふふ、アシルとカミーユの傍が一番安全だよ」

穏《おだ》やかな笑顔でそう告《つ》げるロイス様……部下殺しにも程があります。

喜びを隠しきれない私は、顔を赤く染めながら彼に答える。

「あ、ありがとうございます。私は今から向こうにいるライガ様を援護《えんご》しますので。ロイス様は、なるべくメイちゃんと一緒に下がっていてください。ついでに魔法で、防御用の壁を出しておいてくださると助かります」

「うん、それなら出来る。任せてよ！」

自分の役目を見いだしたロイス様は、快《こころよ》く壁際に下がってくれた。これで後ろのメイ達をあまり心配せずに済む。

再び視線を戻すと、ライガが苦戦し始めていた。もともと相手にしている人数が多い上に、敵方に魔法使いが複数いるようなのだ。

「アシル……」

私が目配《めくば》せすると、アシルは頷《うなず》く。

「カミーユも、気を付けて」

十年前の襲撃《しゅうげき》事件で、私達は魔法使い相手に苦戦した。でも、今度は遅れを取ったりしないつもりだ。

敵方の魔法使いの一人が、こちらに向けて電撃のような魔法を放《はな》つと、アシルが素早く魔法の壁を出して、それを防いだ。放《はな》たれた魔法は彼の作った壁に当たり、あっけなく消え去る。

それを見たアシルが、鼻を鳴らしながら言った。

「……なんだ、大したことなさそうだな」

アシルの感想に私も同意する。強い魔法使いなら、壁を魔法で解除《かいじょ》するなり、突き破るなりしてくるはずなのだ。

「うん、魔力不足でも大丈夫そう」

私は試しに、魔法で部屋の床に大きめの穴を開《あ》けてみた。ライガ達が巻き込まれないように、敵が密集している地点を狙う。

「さっきはよくも落っことしてくれたな！　落とし穴の怖さを思い知れ！」

さっきの罠《わな》の一件で、私はかなり頭にきていた。

自分の不注意が原因とはいえ、下手《へた》をすれば、アシルの命がなくなっていたかもしれない。

敵は急に地面が消えたことに動揺し、悲鳴も上げずに階下に落ちていった。魔法使いも、肉体派の男達も皆一緒くただ。

（天井の高さが仇《あだ》になったな！）

奴らがパラパラと下に落ちて行ったところで、再びその穴を塞《ふさ》ぐ。

私はドアの前に陣取って、階下から上がってくる生還者を狙い撃ちにすることにした。こうすれば魔力消費も少なく、敵を無力化することが出来る。

大半が階下に落下したことで、敵の数が半分以下になった。

魔法使い達は、私が兵士を穴に落としている間に、アシルが凍らせてしまったみたいだ。

残りの敵は、怒り狂ったライガに切り捨てられている。

ロイス様はメイと自分を魔法による壁で守りながら、伯爵達が逃げないようにと茨《いばら》の蔓《つる》で彼らを拘束《こうそく》しようとしていた……グッジョブすぎる。

伯爵はなんとか逃《のが》れようと抵抗するも、ぶくぶくに太った鈍《にぶ》い体では、ロイス様に対抗出来るはずもない。あっけなく茨《いばら》に捕まり、その重い体を宙に持ち上げられている。

あの茨の蔓は、私が以前ロイス様に教えた魔法だ。けれど、私の教えたものよりも刺《とげ》が鋭《するど》く、凶悪な形になっている気が……。

(きっと気のせいだよね。ロイス様がそんな鬼畜《きちく》なことするわけがないもの)

しばらく経《た》って、ようやく生き残りの兵士が階段を上がってきた。

「待ってました！」

狙い通りの行動をしてくれた、ティなんとか伯爵の忠実な兵士達に敬意を表し……。

「もう一回行ってみようか♪」

私は再び彼らの足下に大穴を開《あ》ける。今度は何人戻って来るかな。


そして約三十分後。もう何回敵兵を、落とし穴に落としただろう。

私のいる扉の前まで登って来る強者は、一人もいなくなってしまった。

「カミーユ、いつまで遊んでいるの？」

敵がいなくなったのを確認したアシルが、扉の前まで私を連れ戻しに来る。

部屋の中に氷の柱が増えているところを見ると、私が敵兵を落としている間に、更にアシルによる犠牲者《ぎせい》も出ていたようだ。

「んー、遊んでないよ。真面目に敵を撃退してたってば」

抗議の声を上げるが、アシルは気にせずに私の手を取る。そのまま彼に腕を組まれて、ロイス様のもとまで歩いた。

「これ、どうしよっか？」

そう言いながら、茨でぐるぐる巻きにした伯爵と令嬢を、キラキラした瞳で面白そうに見つめるロイス様。いい笑顔ですね！

伯爵は抜け出そうとかなり奮闘《ふんとう》したのだろう。服が破けてボロボロになっている。

令嬢の方は、なんだか元気がない。この子は私達が部屋に入って来た時から様子がおかしかった。

彼女は青ざめた顔をして、ビクビクとライガを見ている。

そのライガは、全身傷だらけになっていた。カイも同様に酷《ひど》い怪我《けが》を負っている。

伯爵、ライガは王弟の息子なのに攻撃しちゃダメじゃん……

「仕方がないな、治してやるか」

そう呟《つぶや》きつつ、私はライガとカイの二人に回復魔法を使おうとしたが、隣にいたアシルに止められた。

私の指にアシルの手がかかる。このままでは魔法を使うことが出来ないので、アシルの顔を窺《うかが》うと、彼は首を横に振りながら答えた。

「カミーユは魔力が少ないんだから、ライガ様達の回復は俺がやるよ」

「そうだね。カミーユ、アシルに任せときなよ」

何故かロイス様も、ニヤニヤしながら私を止めた。

なんだか釈然《しゃくぜん》としないけれど、アシルの言葉に甘えることにする。

アシルは遠距離から、正確に二人に回復魔法を放《はな》った。魔法を受けた二人の傷が、綺麗に癒《い》えていく。

「器用だなぁ、遠距離から回復魔法だなんて」

横目でアシルの様子を眺めていた私に、ロイス様が小声で話しかけてきた。

「アシルって、意外と独占欲が強いね。婚約者に他の男の手当をさせたくないんだよ」

「えっ……？　さっきのアシルの行動って、そんな意図があったのですか？」

ロイス様から聞いた意外な答えに、私は戸惑《とまど》った。……次第に、頬《ほお》が熱を持つ。

そうこうしているうちに、ライガとカイの怪我《けが》は完治したみたいだ。メイの顔にも、少しだけ笑顔が戻っている。

ライガが何やらメイに話しかけていたが、遠くてよく聞こえない。

その横では、カイが不満そうな表情で二人を見ていた。意図せずスペード陣営が勢揃《せいぞろ》いしてしまったが、カイはどうしてこのような場所にいるのだろう。

たまたま姉の危機を知ったにしては、助けに来るのが早すぎる。

「で、ティト伯爵。メイの言っている話は、本当なのか？」

ライガが急に伯爵に問いかけた。

（そうだ、ティトだティト伯爵だ！　惜しい、ティまで思い出せていたのに……！）

ライガは鋭《するど》い目で彼を睨《にら》んでいる。

ティト伯爵は、太った体を茨《いばら》に持ち上げられたまま、鼻息荒く声を張り上げた。

「ライガ様！　何故、国王派の一味なんかと馴れ合っておられるのですか！　あなた様は、王弟様のご子息なのですぞ！」

私達とライガが一緒にいるのが不満なようだ。別に、馴れ合っているわけではないのにな……

「俺が誰とつるもうが、俺の勝手だ。お前には関係ない」

ライガは伯爵の意見を突っぱねたが、伯爵は引き下がらない。

「ですが、奴らは敵ですぞ！」

「メイをこんな目に遭《あ》わせたお前達の方が、俺にとっては敵だ！」

ライガは憤怒《ふんぬ》の形相で、伯爵達を睨《にら》んだ。それを見た令嬢は、先程よりも激しく震えている。

「おい伯爵。お前、俺とメイを別れさせて、そこの女と婚約させる算段だったのだろう？俺にまで剣を向けて来たのは、弱った俺を捕らえて、自分の思い通りに動かしたかったからか？」

邪悪《じゃあく》な笑みを浮かべて、ライガは伯爵と令嬢に近付いて行く。蒼白な顔の伯爵は、蚊《か》の鳴くような声で言い訳を始める。

「それは、ライガ様のためにしたことで……」

「お前のためだろうが！　ロイスを使って王を追い落とし、メイと俺を別れさせて……将来的には、義理の息子になった俺を傀儡《かいらい》にして、権力を手に入れたかったのだろう！」

「ひぃっ！」

ライガの怒りは収まらない。このままティト伯爵を殺してしまいそうな勢いだ。

「その女が悪いんだ！　ライガ様に何を吹き込んだ、この国王派の間者《かんじゃ》めが！」

ティト伯爵は、離れた場所に佇《たたず》むメイに矛先を向けた。

私達は彼の言動に呆《あき》れ、互いに顔を見合わせる。

「ねえ、ティト伯爵……その話は、もういいよ」

爽やかな声が響き、ティト伯爵を拘束《こうそく》している茨《いばら》の蔓《つる》の一本が空中に伸びて彼の尻に振り下ろされた。

「ひぎいっ」

ティト伯爵は突然の痛みに、豚のような苦悶《くもん》の声を上げる。

今まで私達の後ろで待機していたロイス様が、伯爵の前まで進み出た。ニコニコとしているが、彼の屈託《くったく》のない笑顔からはなんとも言えない威圧感が漂《ただよ》っている。

ロイス様も、伯爵の行いにはご立腹だったようだ。

「ティト伯爵、お前は誰と繋《つな》がっているんだい？」

「くぅ……あなたにお話しすることなど何もありませんよ！　ロイス殿下！」

「ふぅん、これでも？」

ロイス様の言葉と共に、再び茨が振り下ろされる。

（ろろろロイス様、それって拷問《ごうもん》では？　いつの間に、そんなことを覚えたのですか⁉）

温厚で爽《さわ》やかなロイス様が、笑顔で茨を振り下ろしながら伯爵を問いつめている。なかなか堂に入っているが、普通の王子がすることではない。

「どうせ、父を王位から降ろしたあとで、僕と共に殺すつもりだったんでしょう？　芸がないね、誰から指示を貰ったの？」

はっきり言って、今のロイス様はライガよりも数倍怖い。キラキラ爽やかな王子様は、どこかへ行ってしまった。

「それとも、自分で考えついたの？　どうやって、こんなに兵を集めたのかなあ？」

なおもロイス様は拷問を続けている。

「ぐあぁっ」

青ざめた私に気が付いたアシルが、それとなく抱き寄せて視界を塞《ふさ》いでくれた。

「殿下、あとは尋問官《じんもんかん》に任せましょう。そのうち、城の者達がここへ到着するはずです」

アシルの声に、ロイス様は手を止める。

「……ふぅん、仕方ないなあ」

多少不服そうだったけれど、彼は素直にアシルの提案に従った。

伯爵は解放された途端失禁《しっきん》し、気を失った。

残された伯爵令嬢の顔は、青を通り越して白くなっている。令嬢はただひたすら、ライガを見つめていた。

「ライガ、こちらのご令嬢は、君の関係者かな？」

令嬢の視線に気付いたロイス様の質問に、ライガは無愛想に答える。

「そんな女は知らん」

あまりにも心ない回答だ。メイを傷つけられたあとで憤《いきどお》っているのはわかるが、これでは令嬢は何も言えない。

「ラ、ライガ様、彼女はスペードクラスの生徒ですよ？　ティト伯爵家のご令嬢、クレール様です」

横からメイが口を挟《はさ》んだ。伯爵令嬢がか細い声を上げる。

「ライガ様、私、私は……」

「お前の話など、聞くに値しない。今すぐ、その不愉快な言葉しか紡《つむ》がない口を閉じろ」

「……っ！」

ライガは、王弟派の令嬢相手にも容赦《ようしゃ》がなかった。厳しい言葉を投げかけられたクレールの頬《ほお》を、ポロポロと涙が伝う。

可哀相にも思えるが、彼女はメイに対して、それだけ酷《ひど》い仕打ちをしたのだ。

クレールは、涙を流しながら顔を上げ、ライガの隣にいるメイを睨《にら》みつけた。綺麗に口紅が塗られた唇を歪《ゆが》ませる。

「っ……この、ゴキブリ女がぁっ！」

地の底から湧《わ》き上がるような声で、クレールはメイに呪詛《じゅそ》の言葉を吐いた。

父娘《おやこ》だけあって、思考の傾向は同じらしい。

「一体、なんと言ってライガ様を誑《たぶら》かしたの！　どうして、ライガ様がお前ごときに！」

先程まで縮《ちぢ》こまっていたかと思えば、急にメイに向かって暴言を吐く。クレールの変わりように、私は面くらった。

「なんとか言ったらどうなのよ！　いつもいつも他人の陰に隠れてばっかりで、守られるだけのくだらない女のくせに！　どうしてお前なの！　どうして私じゃないの！」

クレールは、激しく髪を振り乱しながら叫んだ。

「殺してやる！　何度だって、私がこのゴキブリ女を駆除《くじょ》してやるわ！　ライガ様が目を覚ましてくださるまで！」

醜《みにく》く顔を顰《しか》めつつ、クレールは自らを拘束《こうそく》する茨《いばら》から這《は》い出ようとする。

私はそんな中で、怒り狂うクレールに近付いて行った。そして取り乱す彼女に声をかける。

「ねえ、クレール。アンタ、ちょっと落ち着きなよ」

「何よ！　あなたには関係ない話でしょう！」

私は叫ぶクレールを意に介さず、話を続ける。

「ライガ様とメイちゃんが婚約したことが嫌だったんだよね。クレールは、ライガ様が好きなんでしょう？」

「国王派の刺青《いれずみ》女には関係ない話よ！　引っ込んでなさいよ！」

「ライガ様に振られたの？」

私の問いに、クレールはボロボロ泣きながら、ひたすら喚《わめ》き続けた。

「煩《うるさ》い！　煩い！　あなたに私の気持ちなんてわかってたまるものですか！　何度も話しかけたのに顔さえ、名前さえも覚えていただけない！　いつも鬱陶《うっとう》しげに振り払われるばかりで……近付くことさえ許されない！　振られるどころか、告白以前の問題よ！」

「そのうちに、ライガ様は、いつの間にかメイちゃんと婚約してしまった。だから思い切って今回の行動に出たと……？」

「そうよ！　私の方が絶対に彼に相応《ふさわ》しいのに！　この女はたまたま仕事で、ライガ様の近くに配属されたってだけなのに！　だから、お父様に話したのよ、お父様の策略に私を使ってと……」

「クレールは、ティト伯爵の陰謀《いんぼう》を、初めから知っていたということ？」

私がそう聞き返すと、クレールは首を横に振った。

「いいえ、ある人が私に教えてくれたの。父が国王の失脚《しっきゃく》を目論《もくろ》んでいて、近々実行に移そうとしているって。お父様に私の話を告げたら、それはよい考えだと喜んでくださったわ！　お父様は権力を得られるし、私はライガ様を手に入れられる！」

「それで、俺がお前を愛するとでも？　馬鹿げた話だ」

……ああ、ライガが横から令嬢に突《つ》っ込みを入れてしまった。話を聞き出している途中だったのに、邪魔をしないでいただきたい。

「そ、そんな大それたことは思っていませんわ！　でも、近くにいれば話す機会だって出来るし、いつかは……」

「フン、くだらんな。そんなことは一生ありえない」

クレールの大きな瞳が零れ落ちそうなくらいに、大きく目が見開かれる。そこから再びじわりと涙が浮かび上がってきた。

ライガよ、もっと他に言い方があるだろうに……。

「何故、どうして、その女なのですか？　私の方が……」

今までの勢いが嘘のように、急激にクレールの言葉が弱くなっていく。様子がおかしい。彼女の目は、虚《うつ》ろだ。

急にヒステリーを起こしたかと思えば、すぐに呆然《ぼうぜん》とする。今のクレールのような状態に、私は心当たりがあった。

「これは、もしかして」

とある魔法による症状を思い出し、クレールに更に近付く。

すると彼女の首の辺りに、不自然な痣《あざ》を発見した……嫌な予想が当たってしまった。

「酷《ひど》い。誰がクレールに、こんなことをしたの」

「クレール様がどうかしたの？　お姉様……」

離れた場所から私の様子を見ていたメイが、心配そうに尋ねてきた。

こんなにも恐ろしい目に遭《あ》わされているのに、彼女はクレールを気にかけているようだ。

クレールの首には、呪いが施《ほどこ》されていた。呪いと言っても、魔法の一種だ。

こういった精神に作用する魔法は、禁術とも呼ばれる。

この国では、決められた職種以外の者は、精神系の魔法を使うことを法律で禁じられている。使用が許されているのは、例えば尋問官《じんもんかん》のような職だ。彼らには、自白を促す魔法の使用が許可されている。

「恐らく彼女は禁術をかけられていると思う」

私はメイにそう答えた。

「なんですって！」

メイがことの重大さに気付き、両手で口元を覆《おお》った。近くにいたロイス様が、問いかけてくる。

「カミーユ、それは確かに禁術なの？　どういう魔法かわかる？」

「はい、ロイス様。使ったことはありませんが、知識だけなら……これは、精神に作用する魔法で、主に憎悪《ぞうお》の感情を増幅《ぞうふく》させるものです。大昔に、戦場で兵士達の士気《しき》を上げるのに使われていたとされる魔法ですが、現在はその非倫理性から、使用を禁じられています」

伊達《だて》に、魔法書を読み漁《あさ》っているわけではない。こんな場所で役に立つとは、思っていなかったけれど。

「どうして、カミーユが禁術のことを知っているかはさておいて。そんな魔法を易々《やすやす》と使ってしまう人物がいることは、由々《ゆゆ》しき事態だね」

「……ソウデスネ」

私は思わず顔を覆った。

（やばい……ついうっかり口を滑《すべ》らせてしまった！）

禁術についての本は厳重に管理されており、王宮の図書室と、学園の図書室の閲覧《えつらん》禁止の棚にしか置かれていないのだ。なので、普通は見ることができない。

私が無断で閲覧禁止の本が置かれているエリアに侵入《しんにゅう》でもしない限りは……

「カミーユ、いつの間に……」

アシルまでそんな冷たい目で見ないでほしい。

（ちょっとした好奇心で忍び込んだだけなんだってば！　例の鍵開《あ》けの魔法で）

焦る私に、ロイス様が質問を重ねた。

「カミーユ。この魔法、解除《かいじょ》できるかな？」

「出来ます……が、もう一個、私にもわからない術が施《ほどこ》されています。それも何かわからないことには、うっかり解いてよいものかどうか」

禁術を解いた反動で、クレールの体に悪影響が出るかもしれない。

「それは困ったな……カミーユ、あとで禁断魔法書の閲覧許可を出すから、一通り調べて見てくれる？　伯爵と令嬢は捕らえて城へ連行するね」

「かしこまりました！」

やった！　堂々と閲覧禁止の魔法書が読める！　……ちょっと不謹慎《ふきんしん》だけど。

アシルは小さく拳《こぶし》を握った私を見て、大きな溜息をついている。

茨《いばら》に捕らえられたままのクレールは、その間も虚《うつ》ろな表情のままだった――

9　ハートのQ《クイーン》、恋人が出来る

ロイス様とメイを救出してから、夜が明けた。

城に向かう馬車の中から見上げた空は、白《しら》み始めている。

ティト伯爵とクレールは、屈強な騎士団の男達に引き渡され、親子別々に囚人用の馬車で城へ運ばれることになった。

しばらくは城の牢屋《ろうや》に拘留《こうりゅう》され、色々尋問《じんもん》されるのだろう。

ロイス様も厳重に護衛《ごえい》されて、館から城まで移動中。あんなことがあったあとだから尚更だ。ライガとメイも、用意された別の馬車に乗って城へ向かう。

私とアシルは、城から騎士達が派遣されたあと、あっさりとロイス様の護衛から外されてしまった。

（ロイス様を助けたのは私達なのに……いや、ロイス様、自力で脱走していたけど）

王族の護衛に当たる騎士達は自尊心が高いので、殿下の取り巻きにすぎない私達に彼の警護を任せたくないのだ。

騎士同士であっても、常に功名を争って蹴落《けお》とし合っているのだから、仕方のないことなのだろう。

（その自尊心を少しでも業務に向けてくれれば、あんなことにはならなかったのかもしれないのに）

そんなこんなで、私は今、アシルと同じ馬車の中にいた。このまま城までロイス様に同行する予定だ。私はロイス様に閲覧《えつらん》許可を貰ったので、禁術について調べてみるつもりだ。クレールにかけられた魔法を解く方法が載っているかもしれない。

本当は羽ペンで飛んで行った方が速いのだが、魔法を使えない騎士も多いため、地上路での移動となっている。

深夜から動き回った疲れで、こうして馬車に揺られていると意識が飛びそうになる。もしもの事態に備えて、今寝てしまうわけにはいかないのに……うつらうつらしていると、不意にアシルが話しかけてきた。

「俺さ、今回のことで思ったんだ」

「何を？」

王弟派の企みについてだろうか、私は小首を傾げて言葉の続きを待つ。

「カミーユは燃費《ねんぴ》が悪すぎる」

私ですか！　まさか、そう来るとは思わなかった。

「確かに、どれだけ食べても、すぐにお腹が空《す》くけれども……」

太らないという利点もあるのですよ？

「そうじゃなくて魔力のこと。近くで見ていて思ったんだけど……カミーユは魔法を使う時、必要以上に魔力を垂《た》れ流しすぎなんだよね。そんな使い方じゃあ、また魔力切れを起こしてしまうよ？」

「うう……」

目の前であんな失態を犯してしまったのだから、否定はできない。アシルの指摘は実に耳に痛い話だった。

一般的に、応急処置用に出回っている魔力回復薬は効き目が薄い。飲んだら魔力がすべて戻るというわけではないのだ。効力の高い魔力回復薬は、いまだ発明されていない。

だからアシルは、もしもの事態を心配してくれているのだろう。

「なるべく気を付けるよ。私はアシルみたいに効率のいい魔力の使い方は出来ないし……」

アシルは、それはもうキッチリと必要な魔力量を魔法に注《そそ》ぎ込むことが出来る。

よくもまあ、あんなにチマチマと几帳面《きちょうめん》にできるものだと毎回感心してしまうくらいだ。

「魔法知識や技術はずば抜けているのに。カミーユは魔力の使い方が雑で、勿体《もったい》ないんだよね」

「ちなみに、効率よく魔力を使うコツとかはないの？」

「あるよ。そんなに難しくないから、教えようか？」

「いいの？」

　アシルに魔法のことで教えを請うのは、不思議だ。いつもは逆なのに。

「もちろん構わない、俺は心配なんだ。いつの間にやらカミーユが、禁術まで調べ出していたと知って。いつか、取り返しのつかないことをやらかしそうで……」

「失礼な。そこまで私は馬鹿じゃないよ」

　反発の意味も込めて、私は目の前の幼馴染《おさななじみ》に、じっとりとした視線を送りつけた。

　アシルがおかしそうに頬《ほお》を緩《ゆる》ませる。私の視線は、全く効果がないようだ。

「ところで、カミーユ……俺の告白の返事は、いつくれるつもりなの？　あれからずっとお預け状態なんだけど」

「ふぇ？」

　私は一瞬動きを止めた。

「ま、またやけに話が飛躍《ひやく》したなあ……アシル」

確かに、以前アシルから告白めいたことを言われたけれど……まさか、返事がいるとは思っていなかった。

だって、私達は既に婚約しているのだ。告白をしようがしまいが、結果的には同じことで――

「カミーユ、このまま、俺の告白をなかったことにする気？」

不機嫌な色を滲《にじ》ませたアシルの声で、私は我に返り、慌てて弁明する。

「ち、違うよ？　でも、私とアシルは、もう婚約しているんだから……今更、そんなことをしなくても」

「俺は、自分の気持ちを伝えたのに？　カミーユは、愛のない結婚でも構わないと言うの？」

「いや、だからアシル、その……そんなつもりではなくて、えっと」

アシルの父であるソレイユと正妻は、典型的な愛のない政略結婚だったと聞く。その結果、ソレイユは家の外に愛人を作り、アシルが生まれた。

だから、アシルは、彼なりに結婚に関して、思うところがあるのかもしれない。

……それとは別に、彼から何か圧力のようなものを感じるけれど、きっと気のせいだろう。

「正直、順番を間違えたと後悔しているよ。カミーユの婚約者になったことは、後悔していないけれど……気持ちを確認してから婚約を申し込むのが、正当な順番だったよね」

珍しく弱々しい言葉に、私は思わずアシルを見つめた。

確かに彼の行動は、順番が逆だ。アシルは何もかもをすっ飛ばして、私との婚約を取り付けた。

でも……彼は、これまでずっと私に気持ちを伝えてくれていた。

それをいつまでも宙ぶらりんにさせていたのは、私だ。不誠実な態度だと責められても、仕方がない。

「このままカミーユが何も言わないなら、俺の都合のいいように勘違いしてしまうけど？　ロードライト侯爵令嬢は、俺のことが好きなんじゃないかって」

「なっ……アシル、そんな！　どうしてそうなるの！」

私は、顔を真っ赤にして抗議した。今まで、恋愛的な意味で彼を意識しているなんて言った覚えはない。

一体、どこをどうしたら、勘違いするというのだ。

私の顔を覗《のぞ》き込み、アシルはニヤニヤと面白そうに笑う。

「だって、カミーユは、俺に抱きつかれてもキスされても、全く無抵抗じゃないか。今だって、そんなに顔を赤くして」

「……そ、れはっ」

びっくりして、固まっていただけなのだけれど。それに顔が赤いのだって、アシルが急におかしなことを言うからで……

「ぶぶぶぶっちゃけ、アシルは、私が告白を断ったらどうするつもりなの？」

「その時は、振り向いてもらえるように、もっと努力を続けるよ。十年も待てたのだから、少しくらいどうってことないね」

「十年⁉」

というと、六歳の時からアシルは私をそういう目で見ていたということ？

私は唖然《あぜん》として彼を見つめた。

（アシルの前では、素のダメな自分を全部さらけ出していたと思うのだけれど……そんな私を、彼はずっと好《す》いてくれていたということ？）

再び、顔が熱くなるのを感じた。きっと、今の私は耳まで赤いだろう。

「じゃあ……もし、私がアシルの告白を受け入れたら？」

「その時は両想いだ。俺も、カミーユの恋人として堂々と振る舞える」

私は悩んだ。アシルのことは嫌いではない。でも、この想いが、彼のものと同じかどうか確信が持てない。

何しろ……今まで、前の世界を含め、一度も異性をそういう目で見たことなんてなかったのだから。

前にいた世界で付き合ったことのある相手でさえ、向こうから告白されたので、なんとなく付き合ってみただけ。

（でも……）

アシルはいつも自分の都合を後回しにして、私を気にかけてくれるし、文句を言いながらも、私の意見を優先してくれる。

お説教してきたり、からかってきたりすることも多いけれど……お互いに、一番信頼できる相手だ。というか、そんな異性は彼くらいだろう。

それに――

私がティト伯爵のアジトで、罠《わな》にかかり落とし穴に落ちてしまった時……アシルは私を助けるために、危険を顧《かえり》みず穴に飛び込み、体を張って守ってくれた。

私の下敷《したじ》きになった彼が動かなくなった時は、どうしようもなく混乱した。

このままアシルを失ってしまうのではないかと思うと、本当に恐ろしくて仕方がなかった。

だから、ロイス様の救出もメイの安否確認も頭から抜け落ちて、アシルに全力で最上級の回復魔法をかけたのだ。魔力が枯渇《こかつ》するにもかかわらず。

（この気持ちって……）

まっすぐ顔を上げ、覚悟を決める。

「私、アシルのことが好き……なのかな？」

なんだかんだで、彼に抱きつかれてもキスされても、驚いたり呆《あき》れたりはすれど、怒る気にはなれなかった。

真っ赤になったり、文句を言ったりしても、結局は全部許してしまっている。

いつだって、一番近くで私を見守ってくれているのは、間違いなくアシルだったから。

しかし、アシルは私の答えに脱力してしまったようで、不穏《ふおん》な言葉を呟《つぶや》いている。

「……断定じゃないんだ？『……なのかな』だなんて、俺が決めてしまってもいいの？」

アシルなら、言葉通りに実践しそうなのが怖い。

コバルト色の瞳と目が合った私は、戸惑《とまど》いながらもゆっくりと口を開いた。言うなら今しかないだろう。

「あ、アシル……あのさ」

ここは、ハッキリとさせておくべきなのだ。

しかし、彼にきちんと答えを返さなければと思えば思う程、私の舌がもつれる。

「そ、その。えっと、あの、んーっと……」

実はかなり緊張している。さっきから心臓の音がうるさいくらいに脈打っていた。

アシルは、黙って私の答えを待ってくれている。

「私、私も、アシルのこと、好き……かも。抱きつかれたりしたら、ビックリするけど、よく考えたら……嫌じゃないし」

後半は、恥ずかしさで声が萎《しぼ》んでしまった。もう、アシルの顔をまともに見ることさえ出来ない。

観念しよう。私がこんな風になる相手は、あとにも先にも目の前の幼馴染《おさななじみ》だけだ。

「言ったからね！　私は、ちゃんと返事したから！」

「そうだね。ちゃんと聞いた」

アシルは笑顔で返答する。彼は嬉しそうな表情を浮かべているけれど、私はとても恥ずかしくて、いたたまれない。

本当なら、このまま羽ペンで外に飛び出して逃げてしまいたいところだ。

（今は、そういうわけにもいかないけれど）

ひょっとして、アシルはここまで計算していたのだろうか。……奴ならありえる。

「アシル、じゃあ、この話はこれで終わりに──」

「これで、晴れて俺とカミーユは両想いだね！」

アシルは私の提案をぶった切って話を続けた。このまま終わらせる気はないようだ。

コバルト色の瞳がキラキラ……いや、ギラギラと輝いている。

「俺のこと、好き？」

小首を傾《かし》げながら聞いてくる彼の様子からは、答えを確信している気配が感じられた。

「だっ……だから、もう言ったじゃん！」

私はしどろもどろになって言い返すけれど、アシルは許してくれない。

「好き？ ……『かも』じゃなくて、ちゃんと答えて？」

脳みそが沸騰《ふっとう》しそうだ。そんな甘い声で話しかけないでほしい。

「……す、好き。アシルが、好き」

「じゃあ、キスしてもいい？」

「ぐふぉっ！ げほ、ごぼっ」

「そっかそっか、じゃあ遠慮なく」

私が驚いてむせているのを、勝手に都合よく解釈したアシルは、言葉通り遠慮なく顔

を近付けてくる。

「げほげほっ！　え？　アシル、私まだ何も言ってな……んんーっ！」

唐突にキスされて、私は固まった。抵抗らしい抵抗もできない。

「カミーユ……可愛い」

アシルは彼に似合わぬ穏《おだ》やかな笑みを浮かべた。そんな顔をされたら、これ以上文句が言えなくなってしまう。

今は、馬車の中で二人きりだし、ロイス様も厳重な警護で身動きが取れない状態のはず。この速度だと、城に着くのは明日の昼くらいだろうか。それまでは、アシルと二人きりでこの状態なのか⁉

これからのことを考えた私は、ひたすら恥ずかしさに悶《もだ》えたのだった。

……城に着き、消耗《しょうもう》しきった私を見たロイス様は、すべてを悟っているかのように、苦笑いを浮かべていた。

「ふふ、よかったじゃないカミーユ。アシルと両想いになったんだって？」

現在、無事に城に戻った私は、事件の事後処理が済んだロイス様と、お茶を飲んでいる。

ロイス様の部屋で出される紅茶はとても香り高く、美味《おい》しいので、いつも得した気分になる。今日の紅茶も絶妙だ。

それにしても、毎回毎回、ロイス様には色々な情報が筒抜けな気がする。アシルが直接、彼に話したのだろうか。

いくら妙に隠密《おんみつ》スキルが高いロイス様でも、馬車の中で覗《のぞ》き見を実行するのは無理があるだろう。

「よかった……ですか？」

「当たり前だよ、二人とも僕の大切な友人なんだから。アシルとカミーユが晴れて両想いになって、僕は肩の荷が下りた気分だよ」

「……その件で、ロイス様が背負《せお》うようなものって、何かありましたっけ？」

「あったよ！　カミーユがなかなか僕から卒業できなかったせいで、アシルに随分と睨《にら》まれて大変だったんだから」

私の知らないところで色々あったようだ。よくわからないが、ロイス様に申し訳ない気持ちになる。

「ところで、ロイス様、『卒業』って……なんですか？」

そういえば、伯爵のアジトでもロイス様はそんなことを言っていた。一体どういう意味なのだろう？

「前にも言ったでしょう？　カミーユは僕に誰かを重ねていて、僕を通してその誰かに一方的に憧れていたみたいだって。君は、僕に恋心を抱いているわけではないよね。前々からずっと気になっていたけれど、僕とその誰かは、そこまで似ているのかなあ？」

「ロイス様に他人を重ねるなんて、私はそんなこと……」

彼を通して誰かを見たり、彼に誰かを重ねたり、彼に似ている誰かに一方的に憧れたりなんて……

そこまで考えて、私はハッとした。

「も、もしや……」

一人だけ心当たりがあった。

彼にとってもよく似ていて……でも、今、目の前に居る現実の彼とは異なるであろう人物。

「まさか……」

──ロイス様が言っていたのは、ゲームでの『ロイス・ガーネット』では？

「ああああああーーっ！」

なんてことだ！

私は無意識に、ロイス様にゲームの彼を重ねていた。

今、目の前にいるロイス様と、ゲームの登場人物のロイス・ガーネットは同一人物のように見えて、中身は異なる。

けれど、私はここが現実の世界だと自覚しながらも、ゲームの登場人物との類似点を探して無意識のうちに彼らを比較していたらしい。言われてみれば、思い当たる点が多々ある。

私は、ティーカップを手にしたまま項垂《うなだ》れた。

この十年間、私がロイス様に対して持ち続けていたのは、ゲームのロイスへの恋心……いや、憧れだったのだ。

そして、聡《さと》いロイス様は早い段階から、そのことに気が付いていたのだろう。

「ロイス様……私」

十年近くも、彼になんて失礼な態度を取り続けてしまったのだろう。本人ではなく、架空《かくう》の存在に勝手に憧れて、盛り上がって……どこまでイタい女なのだ、私は。

「カミーユはその誰かのことが、そんなに好きだったの？」

ロイス様の言葉に、私は頷《うなず》きながら答えた。

「そうですね。いや、今思えば恋というよりは、ただの憧れだったのだと思います。結ばれることなんてありえないってわかっていましたから」

なんせ、乙女ゲームの登場人物……二次元の存在だ。そして、今のロイス様とは完全なる別物である。

「そう……」

ロイス様は私を見つめた。

「すみません、嫌でしたよね。長年そんな他人と重ねられて……」

私なら絶対に嫌だ。自分の中に、ゲームのカミーユを見いだされるなんて。

しかし、意外にもロイス様は、首を横に振った。

「そんなことはないよ。カミーユがずっと僕と一緒にいてくれて、僕を守ってくれたのは……友情を感じてくれたことも理由だろうけど、きっとその彼のおかげでもあると思うから」

「ロイス様、あなたは優しすぎますよ」

なんて懐《ふところ》の深い王子様なのだろう。身勝手な妄想を抱いていた私を、それでも受け入れてくれて、ずっと友人として傍《そば》に置いてくれた。

私はこの優しい人を、これからも変わらず守っていきたい。

「これから先も、私はロイス様をお守りするつもりでいます。あなたは私の大事な友人で、兄のような弟のような……とにかく、大切な人ですから」

ロイス様はキラキラした瞳で、ふわりと笑った。この笑い方は、今も昔も変わらない。

「僕もカミーユのことは大切な友人で、姉……は無理だけど、妹みたいだと思っているよ」

（……姉は無理なんですね）

ロイス様は私の身勝手な思い込みについて、不問にしてくれた。

私は彼の優しさに応《こた》えるためにも、更に魔法の腕を磨こうと決めたのだった。


ロイス様と話したあと、私は久しぶりに魔法棟の職場に顔を出していた。やはり、城の魔法棟は落ち着く。

魔法学園もいいけれど、授業で習う魔法のレベルは、とっくに追い越してしまっていた。

仕事場の入り口から、アシルが私を呼んだ。

「カミーユ！　今、大丈夫？」

「平気だよ。アシルこそ、仕事はもう終わったの？」

私は聞き返しながら、彼のもとへ向かう。

仕事場で立ち話するのも気が引けたので、そのまま二人で休憩室へ向かった。

休憩室には、ミントグリーンを基調とした、品のよい家具がちょこちょこと並べられている。他に利用者はいなかった。

部屋に入り後ろ手にドアを閉めた瞬間、アシルが深刻な顔で私の両肩に手を置いた。

「あの、アシル……どうしたの？」

肩に手を乗せられたまま、壁際へと追いやられる。

館から城へ戻る馬車の中で、アシルの想いに応《こた》えたあとから、彼との距離感が更に近くなった気がする。

完全にアシルは恋人モードになっていた。こういう扱《あつか》いをされるのは、不慣れで恥ずかしい。

「……カミーユの憧れている相手って、誰なの⁉」

アシルの唐突な問いに、私は目を白黒させた。そして、先程までロイス様と話していた内容を思い出す。

（アシル……情報速すぎない？）

さっきロイス様に話したばかりなのに、まったく侮《あなど》れない奴だ。ロイス様とアシルの間には、隠しことなんて存在しないのだろうか。男同士の友情は謎である。

（それに、ロイス様……口が軽すぎです！）

私はアシルにも事実を伝えておくことにした。曲がりなりにも彼の恋人になった今、妙な誤解は避けておきたい。

「確かに憧れていた人はいるけど、それは実在しない人物だよ」

そう言うと、もの凄《すご》く妙な顔をされた。痛い女だと思われたかもしれないな。

架空の人物に一方的に憧れるなんて、自分でも、どうなんだと思う。

「ええと、それって、具体的にはどんな人間なの？」

私の痛い発言にもめげずに、アシルは先を促《うなが》した。

「うーん、虚構《きょこう》の王子様とでも言えばいいのかなぁ」

「なにそれ……」

「ロイス様にちょっと似ていたんだけど、完全に同じ人物というわけではないんだよね」

ダメだ、上手く説明できない。

「ふぅん。デボラとデジレが憧れている、絵本の中の白馬の王子様……みたいな感じなのかな。女子って、そういう話が好きだよね」

私の要領を得ない回答に、首を傾《かし》げながらアシルが言った。

「そ、そうそう、そんな感じ！　憧れ的なものなんだ！」

少し違うが、憧れの王子という点では共通なので、そういうことにしておく。でないと、話がややこしくなりそうだ。

アシルはまだ少し納得できていないようだったが、それ以上私を問いつめる気はないみたいだった。た、助かった。

「よかった。じゃあ、本当に俺達は、両想いなんだよね？」

「……うん」

面と向かって問われると、どうしても照れてぎこちなくなってしまう。

私も、こんな風になった相手はアシルが初めてなので、いまだにどうしていいのかわからず戸惑《とまど》ってしまうのだ。

「他にカミーユが想いを寄せている相手は？」

「い、いないって言ってるじゃん！」

いかん、動揺してちょっと大きな声を出しすぎてしまった。アシルの目が細まる。

アシル……束縛《そくばく》型彼氏の要素が見え隠れしているんだけど、大丈夫だろうか。

「知っているでしょう？　私にそんな相手はいない……ああっ！」

反論しようとアシルを睨《にら》みつけたら、彼の肩越しに廊下の隅《すみ》からコッソリとこちらを見ている碧眼《へきがん》と目が合ってしまった。

アシルも背後の気配に気が付いたみたいで、素早く振り返る。

「ちょ……ロイス様、何、物陰から覗《のぞ》いてるんですか！　魔法棟に用事なら声をかけてください よ！」

さっきまで自室で休んでいたのに、まったく油断ならない王子様だ。

「違うよ、カミーユとアシルの様子を見守っていたんだ。今後の参考にしたいし、ね？」

なんの参考にするのか、大いに疑問である。

「ね？　じゃないですよ！　王子なのに、密偵《みってい》みたいなことをしないでください！　どうして気配がないんですか！」

ロイス様が、アシルに突っ込まれている。私もロイス様の気配の消し方の巧《たく》みさは、尋常じゃないと思うんだ。

それにしてもこうして三人並んでみると、十年前と比べてかなり成長したと思う。

初めて出会った時も、この魔法棟で三人で話をしたな。

「カミーユ、何ボーッとしているの？」

感慨《かんがい》に耽《ふけ》っていた私に、アシルが声をかけた。私の背中に彼の手がそっと添《そ》えられる。

「ううん、何でもないよ」

私は、速くなる自身の鼓動《こどう》を感じながら、アシルの言葉に答えた。

アシルの告白に応じ、彼の婚約者兼恋人となったものの、こういう恋人扱いにはいまだ慣れない。

今やアシルは天才的な頭脳を仕事に活《い》かし、エリート官僚《かんりょう》街道まっしぐらだ。城の中では、未来の宰相《さいしょう》候補の一人として囁《ささや》かれている。

未来のロイス様の片腕として、実力も充分だ。

子供のころの打算丸出しの態度は鳴りを潜《ひそ》め、気付かれたくないことは上手く隠すので、最近は時々彼の本心がわからないこともあるが……。

「ここで話し込むのも微妙だよね。二人共、僕の部屋で飲み直す?」

サラサラの金髪をかきあげながら、ロイス様がそんな提案をする。

まだ昼間なので、ここで言う飲み物というのは、お酒ではなく紅茶だ。私は酒に弱い体質なので、その方が助かる。

「そうですね！　飲み直しましょう、ロイス様」

私とアシルは、ロイス様と一緒に王太子の部屋へ向かったのだった。

ロイス様は、優しくて穏やかな王子様だったけれど、最近はアシルの影響を受けたのか、時折計算高い一面も見せるようになった。

あと、妙に隠密《おんみつ》行動や情報収集に長《た》けている。

(ロイス様がこんなちょっと変わった王子様になるなんて、意外な成長を遂《と》げたなぁ)

再び訪れたロイス様の部屋で、私は客人用のソファーに腰を下ろす。

アシルは私の真横に座り、やんわりと私を抱きしめてくる。

「あ、あのアシル……ここ、ロイス様もいるんだけど」

「構わないよ。殿下は俺達の関係を知っているし、ずっと応援してくれていたから」

甘い表情で流し目を送りながら、色っぽくアシルが囁《ささや》いた。

彼の言う通り、向かいに座っているロイス様は、ニコニコと爽やかな微笑《ほほえ》みを浮かべており、この状況を気にしていない。

むしろ、こちらを観察してさえいる。

「ロイス様……」

助けを求めるようにロイス様を見ると、彼はキラキラした笑顔のままスルーした。

「うん、僕は気にしていないから大丈夫。色々と参考にしたいから、そのままでいいよ」

どうやらロイス様は、アシルに肩入れしているらしい。

(ところで、さっきから、「参考にしたい」って……ロイス様は、一体何を考えているのだろう。ロイス様がアシルのハレンチな行動を一体何の参考にするのか、少し不安だ)

ロイス様の発言の真意はわからないが、彼の言葉により、アシルの行動が一層エスカレートすることは予想出来る。

侍従が紅茶とケーキを運んできたタイミングで、アシルが私を膝の上に乗せた。

「無駄無駄……潔《いさぎよ》く諦《あきら》めるんだね、カミーユ」

物語の悪役っぽいセリフを吐きながら頭上にキスを落としてくるアシルを、私は真っ赤な顔で睨《にら》みつける。

けれど、その効果はゼロどころかマイナスで、アシルの行動を助長するものにしかならない。

アシルに抗議しようとも思ったが、彼の顔を見ると、気が削《そ》がれてしまった。

彼がいつもの不敵なニヤニヤ笑いではなく、コバルト色の目に穏《おだ》やかな光を宿していたからだ。こんな顔をされたら、何も言えなくなる……

私は抵抗を諦め、その後は大人しくされるがままになったのだった。


当初の目的通り、私は城に勤める職業魔法使いになった。

今は、学生兼「赤」の魔法使いだけれど、将来的にはロイス様を護衛《ごえい》する「黒」の魔法使いになるつもりである。

婚約者……恋人も出来たし、侯爵令嬢としての未来も今のところ安泰《あんたい》だ。

ただ、ゲームのシナリオの中で自分を破滅《はめつ》させる相手と恋人になるなんて……我ながら、おかしなことになったものだと思う。世の中って不思議だ。

もう、ゲームの中のカミーユみたいに、破滅することはないだろう。

愛おしげに私の口元にケーキのイチゴを運ぶアシルが、私を社会的に抹殺《まっさつ》するなんてとても思えない。

この世界は私にとって、現実の世界。

アシルもロイス様も……そして私も、現実の、今を生きる人間だ。

選択によって、未来や人格なんていくらでも変えられるものなのだ。

だから、私はこれからも、自分自身で最良の未来を切り開いていこうと思う――

書き下ろし番外編

初めて義姉妹に会う

乙女ゲームの世界に来た私——カミーユが、アシルと出会って少し経《た》ったある日のこと——

六歳になった私は、彼と遊ぶためにジェイド子爵邸を訪れていた。

アシルの父親は子爵家の当主だが、母親は王都のはずれにある酒場の娘。庶子《しょし》である彼は未だ義母や兄に冷たい態度を取られ、実家に馴染《なじ》めずにいる。

だから、私はアシルの様子を見るため、定期的に彼のもとを訪れていた。この日もアシルの部屋に押しかけ、彼と魔法書を読んでいる。

しかし、しばらくするとトイレに行きたくなってしまった。

「ねー、アシル。お手洗いを借りていい？」

「どうぞ。俺の部屋を出て、右の突き当たりにある階段を下りて、さらに右に曲がったところ……って、案内した方が早いな。メイドを呼ぼうか？」

「ううん、大丈夫。ちょっと行ってくる！」

アシルの部屋を飛び出した私は、子爵家のトイレに向かう。

しかし、廊下の角を右に曲がった瞬間、大きなフリルの塊にぶつかり転倒してしまった。

「うわっぷ。な、何⁉」

フリルに突っ込んだ顔を上げると、そこには子爵家当主と同じ髪色の少女が二人並んでおり、驚いた表情で私を見つめていた。顔が似ているので姉妹だろう。

（……アシルには兄の他に、姉と妹がいたよね）

会うのは初めてだが、彼女たちがそうに違いない。

二人の令嬢は、家の中だというのに豪奢《ごうしゃ》でボリュームのあるドレスを着ている。

背の高い方がショッキングピンクのドレス、低い方が蛍光パープルのドレス。

（ものすごく派手な格好だな）

転んだ私を見た姉妹の顔は、わずかに青ざめていた。

「あ、あなた。ロードライト侯爵家の……」

ピンクドレスの令嬢がそう言うと、パープルのドレスの令嬢も口を開く。

「お姉様、まずいですわよ。この方は……！　このままでは、不敬罪《ふけいざい》になってしまいますわ」

「も、申し訳ございません。こちらの不注意で、大変失礼いたしました！」

二人に、ものすごく怖がられている……

（子爵家の令嬢が、侯爵家の令嬢を転倒させたのだから、今の態度は当然なの？）

この世界は、身分がモノを言う。タチの悪い令嬢なら、この場で騒ぎ立て彼女たちを糾弾《きゅうだん》するだろう。もしくは、親の身分を笠《かさ》に着て陰湿な仕返しを行《おこな》う。

けれど、私はそんな面倒なことをする気はなかった。

ぶつかったのは、こちらの不注意でもあるし、二人はアシルの姉妹。どうせなら、良い関係を築きたい。ささっと立ち上がり、彼女たちを安心させるために笑顔を作る。

「どこも怪我《けが》をしていないから、平気だよ。こっちこそ、気がつかなくてごめんね。二人は大丈夫？」

「は、はい！　問題ありませんわ！」

令嬢の無事を確認した私は、最初の目的地を目指す。トイレは、すぐそこだ。

♥
◆
♠
♣

用事を済ませた私は、近くにいたメイドに声をかけ、元来た道を戻った。

少し歩くと、階段の傍《そば》に先ほど話した姉妹が立っている。そのうちの一人――ピンク色のドレスを着た令嬢が、恐る恐る私に声をかけてきた。

「あ、あの、カミーユ様……？」

こちらの顔や身分だけでなく、名前まで知っているらしい。

「どうしたの？　私に用事？」

「は、はい。私、デボラ・ジェイドと申します。アシルの姉ですわ」

続いて、パープルの令嬢も名前を名乗った。

「私はデジレ・ジェイド。アシルの妹です」

「ええと……カミーユ・ロードライトです」

流れで一応名乗ると、アシルの姉デボラがおずおずと口を開いた。

「あの、弟のアシルに関して、ご相談したいことがありまして。こんな話をカミーユ様にしていいのか、迷うのですが」

ぶつかった際のやりとりで、私が無害と判断したのだろう。姉妹に相談を持ちかけられる。

「とりあえず聞くよ。アシルがどうかしたの？」

すると、二人は声を揃《そろ》えて言った。

「私たち、弟との距離を縮めたいのです！　でも、上手《うま》くいかなくて……！」

言い切ると、姉妹は懐《ふところ》から扇《おうぎ》を取り出し、真っ赤に染まった顔を隠した。ちょっと可愛い。偽物の私とは違い、「これぞ、本物の令嬢！」という感じだ。

コホンと咳払《せきばら》いしたデボラが、少し声を抑えて話を続ける。

「実は……アシルは、私たち姉妹に心を開いてくれないのです」

彼女の言葉にデジレも続く。この姉妹の息はぴったりだ。

「そうなのです。愛想良く接してはくれるのですが、肝心なところで線を引かれているように思えて」

「時折、こちらを値踏みするような、冷たい目で見てくるのよね」

「それ、私も思ったわ。お姉様」

「なんなのかしらね。私たちは、アシルと仲良くしたいだけなのに」

「慣れない場所で困っていると思うから、力になってあげたいだけなのに。絶対に私たちを味方にした方が、家での居心地が良くなると思うの！」

「こちらを信頼してくれたら、ある程度は守ってあげられる。でも、現状だと、それも難しいわ！」

途中からお嬢様口調を忘れてヒートアップする姉妹たち。

けれど、二人のアシルを思う気持ちは伝わって来た。私にできることがあれば、力になってあげたい。

実家に味方ができるのは、アシルにとって良いことだ。家族でない私では、子爵家の中の彼を守れないから。

（よし、アシルのために頑張ってみよう！）

そう決意し、私は二人の姉妹に協力することを決めた。

♥
♦
♠
♣

「思うに……アシルは、普通の人より警戒心が強いよね。ハードな環境で育ったから、仕方がない部分もあるけれど」

「そうね。私たち姉妹には、作り笑いしか見せてくれない」

（アシル、お得意の営業スマイルが見破られているよ……）

けれど、それはデボラとデジレが、アシルを気にかけているということだ。

「私、それとなく、アシルに二人のことを聞いてみる。デボラとデジレも、彼には遠慮せずに、思っていることを伝えた方がいいよ」

「ほ、本当!? ありがとう、そうしてみるわ」

私の手を取った二人は、ハッとした顔で後退する。

「申し訳ありません、侯爵令嬢のカミーユ様に気安い態度を……！」

「別にいいよ、さっきみたいに普通に話してくれた方が嬉しい。私、堅苦しいのが苦手だし、名前も呼び捨てにして欲しいな」

「それなら……ええと、わかったわ。アシルのこと、よろしく頼むわね、カミーユ」

「任せて！」

姉妹に協力すると伝えた私は、アシルの部屋へ向かう。

暇だったのだろう、部屋に戻ると、彼は自室で大人向けの分厚い本を読んでいた。

「おかえり、ずいぶん遅かったけど……大丈夫？」

「へ、平気。ちょっと迷っただけ」

「なら、いいけど」

「それより、アシルには、お姉さんと妹がいるよね？ 彼女たちとは仲がいいの？」

なるべく自然な感じを装《よそお》い、彼に姉妹のことを尋ねる。

本を置いたアシルは、視線だけをこちらへ向けた。

「別に？ なにかと構ってくるけど、興味ない」

デボラとデジレの言った通り、彼は姉妹に対して非常にクール。取り付く島もない。

姉妹とアシルの仲良し計画は、早くも暗礁《あんしょう》に乗り上げた。

「そ、そんな！　兄弟なのに。ふ、二人はアシルと仲良くしたいかもよ？」

「俺、貴族の子供って苦手なんだよな。デボラは高飛車で腹黒いし、デジレは香水臭くて計算高いし」

自分を棚に上げ、アシルはめちゃくちゃなことを言う。

「……二人も、あんたにだけは、腹黒とか計算高いって言われたくないと思うよ」

「カミーユ、もしかして、デボラとデジレに会った？　だから遅かったの？」

鋭いアシルの指摘を受け、言葉に詰まる。彼の頭の良さは、なかなか厄介だ。

整った顔がずいと近づき、コバルト色の瞳が間近で私を見つめる。

「何を話していたの？　意地悪されなかった？」

「二人はいい子だったよ。アシルを心配していたし、偏見は良くないと思う」

「余計なお世話だね」

アシルは、完全な拒否モードに入った。ゲームの中では優秀な王太子の側近《そっきん》である彼も、今はただの六歳児。子供っぽい部分も多々ある。

「もうっ！　なんでそんなにひねくれているの。向こうは好意的だし仲良くしておきなよ」

「愛想良く接しているよ。あと、俺は元からこんな性格」

「アシルの上辺だけの対応に、あの子たちは気付いているよ。その上で、もっと心を開いて欲しいと言っていた。二人は、あんたが思っているより頭が良い子たちだよ？」

「……」

基本、アシルは同年代の子供が嫌いだ。私と仲良くやれているのは、こちらの精神年齢が上だから。

過酷《かこく》な環境下で生きて来た彼は、精神的に大人にならざるを得なかった。そのため、ぬくぬくと純粋培養された同年代の子供への接し方に戸惑っている。

ただ、私が見た感じ、デボラやデジレはそういった子供には見えない。

以前、アシルや姉妹の父親であるソレイユから聞いたことがある。彼女たちの母親は、跡取りの長男にかかりきりで、姉妹に興味を示さないと。

二人にもまた、どこか達観《たっかん》した部分があるのかもしれない。

「だからさ、あの子たちなら、この家の中でアシルの味方になってくれるよ」

アシルは黙って私の言葉に耳を傾けていた。

♥
♦
♠
♣

数日後、私は再びジェイド子爵家を訪れた。デボラとデジレをアシルに近づけるためだ。予《あらかじ》め姉妹と合流し、アシルのもとへ向かう。

目当ての人物は、庭に出ていた。

だが、一人ではなく、誰かと一緒にいるようだ。アシルの傍《そば》には、やけに太った子供が腰に両手を当てて立っている。

「ドミニクお兄様だわ！　こんな時に、ついていないわね！」

「またアシルをいじめているのよ！　いつもはお母様と一緒に出かけているけれど、今日はお留守番だから暇なのね！」

あの太った子供が、アシルの腹違いの兄らしい。

姉妹曰《いわ》く、ドミニクは日常的にアシルに嫌がらせをしているとのこと。

(話には聞いていたけれど、けしからんお子様だな)

近づくにつれ、二人の会話内容が聞こえてくる。

「さっさとこの家を出て行け。ここは、お前のような平民がいて良い場所じゃないぞ」

そう言うと、太った子供――ドミニクは、おもむろにアシルを小突き始めた。

「……お言葉ですが、お兄様。勝手に家を出る権限は僕にありません。そういった話は、お父様にされた方が建設的ですよ？」

「くっ、このっ！　子爵家の正統な跡取りである私に口答えをするなっ！」

「あー、はいはい。僕はそろそろ部屋に戻ります。天気も良いですし、お兄様は少し運動でもされてはいかがですか？」

さすがはアシル、兄相手に物怖《ものお》じせず冷静に嫌味を返している。だが、相手は余計に腹を立て、暴力的な行動に出た。

「危ない!!」

拳《こぶし》を振り上げるドミニクとアシルの間に、私は慌てて駆け込む。

「ああっ！　カミーユ！」

「駄目よ、怪我《けが》をしてしまうわ！」

姉妹が悲鳴をあげたが、突然の闖入者《ちんにゅうしゃ》に気づいたドミニクは動きを止めた。

「だ、誰だ……!?」

彼とは初対面。ドミニクが驚くのも無理はない。

「初めまして、私はカミーユ・ロードライト。アシルの友人だよ」

「ロードライト侯爵家の⁉　わ、私はドミニク・ジェイド。この家の嫡男《ちゃくなん》です」

うん、権威に弱い、わかりやすいタイプ。

「というわけで、アシルを借りていくね」

ポカンとした表情のドミニクを残し、アシルを回収して屋敷に戻る。後ろに待機していた姉妹も合流し客間へ向かった。

ジェイド家の客間は広く、四人が余裕でくつろぐことができる。私たちは揃《そろ》って長椅子に腰掛けた。アシルの隣には私、前には姉妹が座っている。

「カミーユ、今日は訪問の連絡を受けていないけど……」

「うん、デボラとデジレに連絡を入れたから」

「……⁉　いつの間に仲良くなっていたの？」

「この間、遊びに来たときに。二人ともいい子だし、面白いから仲良くなったの」

「……」

大人しく姉妹を観察しているアシルだが、自分から動くそぶりはない。

（いきなり歩み寄るのは難しいのかな。ここは、私が一肌脱いであげようか）

しかし、そんな私より早く動く人物がいた。デボラとデジレだ。

「アシル、大丈夫？　怪我はない？」

「お兄様、早く気づいてあげられなくて、ごめんなさい」

長椅子から立ち上がった二人は、いそいそとアシルのもとへ駆け寄る。

「心配いりませんよ。デボラお姉さま、デジレ」

微笑《ほほえ》みかけるアシルだが、それを見た姉妹の目がつり上がった。

「何を言っているの、さっきから腕を庇《かば》っているじゃない！　怪我《けが》をしたんじゃないの？　姉に遠慮する必要はないのよ？」

「ドミニクお兄様に、攻撃された箇所ね。痛いなら痛いと言ったらどうです？　私達、血の繋《つな》がった兄妹でしょう⁉」

いつもとは違う二人の剣幕《けんまく》に、アシルは珍しく戸惑っている。もうひと押しだ。

「カミーユ。申し訳ないけれど、アシルに回復魔法をお願いできるかしら？」

「任せて！」

抵抗するアシルを押さえつけた私は、彼が庇っている腕をまくる。

ドミニクに掴《つか》まれるか殴られたのだろう、彼の手首の上に青痣《あざ》ができていた。

「ちょっ、カミーユ。大丈夫だから……自分で治すから！」

「わっ、暴れないでよ！」

逃げ出そうとするアシルだが、そんな彼を背後から抑え込む影が二つ。

「……！」

アシルの背後に回った姉妹が、それぞれ片方の腕を拘束《こうそく》している。

「さあ、カミーユ、今のうちよ！」

大胆な二人の行動のおかげで、私は無事アシルに回復魔法をかけることができた。

やっと解放されたアシルは、気力を奪われぐったりしている。

「まさか、デボラお姉様やデジレが、カミーユみたいな真似《まね》をするなんて」

「何を言っているのよ。可愛い弟が怪我をしているのに、放置なんてできないわ！」

「お姉さまの言う通りよ！　お兄様は、自分の怪我に無関心すぎます！　何を勘違いしているのか知りませんけれど、私たちはお母様やお兄様とは違う！」

反論する姉妹は強く、アシルもタジタジだ。

「そうだね。うん、思っていたのと、だいぶ違う……」

彼にこんな表情をさせるなんて……恐るべし、デボラとデジレ。

姉妹に向かって再び微笑みかけるアシル。そんな彼の笑顔は、完璧な作り笑いではなくなっている。人間らしく、どこか疲れを感じさせるものだった。

「……はあ、負けたよ。俺は、二人のことを見誤《みあやま》っていたみたいだね」

普段のアシルは、人によって一人称を変えている。親しい相手には「俺」、目上の相手や親しくない相手には「僕」と。けれど、今の彼は、二人に対して取り繕《つくろ》っていない。

デボラとデジレを受け入れた様子である。

「よかったね、仲良くなれて」

そう言うと、少し照れているアシルはムッツリと、姉妹は笑顔で返事をしてくれた。


その後、アシルとデボラ、デジレは仲の良い兄弟になった。

三人で結託《けったく》することが増えたので、母親や兄に攻撃されることも減ったらしい。アシルの家での居場所ができて、私も一安心《ひとあんしん》である。

姉妹は数少ない私の女友達となり、成長した後も関係は続いていくのだった。

シリーズ累計
26
万部!!!!
RC
Regina COMICS
原作＝牧原のどか
漫画＝狩野アユミ
Presented by Nodoka Makihara
Comic by Ayumi Kanou
1〜2
ダィテス領
攻防記
Offense and Defense in Daites
大好評
発売中!!
異色の転生ファンタジー
待望のコミカライズ!!
「ダィテス領」公爵令嬢ミリアーナ。彼女は前世の現代日本で腐女子人生を謳歌していた。だけど、この世界の暮らしはかなり不便。そのうえ、BL本もないなんて！　快適な生活と萌えを求め、領地の文明を大改革！ そこへ婿として、廃嫡された「元王太子」マティサがやって来て……!?
異世界の発展は
おまかせあれ!!
転生
異世界を革命!!
Webにて好評連載中！
アルファポリス 漫画
検索
B6判
各定価:本体680円+税

本書は、2015年3月当社より単行本として刊行されたものに書き下ろしを加えて文庫化したものです。

レジーナ文庫

ある日《ひ》、ぶりっ子悪役令嬢《こあくやくれいじょう》になりまして。1

桜《さくら》あげは

2018年　2月20日初版発行

文庫編集－福島紗那・塙綾子
発行者－梶本雄介
発行所－株式会社アルファポリス
〒150-6005 東京都渋谷区恵比寿4-20-3 恵比寿ｶﾞｰﾃﾞﾝﾌﾟﾚｲｽﾀﾜｰ5階
TEL 03-6277-1601（営業）　03-6277-1602（編集）
URL http://www.alphapolis.co.jp/
発売元－株式会社星雲社
〒112-0005東京都文京区水道1-3-30
TEL 03-3868-3275
装丁・本文イラスト－春が野かおる
装丁デザイン－ansyyqdesign
印刷－株式会社暁印刷

価格はカバーに表示されてあります。
落丁乱丁の場合はアルファポリスまでご連絡ください。
送料は小社負担でお取り替えします。

ISBN978-4-434-24210-6 C0193